海明威全集

午后之死

Death In the Afternoon

〔美〕海明威 著

雪 茶 译 俞凌娣 主编

中国出版集团 现代出版社

图书在版编目（CIP）数据

午后之死 / （美）海明威著；雪茶译. — 北京：
现代出版社，2018.6 （2023.7重印）
（海明威全集 / 俞凌娣主编）
ISBN 978-7-5143-7100-0

Ⅰ．①午… Ⅱ．①海… ②雪… Ⅲ．①纪实文学—美
国—现代 Ⅳ．①I712.55

中国版本图书馆CIP数据核字（2018）第109917号

午后之死

著　　者　（美）海明威
译　　者　雪　茶
主　　编　俞凌娣
责任编辑　杨学庆
出版发行　现代出版社
地　　址　北京市安定门外安华里504号
邮政编码　100011
电　　话　010-64267325　64245264（传真）
网　　址　www.1980xd.com
电子邮箱　xiandai@cnpitc.com.cn
印　　刷　三河市金元印装有限公司
开　　本　880mm×1230mm　1/32
印　　张　8.5
版　　次　2019年1月第1版　2023年7月第3次印刷
书　　号　ISBN 978-7-5143-7100-0
定　　价　38.80元

序

众所周知，海明威是一个生活经历异常丰富的知名作家，同时也是一个在世界上享誉盛名并且写作风格鲜明的文学大师。海明威复杂的生活经历描绘了他所有作品的故事曲线，也构成了他作品中丰富多彩的主题。

首先，就个人浅见，有必要剖析一下海明威的成长经历。海明威出生于美国芝加哥以西的一个郊区城镇，人口并不密集，因此给了海明威一个平静、安逸的童年生活。幼时的海明威喜欢读图画书和动物漫画，听稀奇百怪的故事，也热衷于缝纫等各种家事。少年时期，他更喜欢打猎、钓鱼，内心充满了对大自然的好奇与敬畏，这一点在他多部作品中都有体现。在初中时，海明威为两个文学报社撰写了文章，这为他日后成为美国文学史上一颗璀璨的明星打下了基础。高中毕业以后，海明威拒绝上大学，他到了在美国媒体具有举足轻重地位的《堪城星报》当了一名记者。虽然他只在《堪城星报》工作了 6 个月，但这 6 个月的时间，使他正式开始了写作生涯，并且在文学功底上受到了良好的训练。1918 年，第一次世界大战爆发，海明威不顾家人反对，毅然辞掉了工作，去战地担任了一名救护车司机。战场上的血流成河，令海明威极为震惊。由于多次目睹了战争的残酷，给海明威的创作生涯提供了丰富的素材和灵感。在他早期的小说《永别了，武器》中，他进行了本色创作，揭示了战争的荒唐和残酷的本质，反映了战争中人与人之间的相互残杀以及战争对人的精神和情感的毁灭。1923年海明威出版了处女作《三个故事和十首诗》，使他在美国文坛崭露头角。1925年。海明威出版了《在我们的时代里》这一短篇故事系列，显现了他简洁明快的写作风格。继而海明威出版了多部长篇小说和大量的短篇小说，令他成为了美国"迷惘的一代"作家中的代表人物。《老人与海》获得了1953年美国的普利策奖和1954年的诺贝尔文学奖，将海明威推上了世界文坛的至高点，可以说，《老人与海》是他文学道路上的巅峰之作。

其次，海明威的感情生活错综复杂，给海明威的作品增添了大量的情感元素。海明威有过四次婚姻经历，这些经历赋予了海明威不同寻常的爱情观。司各特·菲茨杰拉德曾打趣道："海明威每写一部小说都要换一位太太。"连他自己都没有想到，竟然一语成谶。世人皆知，海明威有四大巅峰之作，分别是《太阳照常升起》《永别了，武器》《丧钟为谁而鸣》和《老人与海》，在时间上，他的确先后娶了四位太太。据考证，1917年海明威和一位护士相爱，但是不久后，这位护士便嫁给了一位富有的公爵后代。海明威对爱情始终抱有完美主义，所以这样的结局令海明威无法接受，甚至愤恨。因此，海明威常常将女人比作妖女，这一点在他的多部作品中有所反映。1921年，海明威与他的第一任妻子哈德莉结婚，但是婚姻观的差异最终使两人分道扬镳。不得不说，哈德莉对海明威的文学创作起到了至关重要的作用。在她的帮助下，海明威学会了法文并结识了著名女作家斯泰因。这段时期，海明威佳作不断，哈德莉却毫无成长，这促使了两人的婚姻关系更加恶劣。1926年海明威出版了《太阳照常升起》，这部小说使他声名大噪，也间接宣告了海明威与哈德莉婚姻关系的破裂。1927年，海明威与第二任妻子宝琳结婚，两人在佛罗里达州和古巴过了几年宁静而美满的婚姻生活。海明威在这几年中完成了他的不朽名作《永别了，武器》。然而，没过几年，海明威对宝琳开始厌倦，他遇见了他的第三任妻子——战地女记者玛莎。最开始，海明威以玛莎为荣，并为她创作了《丧钟为谁而鸣》，令人叹息的是，这对最为相配的夫妻也在1948年结束了婚姻关系。海明威的第四任妻子维尔许是一名战时通讯记者，研究分析政治和经济形势，为三大杂志提供背景资料。婚后，维尔许放弃了自己的工作，专心照顾家庭，但这仍未给两人的婚姻关系带来一个美满结局。1961年，海明威在家中饮弹自尽，享年62岁。

对大自然的喜爱之情和对生命的敬畏丰富了海明威小说五彩斑斓的主题，纷然杂陈的情感生活和不同寻常的生活环境造就了海明威作品中跌宕起伏的故事情节。因此，海明威的每篇长篇小说、短篇小说、新闻及书信都有着鲜明的个人风格。海明威用最简洁明了的词汇，表达着最复杂的内容；用最平实轻松的对话语言，揭示着事物的本来面貌。他的每部小说不冗不赘，造句凝练，丝毫没有矫揉造作之感。即使语言简洁，但是海明威的故事线索依然清晰流畅，人物对话依然意蕴丰富。海明威曾这样形容自己的写作风格："冰山在海里移动之所以显得庄严宏伟，是因为它只有八分之一的部分露出水面。"这无疑是个非常恰当的比喻，十分形象地概括了海明威对自己作品的美学追求。海明威最开始创作了众多短篇小说，使他在文坛新秀中占有一席之地，后来《太阳照常升起》的出版，奠定了他在"迷惘的一代"代表作家中的超然地位。"迷惘的一代"是美国两次世界大战期间涌现的一类作家的总称，他们共同表现出的是对美国社会发展的一种失望和不满。他们之所以迷惘，是因为这一代人的传统价值观念完全不再适合战后的世界，可是他们又找不到新的生活准则。海明威将"迷惘"这一形容词表现得淋漓尽致，他用深刻而典型的对话将第一次世界大战后青年的彷徨与迷惘的心声书写出来。可以说海明威的大量文字都散发着战时与战后美国青年对现实的绝望。海明威不止竭尽所能地发挥着对"迷惘"的认知，同时也表现着海明威内心的"硬汉观"。海明威一向以文坛硬汉著称，他是美利坚民族的精神丰碑，代表着美国民族坚强乐观的精神风范。在《老人与海》中海明威用风暴、鲨鱼等塑造了一个"人可以被消灭，但是不可以被打败"的硬汉形象，同时也反映了海明威英勇、坚定的生活态度。海明威的众多作品中不仅充斥了"迷惘""硬汉"等思想，不可忽视的还有他对自然与死亡的理解。作为一个对生命有着独特理解的文学大家，海明威形成了对死亡的坦荡、豁达的人生态度。《午后之死》就明确指出："所有的故事，要深入到一定程度，都以死为结局，要是谁不把这一点向你说明，他便不是一个讲真实故事的人。"海明威想要表达"死亡是人生的终点，任何人不可逃避"这一观点。《老人与海》中也有海明威对自然生态的想法，海明威利用圣地亚哥、环境、鱼类的关系形象地阐述了：人不能过于追求物质享乐，要尊重自然、节省资源、保护生态环境，才能达到人与自然的和谐。总之，海明威光彩夺目的主题思想和艺术风格都在探究着人类文明进程中对生命的思考。

海明威的创作经历了一个复杂的发展变化过程。在海明威早期的作品中，海明威表达对西方资本主义日趋腐朽的绝望和内心痛恨战争的不满情绪，文字中蕴藏着一种悲观和颓废的色彩。海明威在创作中期才改变了这种思想，开始对西方资本主义和战争的本质有了新的认识，这是海明威心理历程上的一个重大发展。海明威的后期作品依旧延续着早、中期的写作风格和迷惘情绪，但是却比早、中期的作品反映的情绪更加明显。值得一提的是，海明威的创作中也充斥了大量的意识流和含蓄表达，从而使读者在真假变换中感受到人物或强烈、或浪漫的内心世界。

为了方便海明威文风的欣赏者了解海明威，我们特出版海明威全集系列丛书，内包含海明威的多部小说、书信、新闻稿、诗等作品。读者可从中感受到海明威享受心灵的自由却求索不得的无奈，也可感受到海明威对内心对生命最强烈的回响。海明威的作品无论在中心思想层面，还是语言风格都有其独到之处，因此他的作品读来令人回味无穷。对于欣赏者来说，要具备独特的艺术鉴赏力和审美修养才能发掘海明威"海面下的宏伟冰山"，从而产生更多对生命的思考。

目　录

第一章

我听说过马在斗牛过程中凄惨的经历，所以当我第一次看斗牛时，就预料到会有些可怕，可能还会觉得不舒坦。这一点在我了解的所有斗牛场的资料里都着重描写，大多数作者都坚决地斥责斗牛是一项既愚昧又凶残的运动，纵然是那群把斗牛赞美为一项技艺的呈现、一场出色的表演的人，也不认同骑马斗牛，还会对这项运动心怀歉疚之感。马死于斗牛场一直被认为是理所应当的。我觉得站在现代基督教的行为准则来看，斗牛这项运动的存在基本上是合理的。毫无疑问，斗牛自始至终都是危险的，斗牛者时刻都会有危险，十分残酷；斗牛总伴随着死亡。而现在我也不应该试着为其辩解，只是把我观察斗牛得到的实情诚实地叙述出来。我必须彻底做到或竭力做到切实坦白地讲述这些，如果有人读完后感到厌烦，觉得这是某位缺少他们即读者的细致感受的人写的，我只能说，这些事也许是真实的。但不管是谁读过它，当他或她见到书中讲到的事，并且清楚自己对这些有什么反应时，就能得出这些真实的答案。

对于斗牛，我记得葛特鲁德·斯泰因，有一次她说对何塞利托很钦佩。她让我看了几张照片，有何塞利托在斗牛场的照片，还有她自己和艾丽丝·托克拉斯①的合影，她们俩坐在巴伦西亚斗牛场木围栏后的第一排，下面就是何塞利托和他的弟弟加利

---

① 艾丽丝·托克拉斯（Alice Toklas, 1877—1967），是葛特鲁德·斯泰因的女性生活伴侣兼秘书，居于法国，写了《往事回忆》《托克拉斯食谱》等书，斯泰因假借她的名义写了《艾丽丝·托克拉斯自传》。

奥。那时我刚从近东赶来这里，在近东，希腊人打断运货牲畜的腿，把它们都驱逐到码头旁的浅滩中，从士麦那城①撤走。我记得当时说，那些马让人怜悯，因此我不喜欢看斗牛。那时我正试着写作，但我发现要不受别人意识或自己的感受的影响，把自身真实的感受写出来太难了，而最困难的还是把真实发生的事和它令你领悟到的能完美地展现。你写新闻稿，写发生在当天的事，那么及时性本身就能给予当天发生的事一种感情要素，因此仅凭及时性，你就可以传达感情。可事实是如果运气好，你才能写出足够好并使读者产生共鸣的作品，且能让其保持一年甚至十年。我一直没有把握，所以当时我很努力地试着创作，期望能有所得。现在战争结束了，你唯一能看到生与死，即暴力致死的地方，就是斗牛场了，所以当时我非常想去西班牙，去那里才能研究暴力致死。当时我正尝试从最简单的事情着手学习写作，而最基本的、也是所有事情中最简易的暴力致死。

死亡有疾病导致的，或所谓的老死，或朋友过世又或你爱过、恨过的人逝去。暴力致死与它们相比，情况虽然简单，但终究是死亡，也成了人们写作的主题之一。我读过很多作者写的关于死亡的书，但他们描述得非常模棱两可，我认为原因有两点：一是作者从未亲身经历过死亡；二是因为他在死亡发生时，闭上了双眼或者关闭了心门。这就像他看到一个孩子即将被火车撞上，而他来不及把他拉回来或进行急救，只好闭上眼睛一样。在这种情况下，火车一瞬间就要撞死一个孩子是他所能表达的唯一事实，而描写火车如何撞死人的情景可能会对这件事起到与预期相反的作用，因此他只能描写到撞倒孩子之前的那一刻，所以我觉得他闭上眼睛大概也是可以谅解的吧。但是，如果是在执行枪决或者绞刑时，这样做就不能让人身临其境了。如果想让这些非

---

①　士麦那（Smyrna）是土耳其西部港口城市伊兹密尔的旧称。

常简单的事情永远记录下来，就试试戈雅①尝试在《战争的灾难》中做的那样，闭上眼睛是完不成了。我的确曾见过一些事情，一些我记得的也的确简单的事情，但因为我介入了这些事，或在没介入的情况下，我必须尽快写事后报道，因此只记下我当时用得着的事，因此我没有机会站在一个普通人的角度去察看和推敲这些事情。举个例子，有的人会去仔细观察自己父亲的死亡过程，有的人会仔细观看绞死人时的情形，我们也假设他并不认识那个被推上绞刑架的人，他也不需要事后急急巴巴抢时间写成新闻稿送去晚报出版。

因而为了让自己尝试写一些关于斗牛的文章，我去了西班牙看斗牛。我本以为我是不会喜欢斗牛的，因为这项运动给我的印象是简单的、粗鲁的、残暴的，但我即将能看到一些真实的动作，这对于正在探究有关生与死的感受的我会有所帮助。我看到了这些真实的动作，但斗牛远没有我以为的那么简单。我很快便沉迷到其中。我当时的写作功力根本无法应对这项十分庞杂的斗牛运动。对于斗牛，五年时间里，我只写出了四篇非常短的速写便江郎才尽了。实际上我等了十年，但若是我真的等了足够长的时间，那我就真的什么东西都写不出来了。因为当你不是为了写文章，而是真正开始想要深入探究什么事物时，你就会陷入一种永远都停不下来的状态。除非你是个十分高傲自大的人，当然可能你还因此写出很多书，否则你绝不会肯定地说："我现在什么都清楚了，我要把它写出来。"现在我不会说这话，我知道每年都有更多东西需要探究和知道，但现在我确实知道一些让人有兴致的东西，而且说不定很长一段时间我都不会与牛运动产生交集了。所以，我把自己迄今为止所了解的斗牛写出来吧。此外，多一本英文版的斗牛著作可能也是有用的，一本无关道德主题的严

① 戈雅（Goya, 1746–1828），西班牙画家，他创作了版画集《战争的灾难》。

肃著作是会有它的价值的。

直到今天，人们心中的道德准则，我只能觉得事后对你好的就是有道德，事后对你坏的就是没有道德，我不会为这种道德标准作什么解释。于我来说，斗牛是很有道德的一项运动，因为在进行斗牛时，我觉得非常愉快，我还感受到了生与死，必死与永生。斗牛结束后，我会很难过，但这种感觉很好。对于斗牛场内的马，我并不关心，事实上我是真的不重视那些马，但这与什么准则、道德并无关系。平时如果在路上看到一匹马倒下，我就觉得自己有必要去帮助它，有很多次我都会为马铺开粗麻布袋，除去马具，还会避开会使马蹄的掌心不舒服的道路。如果将来在下雨和结冰的天气时，再碰到马倒在城市马路上的事情，我还是会去帮忙的。可是看到那些马在斗牛场里的凄惨境遇，我一点都不感到惶恐或者憎恶，有这种心理差别我也觉得很惊讶。我曾经邀请许多朋友去观赏斗牛，他们有男也有女，当看到那些马在斗牛场中被牛角刺死时他们的反应都有不同，这些反应都是难以估量的。我深信有些女人肯定是很喜欢观赏斗牛的，可怜的马被牛角追刺时的情景不会使她们的心情产生一点波动。我的意思是她们对此确实是一点都不在意，换句话说，有些事她们以为自己会害怕和讨厌，但当她们置身其中时，却一点都没有感到害怕或者讨厌。还有一些人，无论是男人还是女人，都会因那情景给他们带来的冲击感觉到身体的不适。我会在后面的文中对这些人的行为进行周密探求，我现在想解释的是，按照一些文明标准或根据实际经验，把这些人分成受到影响的和未受影响的两类是不可以的，事实上，并没有什么所谓的分别或者所谓的分界线。

根据我自己的观测，我也许会把这些人分成两大类，借用心理学的专业术语来讲，人都有认同感：一类人把自己看成是动物，把自己与动物归为同类；另一类人则只把自己看成是人类。根据以往的经验和观测我确信，与那些很难把自己与动物归为同类的人相比，那些认为自己是动物的人，也就是那些疯狂喜爱狗和其他动物的人，更会对人类做出残暴的事情来。看起来好像人与人之间有一个根本的区别。那些不把自己看作动物的人大体上来说对动物不是很亲近，但他们对某些独特的动物，比如一条狗、一只猫，或者一匹马，也会付出很多的感情。但是这种感情的基础并不是因为动物是宠物而形成的，而是因为这独特的动物的某种特征，或者是因其他与这独特的动物相关联的某些因素。对我来说，我曾对三只不同的猫和四条狗付出过很深的感情，我记得还有两匹马，能令我铭心刻骨。那是两匹我曾经拥有过、骑过或赶过的马。还有一些马我追赶过、看过它们比赛并在我十分看好的马身上下过赌注。我喜欢它们，对其中几匹下过赌注的马，我几乎倾注了很深的赞美之情。有些我还清楚地记得它们的名字，比如："战士"，还有我认为确实很喜爱的"毁灭者""菠菜""沙皇""英雄十二世""鲍勃少爷"，还有一匹名为"乌恩卡斯"的杂交马，它与前面提到的最后两匹都是障碍赛马。我对这几匹马都特别地看好，但我对它们的喜欢有多少是因为所下的赌注，我就说不明白了。在奥特伊尔举办的一场古典障碍赛中，我把钱全押在了乌恩卡斯身上，它以大于十比一的赔率获得冠军，当时我拿着赢的钱来到它身边，感觉对它喜欢得不得了。在谈到这匹出色的赛马时，我和伊文·希普曼几乎热泪盈眶，当时我确实很喜欢这匹马，但是你如果问我这匹马后来的结局，我只能回答说我不知道①。我所清楚的就是我喜欢狗，我喜欢马，我喜欢猫，并不是因为它们本身是什么。

　　那些在斗牛场上死去的马为什么不会引起人们的关心？一些人对此问题满不在乎的原因是非常复杂的，但是基本原因也许是

———————

　　①　希普曼先生在读完我这段文字后告诉了我乌恩卡斯后来的情况，它因为体力衰减，现在已成了维克多·伊曼纽尔先生的坐骑。我听到这个消息后并没有什么感觉。

牛的死亡过程是悲剧性的。相比之下，马的死常会被认为是好笑的，马在斗牛这场悲剧中扮演着一个搞笑的角色。这种解释可能会有些不可思议，但这是事实。只要马的身高足够，体力充足，能支撑长矛手用长矛或叫 vara 的武器去执行他斗牛的任务就可以了。因此，马的处境越不好，就显得越搞笑。你应该对马的这些悲哀而壮烈行为及发生在它们身上的事感到可怕和憎恶，除非你硬要表现得恐惧和厌恶，否则你不可能会产生这些感觉。它们都不怎么像马，在某种层次上倒是很像那些蠢笨的鸟，如秃鹳或宽嘴鹳。当马被颈部和肩部肌肉向前冲击的牛挑起来时，它们悬在空中，大蹄子摆动着，脖子低垂着，被开膛的身体在牛角上戳着的时候，它们一点都不可笑，但我肯定它们死的并不悲哀。所有的悲剧都会集在牛和斗牛者身上。马的职业特性的悲剧发生在更早时候，斗牛场之外，即在它被斗牛场签约买下的时候。从某种意义上说，斗牛场上的马以死亡结束并没有什么不妥的。等马身被帆布盖住后，只露出来马的长腿、脖子、变了形的马头，再加上盖在它身上的看着像只翅膀的帆布，它就会像只鸟了，看起来有点像只死鹈鹕。虽然你要是去抚摸活的鹈鹕，就会有虱子往你手上爬，但是它还是很有趣的、好笑的、令人喜爱的鸟，不过一只死鹈鹕看上去就显得很愚蠢了。

我写这些只是试着把斗牛完整地描写出来，并不是要为斗牛运动辩白。一定要认定几件事情才能做到这一点，而一个辩白的人在说明时会疏忽这些，或者会避重就轻。死亡并不好笑，极为搞笑的角色在死亡时也会有昙花一现的肃穆，虽然一旦死亡，这肃穆也就随风而去了。因此，发生在马身上的好笑的事情并不是指它们的死，而是指马的内脏奇异而搞笑地从体内翻出来。按照我们的准则，看到一个动物的内脏被悉数挑出来，一定不是什么好笑的场面。但是如果这个动物并没有干什么悲剧性的或者说是庄重的事，而是绕着斗场用死板的张皇失措的步态奔逃，那覆盖在它身上的就不是什么光荣的彩云，而是羞耻的黑云。既然如此，如果它身后真的拖着自己的内脏，就像弗拉特里尼马戏团的搞笑表演一样好笑，尽管他们是拿一些绷带、香肠和其他东西来代替。如果一个场景好笑，那另一个也一样，其中搞笑的理由都是一样的。人在逃跑，马在狂奔的场面我亲自感受过，马的内脏翻出体外，在地上拖着，鲜血四溅，绝对是一场对悲剧的搞笑模仿秀，一个个庄重的因素就在这种过程中被毁得干干净净。这些我都亲自感受过，因为这个场面发生在那种时刻会显得很搞笑，所以把它称作开膛破肚也算是一个最糟糕的词了。这种事你不会想证实的，但正是因为这些事从未被证实过，所以斗牛一开始就没有解说明白。

我上面所写的马内脏外翻的事情，现在已不是西班牙斗牛运动中的一部分了，因为普里·德里维拉政府①出台了要用一种内部缝着东西的垫子保护马腹的规定。这种垫子的出现是根据法令的以下条款而来的："避免发生令外国人和游客感到很讨厌和可怕的场面。"这些保护用具避免了这种局面，斗牛场上马的死亡数量锐减，但是，这些东西对减少马所遭受的痛苦并没有什么用。这些保护垫极大地减少了牛的锐气，本文后面的章节会对此进行谈论，这样做也迈出了钳制斗牛的第一步。斗牛是西班牙的一种风俗，它的产生与存在对外国人和游客并没有关系，不管他们怎么看，斗牛是不会消失的。采取任何整顿方法以求获得外国人和游客的认可都是不可取的，任何改变斗牛习俗的办法都是向遏制斗牛迈出的一步。

以上所写的是一个人对于斗牛场上的马的看法，把这些看法写出来并不是笔者要写自己和自己的想法，或者觉得自己的看法

---

① 普里·德里维拉（Primo de Rivera, 1870—1930），西班牙将军，独裁者，1923 年发动政变而上台，因管理国家经济失败，引发人民普遍抗议而于 1930 年下台。

很重要，且津津乐道。其实，笔者想要建立一个目标，那就是这些看法都是一瞬间产生的。虽然一件事情看过很多次就会感到麻木，但我并不会因此就对马的命运视若无睹，进而情绪不再被触动。这不是应对某件事不大惊小怪，无动于衷的问题。无论我现在对马有着什么样的感情，我在第一次看斗牛时就是这样的感觉。可能有人会反驳，认为我经历过战争就会觉得平常，又或者因为我当过记者，但是这都不能解释为什么有些人没有见识过战争，或的确没见过任何一种详尽的恐怖场景，没有在像早报那样的报馆中任过职，但也会有一模一样的反应。

　　我确信斗牛这种悲剧的步调安排得井然有序，各种礼节和章程制定得十分用心。一个从始至终体味整场悲剧的人，是不可能把处于次要地位的马表演的搞笑悲剧从里面剥离出来，并且情绪激动地去感受它的。即使他们对斗牛什么也不懂，但如果他们了解到整个运动的意义和宗旨，感受到这件他们难以想通的事正在发生，那在马身上发生的任何事都只不过是附带罢了。如果他们感受不到全部悲剧，他们自然会被自认为最吸引人的那些附带小事所打动。同样，如果他们是人道主义者或是兽道主义者（这个词太棒了！），那他们就感受不到这场悲剧，只会因处在人道主义或兽道主义的位置而表现出一种反应而已，很明显，马还是最不幸的。如果他们心中真把自己与动物归为同类，那他们就会感到很悲伤，没准他们比马更悲伤。因为一个受过伤的人知道刚受伤时并不会疼，大约半个小时后疼痛才会袭来，而且伤口的可怕外表和疼痛程度并不一致。腹部受伤时不会立刻感觉到疼痛的，而是之后出现腹膜炎时才会产生腹内胀气并感到疼痛的。但是，韧带拉伤或者骨折的话就会立刻感到剧烈难忍的疼痛。可是对把自己与动物归为同类的人来说，这些事情他们不明白，或者被忽略了。如果他们仅仅是看到斗牛的残忍一面，就会感受到巨大而可怕的痛苦，但是如果他们在障碍赛中看到骨折了的马，那就感受不到一点痛苦，只会觉得非常可惜而已。

因此那些斗牛迷，也可称为 aficionado，一般可以归入这样一类人，他们有以上所说的悲剧心理和对斗牛的真正理解，因此对于他们来说那些细节就不是很重要了，除非这些细节与整个运动有关联。你要么就有这种认识，要么就没有，这就像你是否有欣赏音乐的能力一样，在这里我们并没有比较两者的意思。在交响音乐会里，一位没有音乐欣赏能力的听众所能关注的也许只是低音提琴手的演奏动作，就好像一位斗牛场内的观众也许只会记得长矛手的非常明显的怪样子。低音提琴手的动作确实有些古怪，如果单单听他拉出来的音，通常是没有意义的。如果交响音乐会上的听众和斗牛场内的观众同样是人道主义者，那他也许会觉得增加交响乐团低音提琴手的薪金是很有必要的，提高他的生活水平，找很多时候做这样的好事，就好像他觉得马很值得怜悯，有很多时候能够为它做些好事一样。不过让我们暂时认为，倘若他是一个有文化修养的人，并且明白交响乐队的乐器全都是有用处的，应该把它们看成一个整体。那除了感到愉悦和赞赏之外，他也许感觉不到整个乐队有什么不对劲。他不会把低音提琴与整个交响乐团中分开来看，也不会关注某个正在演奏的低音提琴。

所有艺术的鉴赏能力都是随着艺术知识的积累而提升的。如果人们不用守旧的眼光去看斗牛，不带着偏见，只去体会他们真正的感受，那他们在第一次欣赏斗牛时就会清楚自己是不是喜欢。他们也许对斗牛会不屑一顾，不管一场斗牛是出彩还是糟糕，因为他们认为从道德角度讲斗牛这项运动是不对的，所有解释都没有任何意义。这很像那些觉得喝酒是不对的人，虽然也会觉得喝酒是一种满足，他们却是拒绝的。

用喝酒来对比看上去并不恰当，可事实上并不是这样。酒是全世界最文明的东西之一，还是世界上制作得最没有缺陷的符合自然本性的东西之一，也许与能够买到的其余只凭感觉的东西相比，酒提供了最大限度的满足和鉴赏。你可以一辈子都带着浓厚的兴致研习关于酒类的知识，下苦功磨炼自己的品酒能力，味觉会变得越发灵敏，品酒能力亦会提升更多。你拥有的满足和鉴赏酒的能力会百尺竿头更进一步，即便肾脏可能衰败，大脚趾变得疼痛，手指关节僵化，直到最后，你必须在最喜欢饮酒的时候戒酒。这和眼睛的情况相似，曾经你觉得眼睛是健康的器官而已，如今情形变了，因用眼过度、太过疲劳而使视力不断下降。但是，因为知识渊博了或者说有了鉴赏的能力，所以眼睛还是能连绵不绝地将更大的快乐向大脑传达。我们的身体都会以某种形式虚弱下去，直至我们死亡。我很想具备给我带来尽情享受玛尔戈红葡萄酒或上勃里昂酒的美好兴趣的那种品酒能力，即便会造成饮酒过度，伤害肝脏，不能再品味里希堡酒、科尔通酒或尚贝坦酒了。我宁愿变成那样，也不想要少年时代那种像铁板一样的内脏器官。还记得当时，除了波尔图酒之外，所有红葡萄酒的味道都是苦的，而且喝酒只是随便灌下充足的一种酒，让自己变得草率的一个经过而已。因此，与尽量防止眼睛致盲的情况一样，关键还是要防止到必须彻底戒酒。不过看上去所有事都是碰运气的，没人能因安分守己而避免死亡，也不能不经试验就知道他身体哪个部位可以承受的极限。

话题好像偏离了斗牛，但我主要说的是一个人可以因为学识的积累、味觉的磨炼，从饮酒中得到很大的乐趣，就像一个人在斗牛中获得的乐趣会不断积累一样，最终观赏斗牛就成了他最大的业余爱好之一。但是如果一个人是第一次饮酒，他便只是在喝，而不是鉴别味道或品酒，他也许对酒的味道并不留意也不在乎能否分辨出来，但他却会知道自己是否喜欢喝酒，也会领悟到喝酒是否对自己有益。于酒而言，大多数人刚开始都喜欢挑选佳酿甜酒，比如索泰尔纳酒、格拉夫酒、巴尔萨克酒，还有一些带汽儿的酒，例如微甜的香槟和带汽儿的勃艮第，因为以上这些酒都有特有的品质。后来他们都放弃了这些酒，而是挑选了酒劲儿很小、口感极佳的上等梅多克大苑①酒，虽然那种酒是光溜溜的，没有标识，没有尘土或蜘蛛网的酒瓶，并没有什么特别的地方，但有的是酒在你舌头上的地道温和以及轻轻的质感，还有在嘴里的凉爽感以及喝完之后的温暖感。同样，刚开始去观看斗牛的人，也是因为特别的入场式，色彩缤纷的斗牛场而喜爱上斗牛的，喜欢在那种场景中看到把红披风挥动过头顶，然后藏在身后的动作和挥动穆莱塔让红布在身侧翻飞的帅气身姿，还有斗牛士伸手去触碰牛鼻子和牛角的动作。他们就是喜欢看这些毫无价值、富有诗意的招式。他们看到马受到保护，免得出现难堪情形时也会很开心，他们对这类措施有很高的认同感。最终当因观赏斗牛的经历足够多而真正懂得它的价值时，他们所追求的就变成了实在、发自内心而非假装的感情，还有古典的斗牛风格和所有发挥得淋漓尽致的斗牛技巧。就如同不添加甜味会使喝酒的口味发生变化一样，他们希望看见没用保护措施的马从受伤直至死亡的全部过程，而不是做好保护措施的马让观众感受不到难过。不过，得到这种喜欢还是厌烦的感觉与喝葡萄酒类似，你可以在第一次品尝时，从它对你产生的影响中知道自己对这件事情的感受。为满足人们的各种需求，斗牛有各式各样的形式，假如你讨厌斗牛，当它作为一个整体项目时也讨厌且对它的细节不感兴趣，那斗牛就不适宜你。如果讨厌斗牛的人没想着要发起阻止它的斗争或者因不满或厌恶而想要花钱取消它，那对喜欢斗牛的人来说是一件大好事。但是这种期望未免太美好了，因为任何引发人们狂热喜爱的事物，也势必会引起同样狂热的抵制。

　　一个人第一次看的斗牛不一定就是技术精湛的，务必要同时

---

　　① 法国梅多克地区有八十五个生产酿酒葡萄的优良葡萄园，它们按葡萄成熟先后顺序被分为了五个"苑"，"大苑"是其中之一。

拥有优秀的斗牛士和好的公牛也许才会有一场出色的斗牛运动。斗牛高手和劣等的公牛的组合，不会产生一场引人入胜的斗牛赛，因为一个技术精湛的斗牛士能玩出不一样的招式对付公牛并激起观众心中非常强烈的情绪，与一头不能期望会做什么像样冲击的公牛同台时，他不会把这些技艺展现出来。因此，如果是看上去很凶猛但其实并不剽悍的劣等的公牛，人们就不能盼望它会向前冲击，这种牛既不主动进攻，又无法估计它何时攻击，不应让注重技巧的斗牛士去应对这样的公牛，最好找那些既懂这运动又忠实可信，还有多年丰富经验的斗牛士去上场。这样的斗牛士即使是遇到一头很难应对的动物也能表现得很专业，因为要制服这样的公牛会多一分危险，要做好打算并且动作高明有气势地把牛刺杀，斗牛士既要拥有技巧又要有勇气。如此，这样的斗牛比赛就会变得非常精彩，即使之前从未看过斗牛的人，也会感觉非常引人入胜。但是，如果一名具备了老练、聪明、无畏、能干特质的斗牛士，即使没有天分或非同一般的灵感，恰好遇上斗牛场中一头真正剽悍、直线朝前冲击的牛，它回应斗牛士的每一次挑衅，它遭了痛击反而越发勇猛，具备西班牙人所称的那种"崇高"的品性。而这个有胆识和才能的斗牛士只会计划好见牛就杀，并不具备魔术师般的手法和美学的创造力，不能与一头朝前直线冲击的牛共同创造出现代斗牛那种雕塑般的艺术，那他的表演就显得没有特色、平淡无奇。这名斗牛士就完全失败了，他的商业性斗牛排名就会越发靠后。此时观众中那些年收入可能还不到一千比塞塔的人就会埋怨，而且确实是发自内心："我宁愿花一百比塞塔去看卡冈乔斗这头牛。"卡冈乔是个吉卜赛人，他这个斗牛士经常表现得非常懦弱，还是个不正直的人，不管是成文的还是不成文的斗牛士行为规范他全都不遵守。然而就是这样一个人，只要他碰上一头自己对它有信心的公牛（很难有牛能让他充满信心），他就有手段把每个斗牛士都会做的动作，用自己的方式去展示。有时候他双脚一丝不动，就笔挺地站着，脚下像生根一样，他带着吉卜赛人特有的高傲与仪态。相较之下，所有其他高傲与仪态立马消失，红披风被他全部展开，就像矗立在帆船上的那些艏三角帆，非常迟缓地在牛鼻子前移动着。若不是因为这动作转瞬即逝，它一定会被列为斗牛技艺的主要技艺之一，他诱导牛的动作在缓慢中释放出高傲，在仅有的几分钟的时间里，一瞬变成了永恒。以上所述用的是最不好的文笔，但只有这么写，才能带给人这种感觉。对于一个没有观看过卡冈乔斗牛的人来说，只是用一些单一的话语描述他的方式肯定是不恰当的。观看过他斗牛的人可以把这些华丽的描写跳过去，只读那些真实情景，然而若是要分开描写这些真实场面就会更加困难。事实上，有时候吉卜赛人卡冈乔运用他那不同寻常的手段，把普通的斗牛动作一点点十分迟缓地展示出来，这些动作会让人比照他多年来使用的动作，就好像电影慢镜头与正常镜头作对比一样。这就好比一个跳水的人在做燕式跳水时能够在空中掌握其速度，虽然在照片上看着燕式跳水好像是长距离向下滑行，但事实上这就是一个快速动作，停留在空中的时间延长之后，就能把燕式跳水变成长距离的下滑，有时候我们能梦到类似的俯冲和跳跃，跟燕式跳水非常像。还有一些斗牛士掌握了这种技术和本事，他们是胡安·贝尔蒙特、恩利克·托雷斯和弗里克斯·罗德里克斯，后面提到的两位有时还能把红披风运用得潇洒自如。

像这样能同时看到理想的公牛和与它旗鼓相当的斗牛士的比赛，在一个赛季里全西班牙最多也就不到二十次。第一次去看斗牛的观众希望不要太大，而且于他来说第一次就看到这样的斗牛并没有好处。这么多令人目不暇接的东西展现在面前，让人应接不暇，只好把它当作一场普通的表演，但是这一生也许再也看不到这样出色的东西了。如果一个人会喜欢上斗牛的话，一场中等水平的斗牛是他第一次观赏的最好选择。这种水平下，六头公牛中会有两头较为剽悍，剩下没什么特色的四头公牛则会把这两头的表演烘托得更加出色。三名斗牛士的报酬应该并不太高，他们做出的任何高妙的表演，都并非易如反掌而是难度非常大的。观众要选远离斗牛场的座位，这样可以看到整个斗牛场景；若是太靠近场地，他往往只能看到部分场景——牛和马，或是人和牛。观看斗牛还要具备的条件是要在大晴天，太阳是非常重要的。天空中有太阳是达成斗牛的理论、实际操作的基础，如果没有太阳，那斗牛就缺了三分之一的内容。西班牙人中流传着一句谚语："El sol es el major torero."意思就是太阳是最好的斗牛士，没有太阳，最好的斗牛士也就消失了。太阳就像一个没有影子的人。

第二章

用盎格鲁-撒克逊语中的词义来说，斗牛不是一项运动。换句话说，公牛与人之间的斗牛比赛是不平等的，人们也没有希望要做到平等比赛。确切地说，斗牛就是杀死公牛，这是一场悲剧。这场悲剧是由公牛和相关斗牛者一同出演的，无论演得好还是糟糕，在这场悲剧中，人是有凶险，但是公牛才是一定要死的。因为斗牛士能够随意地调整他与牛角之间的远近距离，但是人的凶险度也许会加强。在封闭的斗牛场内，徒步斗牛的规则是依据多年经验制订的，如果人学习并的确没有违背这些规则，人会得到对牛采取一些措施的许可，以防被牛角伤到。只要斗牛士没有违背这些规则，他就能在他与牛角收缩距离的情况下，越来越多地依靠自身的反应能力及对这段距离的估计，躲避牛角尖带来的伤害。如果人出于疏忽、手脚缓慢、动作死板、无知莽撞，或者违背基本准则里的任何一项，为展示不同招式而一时脚下不稳的话，情形都会发生变化，人会被牛顶住夹住，被活活摔死。斗牛场内的人每完成一个动作都被称为一个"suerte①"，这个术语并不啰唆所以应用很广。它的意思就是 act②，但用 act 这个词会产生异义，因为在英语里 act 又包含戏剧的意义。

人们在第一次观赏斗牛时会说："公牛也太笨了。不去撞人，总是冲向红披风。"

公牛只会冲向密织棉布织成的红披风或者朱红色的哔叽做成

---

① 西班牙文，意思是"方式""斗牛技巧""招式"等。
② 英文，意思是"动作"，在戏剧中意为"幕"。

的穆莱塔，如果人去撩拨它，就要同时注意手中挥动的红布，让公牛看不见人，只能看到红布。因此，去看 novilladas，即见习斗牛士与三岁公牛的比赛，才是刚开始观看斗牛的人的理想选择。在那些斗牛表演中，见习斗牛士是在观众关注下不断实战学习斗牛规则的。他们不能牢记或明白自己最佳的活动区域，还有不明白怎样让公牛总是跟着挑衅的红布而把人丢一边，导致牛并不总是朝着红布冲去的。熟知一条条规则是一回事，面对着想戳死你的牲畜时，还能记起这些必需的规则又是另外一回事。如果观众并不想对掌握公牛的本事的好坏进行评论，而只是想要看人怎么被摔死、戳死，那他理应先去观看见习斗牛士的演出，然后去看完整意义上的斗牛，即西班牙语的 corrida de toros。无论如何，要想知道一些有关技巧的知识，先去观看看新手的表演应该是很有必要的事。因为，在生疏的条件下，我们使用那些奇怪的词所称呼的知识，总是会瞧得最分明。在新手表演中，斗牛士犯的错误，以及犯错后引起的后果，观众们都可以看到。观众还可以询问些斗牛人员的训练情况，训练不充足的人还会因此影响自己的士气。

我还记得有一次在马德里，在夏天的某个极热的周日，很多条件不错的人都出城去北部海边或者去山里避暑了。晚上六点的时候，我们听通知说有斗牛比赛，能够看到三名意气飞扬的新斗牛士，他们已经杀了六头托巴尔公牛，但这三人后来都没有功成名遂。我们在木栅栏后的第一排坐着，能够清楚地看到第一头牛出场时的情景。多明戈·埃尔南多雷纳，一位个子矮小、脚踝粗壮、脸色苍白、神情紧张、样子土气，穿着租来的廉价斗牛服，像饿肚子一样的巴斯克人，他要是试着刺死这头公牛的话，不是出丑，就是被公牛杀死。埃尔南多雷纳根本控制不住他那两条因紧张而不听使唤的腿，他也想平稳地站着，缓慢挥动双手抓着的红披风去挑衅那头公牛，但是他在那头公牛冲过来时，根本没法站稳，两只脚慌乱、仓促地快速跳开。显然，他已经把持不住自己的两只脚了。他不顾两只紧张得想避开危险的脚，硬是装出沉稳的样子来。大家看到了觉得很搞笑，他们很多人心里明白，要是看到两只牛角直冲自己而来，自己也会吓成这样的。对与他们有相同缺点的任何到斗牛场里讨生活的人，他们仍然感到不悦，观众们正是因为这个弱点，觉得自己与这种被认定是高收入的谋生手段无缘。轮到另外两个斗牛士上场时，他们驾驭红披风游刃有余，与他们的表演相比较，埃尔南多雷纳两只脚紧张的样子就更显得糟透了。他最后一次到斗牛场斗牛是一年多之前的事了，那时他仍旧无法使情绪镇静下来。等到完成短标枪投刺，轮到他带着红布和剑出场去斗牛，在他为刺杀公牛做准备，并最终刺死它的时候，那些看到他畏缩的行为就喝倒彩的观众心里想：又要出丑了。他就在我们下面的场地里拿起穆莱塔和剑，他漱口时，我都能看见他脸上不断抖动的肌肉。公牛双眼盯着他，紧贴栅栏站着。埃尔南多雷纳知道这时慢慢走向公牛是没机会了，自己的双腿已经站不稳了。他心里明白，自己如果不想失去在这斗牛场里的位置只有一个方法。他跑向那头公牛，并在彼此距离十码的地方时双膝跪在了沙地上。他为了不被观众讥笑就采取了那种姿势。他用剑拨开红布，膝行而前。牛双耳竖立着，双眼一眨不眨地盯着人，盯着那块三角形红布。埃尔南多雷纳一面挥动着红布，一面用双膝跪行前进了一码。公牛扬起了尾巴，低着脑袋急冲而来，刚一撞到人，埃尔南多雷纳就结结实实地从地上被顶飞了，他像一个包袱那样在空中翻转了一下，同时双腿还在空中乱蹬，随后就摔在了地上。公牛在找寻他时，却被另一个斗牛士手中挥动的红披风引开了注意力，便朝那人冲了过去。埃尔南多雷纳从地上爬起来寻找他的剑和红布，许多沙土蹭在他苍白的脸上。就在他站起来时，我发现他租的那条很脏的灰色厚绸裤开了一条很长的口子，几乎从屁股露到了膝盖再露到了大腿骨。他自己也发现了，并伸手去遮掩，神情十分讶异，这时人们翻过栅栏跑过来要送他去医院。他犯了一些技术性失误，当公牛直冲到面前时，他没有把穆莱塔举在自己与公牛之间。当公牛低着的脑袋撞到红布，即到了被称为裁决时刻时，他也没有做到一边迅速弓身后退，一边极力把被棒和剑挑开的红布往前举起来，以避免朝红布冲过来的公牛顶到人。其实这只是个单纯的技术性失误。

那天夜里，我在小餐馆中没有听到人们对他有任何怜悯。他愚蠢、拙笨、训练不足，为什么他非要去当斗牛士呢？为什么还要跪下呢？他们说他是个懦夫，懦夫才会跪下。但如果他真是懦夫，那为什么又非要去当斗牛士呢？因为他是接受酬劳公开进行表演的人，他控制不住的紧张表现没有获得人们的怜悯。在公牛面前溃不成军，还不如直接死在牛角下好些呢！直接被捅死是种光荣！若他是控制不住焦灼的心情跟跄着后退，而不是双膝跪地时被公牛捅死，那样虽然会招人讥笑，但也会获得人们的怜悯，人们清楚那是训练不足的原因。他要控制住双腿继续挑衅公牛过来，是被公牛吓破胆时最困难的事。即使所有控制住双腿的努力都会让人们觉得非常搞笑，但跪着也是一种光荣，但埃尔南多雷纳并没有获得那个用双膝跪在地上斗牛的方法。现今只有最讲究技艺的斗牛士马西亚尔·拉兰达才会这个技巧，也正是因为这个原因，跪姿才被认为是光荣的。而埃尔南多雷纳的表现把自己的焦灼心情暴露出来，表现出焦灼的心情并不是一件令人羞愧的事，羞耻的是承认心底是焦灼的。道理与人们不怜悯那些自杀的人一样，当斗牛士因为缺少技巧而认可自己控制不住双脚，在牛跟前一下子跪倒的时候，他是不会得到人们的怜悯的。

对于我自己而言，因为我不是斗牛士，而且还对自杀很感兴趣，所以我的问题是该怎样进行描写。我总是在夜里醒来时，打算回想我会忘记的事，即我确实见到过的情景，最终我记起来了，我想起了一切有关的东西。他从地上站起来，苍白的脸上沾着泥沙，绸马裤的大口子从腰裂到了膝盖，那时关键的事是我看到了他脏兮兮的马裤，他开了口子的脏内衣，还有那雪白雪白、白得惨不忍睹的大腿骨。

在新手的斗牛演出中，除了探索斗牛技巧和因缺少技巧而产生的后果之外，你还有机缘学习怎样应对有缺点的公牛的方法。在见习斗牛时，会安排一些由于某些明显缺点而不能用于正式斗牛的公牛，它们总会被杀死。在任何一种形式的斗牛中，几乎所有公牛都会暴露出缺点来，斗牛士需要修正这些缺点。但是这些缺点，比如视觉缺点，有些见习斗牛在一开始就表现得非常明显。因此，修正缺点的方式不对，或者因没有修正而产生的不幸结果，都是一望而知的。

正式斗牛时公牛一定会被杀死的，这不是一项运动，而是一场悲剧。在规定的十五分钟的预备刺杀和进行刺杀的时间用完时，如果斗牛士仍然不能使公牛致死，公牛就会活着被引导者带领出去，这会使斗牛者遭受污辱。根据法律，务必在外面的牛栏中把这头活着出来的牛杀死。正式得到承认的斗牛士只有百分之一的概率会殒命，除非他经验尚浅、疏忽、很久没有进行训练或者年纪太大、双脚笨拙。但是，如果斗牛士技艺精湛的话，他可能会自由增加自己所处的死亡危险的程度。然而，他必须在不违背为保护他而制定的规则下才可以增加技术难度。换言之，在非常凶险的环境下，如果他还能够做一个动作并仍然能保持身体平稳，那就是他的荣耀。如果他因为疏忽、不重视基本规则、因身体或头脑笨拙或者因鲁莽而遭遇危险，那就是他的羞辱。

斗牛者务必用胆量和技艺来战胜公牛。只有用优雅的动作战胜对方，斗牛看上去才会是悦目娱心的。除了刺杀的一瞬间，力量对于斗牛士是没有什么用的。绰号"公鸡"的吉卜赛人拉菲尔·戈梅斯现年快五十岁了，是绰号"小公鸡"的何塞·戈梅斯的哥哥，也是吉卜赛斗牛士世家中戈梅斯这个姓氏活在世上的最后一人。有一次，有人问他在斗牛时都会使用哪些方法磨炼来增加体力。

"力气？""公鸡"说，"我要力气有何用，老兄？我去磨炼身体增加力气跟半吨重的牛比？让牛去有力气得了。"

如果斗牛场上的牛在限定的十五分钟内没有被刺死，事后也没有在牛栏里被杀，而是同意它再次出场，同意它也像斗牛士一样积累经验，那所有的斗牛士都会被这些公牛捅死吧。野生动物和没骑马的人之间的第一次遭遇是形成斗牛运动的根源。现代斗牛的主要条件是公牛未曾进过斗牛场。原来的斗牛可以让先前进过斗牛场的公牛再次进场，这导致太多的人殒命，因此教皇庇护五世在一五六七年十一月二十日公布敕令规定，要把所有允许在自己国家进行斗牛的天主教君主驱赶出教会，而且那些在斗牛场里殒命的人一律不许举行天主教式葬礼。在教皇敕令公布后，西班牙依然没有中止斗牛运动。在大家都赞同公牛只能在斗牛场内出现一次的条件下，教会才容忍了斗牛运动。

因此你也许会认为，如果想把斗牛变成一种真正的运动，而不仅只是一场悲剧，就应当允许公牛再次入场。我曾经在外省城镇见到过这样不遵守法律规则而上场的公牛。那是在城中的广场上，用大车连在一起，堵住广场出入口，临时围成的场地，那是非法的 capea，也就是允许上过场的公牛再次进场。那些首次在广场斗牛中体会斗牛的，都是雄心勃勃，没有幕后老板资助的斗牛士。那也算是一项运动，一项非常残酷粗暴、原始粗野的运动，大致上来看也是一项真正的业余运动。只是因为斗牛会有身死的危险，因此参与这项运动的美英业余运动员并不是很受欢迎的。不管是贴近死亡，还是远离死亡，死亡都不是吸引我们投入这项运动的原因。吸引我们的是那种成功，我们用避免失败来替代避免死亡。这是一个很好的象征，不过如果要做个运动员，那死亡与运动联系越是亲密，越得需要更多的睾丸①。在广场斗牛时，公牛基本是不会被杀死的，这对那些珍爱动物的运动员有很大的吸引力。外省那些城镇人一般都很贫困，每场比赛都要杀牛，他们负担不起。而有志向的斗牛士也都买不起剑，不然他也不会选择到广场斗牛来学技巧了。这样就使那些富裕的运动员有了机会，因为有钱他就付得起钱买公牛、买剑。

但是因为公牛智力增长的原因，再次进入斗牛场的公牛并没有什么看点了。进攻了一两次之后，公牛就会待在原地不动了，它只在觉得有信心捅倒拿红披风挑衅自己的大人或孩子时才会进行进攻。若是公牛遇到一群人并冲向人群，它就会看准一个人追着跑，无论那个人如何左右躲避、拼命奔跑、绕弯摆脱它，它都会一追到底，直到把他捅倒。如果把牛角的尖磨平了，那看着公牛追来捅去的，还是很有看点的。如果不肯的话，任何人都没有理由去惹怒公牛，当然那些想去尝试斗牛的人，也不见得真能把自己的勇气表现出来。那些进入广场中的人的情绪是十分兴奋的，因而可以看出是不是能让斗牛者比观众更觉得有趣味，它是一次对某项业余运动的真正的验证，只要观众觉得有趣能够吸引他们了，也就可以收取入场费赚取利润了。这项运动也就出现了职业化的痕迹，而最细微的淡定或沉稳的表现，都会立即得到热烈喝彩。但是，如果没有磨平牛角尖，那这个场景就让人心里发慌。这时拿着麻袋片、衬衣、旧披风代替斗牛红披风的大人或孩子，会在好像牛角已经被磨平的状态下去挑衅公牛。唯一的不同就是，如果让这种公牛把人捅到，撞倒在地，那他们很可能就会受很重的伤连当地医生都无法治好。在巴伦西亚省广场斗牛中，有一头曾经最最骄横的牛，它在五年职业生涯中杀死了十六个大人和孩子，而被它重伤的人高达六十多个。虽然有时进入广场斗

---

① 参阅"术语释义汇编"的 cojones。

牛的人也会像力求实现当职业斗牛士的人那样表演，以这种办法免费得到斗牛经验，但大多数人仅仅只是为了试试，或为了得到当时强大的刺激。也许是为了能把这种在午后酷热时，在自己家乡的斗牛广场参加过藐视死亡的运动作为以后回忆起来的乐事。很多人发觉自己没有勇气，但他们希望自己拥有勇气，很多人是怀有这样的虚荣心进场的，但他们至少是进过斗牛场的。除了满足自己内心的需求和进场与牛角逐过之外，他们其实什么也没得到，这只不过是一件让做的人会永远牢记心中的事罢了。一头牲畜睁大双眼向你冲来，一心要捅死你，与此同时，你还看着它低下头亮出要刺死你的凶器冲你一步步地逼近，那是一种奇妙的感觉。这种感觉把人所期冀的兴奋引发了出来，因此总有人愿意进入斗牛场内，为了满足曾经经历过这样的事情的骄傲，为了满足曾经斗过一头真正公牛的乐趣……纵然当时不一定能实际感受到多少乐趣。如果这个城镇能承担得起杀牛，或者人们激愤的情绪失去控制的话，那公牛也会被杀掉的，到时大家就会一股脑朝公牛冲去，每人手里都拿着刀子、匕首、屠刀和石块。可能会有人被夹在公牛的两角之间，被它上下甩动着，没准会把一些人顶到空中，但肯定会有几个人紧紧抓住牛尾巴，一群手持刀子、匕首的人一股脑冲上去，冲着牛又砍又杀，直到它跌跌撞撞倒在地为止。整个业余斗牛，也可以称作群斗，虽然很刺激，但却是非常粗鲁、杂乱的，与正式斗牛的形式相差太远了。

那头杀死十六人、重伤六十多人的公牛，是被用很奇异的方法杀死的。它杀死的人当中有个差不多十四岁的男孩。那男孩的哥哥和姐姐在他被杀后一直跟着这头公牛，也许他俩想在广场斗牛结束后，在公牛被关进木笼子时趁机杀掉它。这头公牛身价很高，看管也十分周密，所以想杀它是很艰难的。他们两人就这样跟了两年都没机会下手，只是这头公牛去哪儿，他们两人就跟到哪儿。虽然政府三番五次公布法令想取消广场斗牛，而且当时政府又一次这样规定了。考虑到这头公牛年龄也大了，它的主人就决定把它送到巴伦西亚屠宰场去。两个吉卜赛青年就跟到了屠宰场，因为这头公牛杀死了他弟弟，他就期望让他来杀牛。人们答应了他的要求，随后就准备杀牛。他先是剜掉了木笼子里的公牛的双眼，冲着它眼窝吐口水，然后他拿着匕首很费劲地把公牛颈椎骨之间的骨髓切断。杀死公牛后他还恳求能再把公牛的睾丸割下来，这个恳求也被应允了。他和妹妹在屠宰场外面尘土飞扬的马路边生起火，把用铁丝串起来的两个睾丸放在火上烤，烤熟后就把它们吃掉。之后，他们便离开了屠宰场，头也不回地沿着大路离开了城镇。

第三章

现代正式斗牛，用西班牙语叫 corrida de toros，一般是每场由三个斗牛士来刺杀六头牛。每人要刺杀两头牛。按照法律规定，公牛必须是四至六岁，身体没有缺陷，有一对锋利的好牛角。公牛都要经市级以上的兽医检查合格后才能进行斗牛。兽医对那些年龄不够，牛角发育不好或是眼睛、牛角有什么问题，或者身体有明显伤病，或是腿瘸等有明显残疾的公牛，都会予以否定。

杀牛的斗牛士又称为剑杀手，他们抽签决定去杀哪头牛。每一个杀牛的斗牛士即剑杀手，都有一个由五至六人组成的小组，西班牙语叫 cuadrilla，其他的人都是他花钱招来的，都听他的指挥。其中有三个人手持红披风徒步辅助他，并听从剑杀手的指挥，插入三英尺长、由木杆做成有类似鱼叉头的短标枪。这三个人被称为 peones，也称作 banderilleros，另外两个被称为 picadors 的人是骑着马进入斗牛场的。

toreador 是指在职业斗牛还没出现时的一些贵族，他们会进行骑在马上刺牛的运动，这个词在西班牙已经落伍，没人使用了。为赚钱而斗牛的人，无论是剑杀手，还是短标枪手，还是长矛手，都称为 torero。骑在一匹受过严格训练的马上，拿着长矛斗牛的人称为 rejoneador，也称 caballero en plaza。西班牙语里的斗牛称作 corrida de toros，即赛牛。斗牛场称为 plaza de toros。

早晨还没有开始斗牛比赛时，每个剑杀手的代理人都会在斗牛场的牛栏旁会合，代理人通常是小组里年龄最大，最被剑杀手信赖的短标枪手。牛栏内关的都是当天下午要参与斗牛的公牛。这些代理人会检查牛栏里的公牛，看它们的体形大小，估算重量、身高和牛角的长度、宽度以及锋利度，还看它们皮毛的光泽度。最后一点和其他体态一样，全都很能反映公牛身体状况，也许还能看出一些凶猛的特征来。虽然有很多特征可以看出怯懦的可能，但能完全判定凶猛的特征是不存在的。那些备受器重的短标枪手向牧场押送公牛的被称为 vaquero 的牧人询问每头牛的情况，摸清它们的特点，也许还有脾气。从牧场押着牛到斗牛场的牧人，在他到了斗牛场后负起照顾这些公牛的责任时就会被称作 mayoral。经过和那些代理人商议意见统一后，就把牛栏里的牛分成三组，每组两头，商议是因为要保证每组的两头牛里都会有一头好牛和一头差牛，从斗牛士的立场来决定是好还是差。个头不是很大，不是很壮，牛角不是很大，肩部不是特别高，而最为关键的是视力要好，面对颜色和动作时反应快速，冲击时凶猛而利落的就是好牛。个头太大、年龄太大、力量太大、牛角也太粗大，尤其是对颜色或动作无动于衷，或者胆子很小，凶猛程度不能持久的就是差牛。因为这些缺陷让斗牛士摸不准何时公牛会冲过来、会不会进攻、如何进攻。代理人一般都是些个子矮小、戴着斗牛帽，很久都没有刮胡子，带着南腔北调的口音说话的人，但是他们通常都是眼光敏锐的，他们会商议和讨论很长时间。他们会说 20 号的角比 42 号的粗壮，但 42 号的体重比 16 号要重两厄罗巴（五十英磅）。46 号大得跟一座大教堂似的，有人冲正在吃草料的它喊了一声，它听见喊声就抬起了头看看。红棕色的 18 号的胆子也许会像犍牛一样小。要想分好组，少不了得经过一轮争吵，把火印烫在公牛的大腿上，两头一组编上了号，然后在三张香烟纸上写上号码，把纸卷成小球扔进帽子里。那头红棕色、胆子可能很小的 18 号牛和一头体重适中，角不太大，毛色光亮的黑牛配成了一组。那头像大教堂的 46 号与 16 号配成了一组。16 号牛个头不大，差点没经过兽医的检查，它是一头标准的没有长成的牛，也没有什么明显特点，看着还可以，但是肌肉没能发育好，也不太知道怎么使用它的角，那几个代理人都想为自己的剑杀手争取到它。20 号的牛角宽大但是像针一样尖，它和 42 号一组，除了 16 号之外，就属它最小了。那位拿着帽子的人晃动了几下托在手中的帽子，代理人都把黑乎乎的手伸了进去，把卷得紧紧的香烟纸小球拿出来。他们把纸球打开，看上面的编号，也许会最后抬眼看一下自己抽到的那两头公牛，然后回去找旅馆中的剑杀手，把他们要杀的公牛的资料告诉他。

　　接下来剑杀手就会确定要斗的牛的先后顺序。他或许会先选那头最差的，因为一旦第一头牛斗的结果非常差劲的话，他还能把斗好的希望放在第二头牛身上。如果轮到第三个出场斗牛，那他就会先选那头好牛，因为他心里明白他要刺杀第六头牛时天色可能会暗下来，观众都想离开了。如果最后一头牛不难对付，那大家都会谅解他想草草了事的心情，对他草草收场也会原谅的。

　　排定刺杀的先后顺序是依照剑杀手的资格由高至低来决定的，这种资格要从他们在马德里斗牛场成为正式剑杀手并出场时开始算起。如果哪位被牛弄伤的剑杀手出不了院，以前所有他要斗的牛就会被斗牛场内有最高资格的剑杀手独占，而现在不同了，他的牛会被其他的剑杀手分掉。

　　通常是在下午五点或五点半开始进行斗牛。当天中午十二点半会举行一场 apartado，就是利用旋转门、过道和单向的活动木门，一头头地隔离开牛栏内的牛，这还需要犍牛的帮助，把它们关进单间栅栏牛棚，即西班牙语的 chiquero 中。牛就这样被关在单间栏棚里休息，根据已经决定的出场顺序，等轮到它时才会把它放进场中。在各种各样的西班牙导游手册里，你都会读到在斗牛之前是如何不让牛吃料、喝水，如何在黑漆漆的牛栏里一关好几天，但那都是假的。公牛的确会在斗牛开始之前，被关在幽暗的牛栏里，但不会超出四个小时。而在它离开单间牛栏之前也不会有东西吃，这与拳击手赛前那一刻不吃东西的理由是一样的。

把牛关在光线微弱的单间小牛栏里的缘由是为了让它们可以在开战前有时间休息一下、平和一下，也是为了解禁之后它们一下子冲到场内。

一般只有剑杀手和他的朋友们、代理人、斗牛场主、管理方派来的人在分隔公牛时到场，可能还会有少数的观众。这时候一般是剑杀手首次看到当天下午自己要斗的牛。为了限制入场观众数量，许多斗牛场都把入场券的价格定为五个比塞塔。为了避免观众引起正在被隔离的牛的注意，斗牛场主期望此时到场的人越少越好，因为那些观众为了想看看牛的动作会冲牛大喊，把它们撩拨起来，到时它们就会去冲门、撞墙、相互顶靠。倘若牛在牛栏里冲撞起来那是很危险的，它们可能会撞坏牛角或相互刺伤，那斗牛场主就一定要再花几百美元替换一头牛上场。很多观赏斗牛的观众和那些盲目附和的人总是觉得斗牛士能跟牛对话，他们认为自己也可以，说不定比斗牛士做的还好。因为有高高的牛围栏或墙的阻碍，他们就模仿牧人和职业斗牛士喊出声调很大的"嗬！嗬！嗬！"的声音，想方设法地吸引牛的注意力。若是底下牛栏里的牛把大脑袋抬起来，让人看到它那像木头一样结实、顶尖润滑的粗大牛角，还有颈部和肩胛上突起的肌肉——松弛时那是厚重的一大堆，但一抬起头，就高高隆起，包着乌油油、毛茸茸、富有光泽的毛皮的两个大大地张开着的鼻孔，它一边瞪视着那些观众，一边还在抬起不停晃动的牛角，那就证明那个会说牛语的业余爱好者获得了胜利。要是牛真的冲过来，把牛角捅进木头，或者抬起头看向说话的人，那就证明是一种非常大的胜利。斗牛场主把入场券的价格定到五个比塞塔，为的就是抑制这种胜利的数量，杜绝那些非常大的胜利，他们觉得仅仅是为来看公牛隔离而付出五个比塞塔的人，都是非常有体面的人，是不会在斗牛之前去滋扰牛的，这就是他们的定价缘由。

但是想要完全制止这种事也不可能，有些乡下地方一年才有一次斗牛，你在那些地方能看到一些人为了找到好机会展现自己与牛对话的本事，情愿付五个比塞塔去观看牛的隔离。但一般来说，定价五个比塞塔，确实使脑子清楚的人减少了使用牛语。对醉鬼的话，公牛几乎是不在意的。曾有很多次，我看到喝多了酒的人冲牛大喊大叫，但牛没有看他一眼。在那个叫潘普洛纳的地方，有了五个比塞塔就能够让一个人在马市场畅饮两次并可以吃顿饱饭。在那种城市里，五个比塞塔包含了庄严的气氛，使牛的隔离增添了几乎是宗教仪式般的宁静肃穆。除非是个特别尊贵的富人，否则不会有人就为了去那儿看隔离公牛而花费五个比塞塔。不过别的地方的隔离气氛也许很不相同，我从未在两个不同的城镇看到过完全一致的氛围。人们在看完隔离后就都去小饭馆了。

正式斗牛的场地是这样的，在场地里铺满沙土，把场地四周的木板围挡都涂成红色，这些木围栏西班牙语称为 barrera，高约四英尺出头。围栏后是一条环形通道，木板围栏与圆形斗牛场的第一排观众席就被这条环形道隔开。西班牙语称这条狭窄通道为 callejon。看管剑的人就站在通道里，他们身边放着水罐、海绵抹布、一叠叠收拾好的穆莱塔和沉重的皮剑套，里面还有斗牛场服务人员，有卖冰啤、卖汽水的，有用网袋装了些冰镇水果叫卖的，还有卖腌杏仁的，卖花生米的。通道里还有警察、稍后上场的斗牛士、几个随时准备把那些跳进场内的业余斗牛爱好者抓起来的便衣警察，还有摄影师、医生、修理受损木板围栏的木匠，那些政府派的人则坐在装有保护挡板的固定座位上。有些斗牛场允许摄影师在通道上自由走动拍摄，而有些斗牛场则规定摄影师必须坐在座位上拍摄。

斗牛场的座位几乎都是露天的，只有包厢或叫 palco，还有廊座或叫 grada 的位置除外。那些从廊座到场边的由高至低环形排列的座位，都是些一排一排对号入座的称为 tendido 的座位。最前端紧靠斗牛场的两排座位，即所有座位的前两排，称为 barrera 和 contra – barrera。之后第三排称为 delanteras de tendidos，就是 tendido 前一排的座位。就像切馅饼那样，斗牛场为了编排座位号也划分了几片区域，把各个区域编上号：1、2、3，取决于不同的场地大小，可以一直编到 11、12。

你要是首次去看斗牛的话，就要根据你的性格来决定最适宜你的座位。倘若坐在包厢里或廊座第一排，杂乱的响动、现场夹杂的气味和一个个让你预感到危险的情形，会全都消失或大为减弱，但你可以把斗牛这个大场面观看得更清楚。若是遇到一场出色的斗牛，你会更有机会看得有滋有味。假如碰到一场不好的斗牛，那就表示这不会是一个技巧很多的场面，那坐得越靠前越好，因为那样你就看不到整个场面，也观看不到所有细节和整个过程。由于有些人坐得太近观赏时会觉得心里不舒袒，所以包厢与廊座是这些人的最佳选择。想看斗牛所有场面或盛况的人坐在这两个地方最适宜，那些内行人也适合坐在这两处。因为即使离得很远，那些懂行的人也能看清那些细小的动作，他们想坐得更高些，是为了能俯视发生在斗牛场各个角落的场景，那就可以对斗牛表演进行全面的评论。

如果你为了从斗牛士的角度近距离观察公牛，想看到、听到所有发生的情节，那么最佳的选择是前排座位。在前排坐着观看时，斗牛的动作与你挨得很近，过程十分翔实，就连原本会令坐在包厢或廊座上的人看得无聊的斗牛，近距离观看也总会很有趣。坐在前排你看到危险并学会发现危险是有利的。你想要将眼前的斗牛仔细观察、目无遮挡，也只能选择坐前排。不会被人挡住视线的座位，除了廊座和第一排包厢，另外的地方就是 sobrepuerte 了。这些座位在各个进入斗牛场观众席的门廊的上面，大概就位于斗牛场梯形观众席的中部。坐在那些座位上不像坐在廊座或包厢里那样离得很远，能够清楚地观看斗牛场，视野很好。这些座位位置很好，票价仅是前排、包厢或廊座的一半。

斗牛场建筑的西墙下会有一片阴影，斗牛开始时会有些座位罩在阴影下，它们称作 sombra，就是阴凉儿。还有些座位一开始斗牛时处于太阳底下，可伴随下午时间推移阴影就移了过来，这些座位就称作 sol y sombra（太阳和阴凉）座位。是否能遮蔽阳光确定了座位的好坏，也因此确定了座位的票价。被称作 andanadas del sol 的座位是最廉价的，因为它们是顶着炎炎烈日、靠近屋顶并且从头到尾都不会有阴影的座位。如果是在巴伦西亚的大热天里，即使在树荫底下温度都能达到一百〇四华氏度。这些靠近屋顶座位的气温之高就更难让人承受了，但是如果时间合适的话，比如在阴天或冷天时，这些在太阳下的座位，倒是很好的位置。

如果你是首次一个人去看斗牛，没人给你解说引导，那你应当买第一排廊座或门廊上的座位。倘若买不到，那总会买得到包厢的。这些座位离斗牛场最远，票价最贵，但在那里坐着能将整场斗牛尽收眼底。假如有真正懂斗牛的人跟你一起去，而你并不怕看到那些细微动作，同时还想试着了解一些动作，那前排是最好的选择。第二排也还可以，但起码也要选择门廊上方的座位。

如果你是一个首次看斗牛的女人，心里担心看到斗牛会不舒服，那你选的座位就不能比廊座还靠前。若是那是一个出色场景，你就可以坐在那些位子上尽情观看；但若是你坐得太靠前了，你看到的一个个细节会破坏掉整体的感觉，那时你就觉得没什么好看的了。假如你很富足，并不是真的想认真欣赏斗牛，而是不管是否爱看，准备看完斗一头牛就走，只会在事后回想自己是看过斗牛的，那你应该选前排座位的票。在你带着开始的想法离开座位时，那些没有钱坐前排的人，就会从上面的观众席飞奔而下，坐到你那昂贵票价的座位上。

以前，这种事情在圣塞瓦斯蒂安时常发生。因为座票被通过各种非法手段转手倒卖，从中牟利。因为斗牛场主对比亚里兹和巴斯克海岸的富裕古董商人有依靠，等你买到前排座位的票时，一张已经倒卖到一百比塞塔或更高了。一百比塞塔能让人住一个星期的马德里斗牛士寄宿宿舍；能去四次普拉多艺术馆；买两次斗牛场露天座位的好座位；看完斗牛还能买份报纸；还能去维多利亚大街横马路的阿尔巴雷斯巷喝啤酒、吃大虾；就算这么花，口袋里还能剩几个钱用来擦擦皮鞋。但是在圣塞瓦斯蒂安，你只要买下任何一个靠近前排、几步就能跑到那儿的座位，就一定能坐上那一百比塞塔的好位置。因为那些清楚自己在斗完第一头牛后因为心理原因必须离场的人已经站了起来准备离开了，这些人中有臃肿的，有消瘦的，有很白的，有晒得通红的，有穿法兰绒衣服的，有戴巴拿马大草帽的，还有穿运动鞋的。很多次我都看到他们开场没一会儿就离开了，倒是那些一起来的女人想继续坐在那里观看。他们可以进斗牛场，但在看到杀死一头牛后他们一定会去赌场会合。如果他们不退场而是喜欢看完，那他们就有问题了。可能他们是很奇怪。他们到点就走，也不是什么问题。那个年代里斗牛还没有得到人们的重视，直到一九三一年，我就看不到周围有退场的现象了，好像圣塞瓦斯蒂安那种不花钱就能坐前排的好时光已经一去不复返了。

第四章

  见习斗牛是首次看斗牛的最佳选择，而观看见习斗牛的最佳地点是马德里。通常在三月中旬前后会举行见习斗牛的表演，每周日一次，有时每周四也会有一次，一直表演到复活节。因为一到复活节，几大正式斗牛表演，又称 corridas de toros 就要隆重开幕了。复活节一结束，马德里就能开始订购第一阶段的七大斗牛的座票了。七大斗牛的入场券都售出去了，最佳座位总会被包年预订。阴凉中间的前排就是最好座位，红披风就被斗牛士挂在那座位前的红漆木板围栏上。斗牛士未上场时就手持穆莱塔站在这里，这里也是牛被引出来的地方，这里还是他们刺杀后用来休息的地方。这里的座位，就像你看到的和听说的拳击手在拳击台上的角落，就跟棒球赛或足球赛的替补运动员休息区是一样的。

  在第一个和第二个订票期内即 abono，你在马德里是买不到这种票的。但是关于见习斗牛表演的票，无论是星期天的还是平时都会表演的周四，无论是在固定的正式斗牛之前、两次斗牛表演之间还是斗牛之后，都是可以买到的。你要想买前排座位的票，可以用"Adonde se pone los capotes?"这句话，问清楚红披风放在哪里，问好后你可以要求买一个尽量接近放红披风的座位。在外地，卖票的人会连哄带骗卖给你他手中最不好的票。不过，若是你真的很想买一张绝佳票位的外国人，也知道哪种票是好的，那他也可能真给你他手中最好的票。在一个叫加利西亚的地方，想办件实在事，是很难弄明白真实情况的，我经常被卖票的人欺骗也是在那里。态度最好的是马德里的卖票者，尤其是巴伦西亚。在西班牙大部分的地区，你要找到订票机构又称 abono

和 re-venta。这里提到的 re-venta 指的是入场券经纪人，这些经纪人把还没被全部预订的或大部分没订出去的斗牛赛入场券拿到手，再把票面价加价百分之二十对外出售。通常斗牛场用尽办法卖票还是会常常赔本，所以有时斗牛场也很赞成他们这样做。因为，虽然他们以低价把票买走，但他们能保证卖光这些票。若是票卖不出去，赔本的就不是斗牛场，而是经纪人了。在一场或几场斗牛开始订票即 abono 时，你不可能碰巧就在城里，除非你就在城里住。还有，在新客户还未订座位之前，座位的老客户有权续订。此外，在斗牛之前的两三个星期就开始订票了，也许你会找不到那个订票的地点，而且下午四五点钟才开始订票也是有可能的。考虑到以上理由，你还是得去 re-venta 那里买票。

要是你已打定主意要看斗牛表演，并且已经到了一个地方，那你应当立即去买票。因为有可能马德里的报纸对即将开始的斗牛表演一字不提，只会在演出那一栏中写着马德里斗牛场的一行字下，登出一个不值一提的分类广告。除了外省以外，在斗牛前西班牙的报纸上是不登相关信息的。但是西班牙各地都会张贴大幅彩报宣扬斗牛，写明要斗几头牛，斗牛士的名字，送牛来的牧人，斗牛小组组成，还有斗牛的时间、地点。一般还把各种座次的标价写在上面。倘若你到入场券经纪人那儿去买票，你还要准备好在原价基础上加上百分之二十的报酬。

若是想在西班牙看斗牛，那从三月中旬至十一月中旬都可以，如果天气好，每个周日马德里都会有斗牛。西班牙在冬天举办的斗牛很少，只有在巴塞罗那、马拉加或巴伦西亚偶尔会举办几次。每年的第一场正式斗牛，在二月末或三月初的卡斯特利翁举办，当时是玛格德林节；每年的最后一场一般是十一月上旬时在巴伦西亚、赫罗纳，或翁达拉举办，但若是天气不好，十一月的这些斗牛就不会举行。在墨西哥城，从十月开始一直到来年四月，也许包括整个四月，每周日都有斗牛。斗牛训练在春、夏两季进行，墨西哥其他地方的斗牛日期都有不同。在西班牙，除马德里之外，其他地方的斗牛日期也都有不同。但是一般来说，除了与马德里一样定期举办斗牛的巴塞罗那之外，斗牛日与全国的宗教节日和当地集市又称 feria 的日期是完全符合的，因为通常 feria 的日期与当地圣徒纪念日是同时进行的。这些西班牙、墨西哥还有中南美洲的集市日期一般也都是举办斗牛的时间，在本书后面的附录里作者会把这些固定的大集市日期一一写出。若是只在西班牙旅游两三周，那观看斗牛的机会是很容易（比你想象的容易得多）错过的，但是有了这个附录，无论想去哪些地区，无论哪一天到，也不必注意是哪天，不必管天晴或下雨，任何人都能看到斗牛。当你看完第一场斗牛后，就清楚是否还要再去看了。

在初春时期，除了能看到马德里的见习斗牛和两个订票时期订到的斗牛，想看几场好的斗牛的最好时候就是塞维利亚集市那天。那时几天内最少有四场斗牛会连着举行，复活节过完后这个集市就会开张。若是过复活节时，你正好在塞维利亚，想要知道集市何时开始，可以随意找一个人问问，不然从大张斗牛海报上你也能找到日期。要是过复活节时，你在马德里，那最好到太阳门附近随便找家咖啡馆，或者从太阳门起沿圣赫罗尼莫大街朝普拉多艺术馆走，直到卡纳雷哈斯广场右手边头一家咖啡馆那里，你就能够看见贴在塞维利亚集市墙上的海报。夏天时，还是在这家咖啡馆，你也总能看到许多其他的海报，又称 cartels，上面宣传了很多集市，有潘普洛纳、巴伦西亚、毕尔巴鄂、萨拉曼卡、巴利阿多里德、昆卡、马拉加、木尔西亚及其他很多地方。

在马德里、塞维利亚、巴塞罗那、木尔西亚、萨拉戈萨，总是于复活节的周日举办正式斗牛，而在格拉纳达、毕尔巴鄂、巴利阿多里德还有一些其他地区会举办新手斗牛表演。在马德里，复活节后的头一周还有一场斗牛。每年四月二十九日，赫雷斯都会举办集市和一场斗牛。就算没有斗牛，那里也是雪莉酒和许多葡萄酒的原产地，是个很有必要去的地方。你因酒香走进一个个赫雷斯的酒窖，可以把各种等级的葡萄酒和白兰地悉数尝遍，但是无论如何不要在看斗牛的当天品尝葡萄酒、白兰地，最好是另择一日。在毕尔巴鄂，五月的一、二、三号会有两场斗牛，哪天是周日就在哪天举办。假如过复活节时，你在比亚里兹或圣约翰城，那里的精彩斗牛是有必要看的。巴斯克沿海的每条大路都通向毕尔巴鄂，毕尔巴鄂是座富足但丑陋的矿业城市。天气酷热，就跟圣路易城一样，不管是密苏里州的圣路易斯，还是塞内加尔的圣路易，人们都是热爱公牛，讨厌斗牛士。如果毕尔巴鄂的人们喜欢某个斗牛士，他们就会给他买一些越来越大的公牛斗，直到他最终出事，不是葬送了名誉就是殒命为止。到时毕尔巴鄂那些只怕天下不乱的人就会发难："你看，都是一路水平，一个个的都是胆小鬼，都是名不副实。真让他们斗几头大点儿的公牛，就原形毕露了。"如果你想查看大公牛到底多大，头上的牛角到底多粗，牛是如何把头伸过围栏使你觉得牛像是要冲进你怀中，看台上的观众有多么鲁莽，那些牛如何被斗牛士吓死，总之一句话，想要统统看到，毕尔巴鄂就是你的最好选择。八月的牛比五月的牛大，八月中旬开始集市的时候，也会举行有大公牛参加的七场斗牛。但是八月时，毕尔巴鄂的天气可比五月时热多了。如果你不怕炎热，不怕郁热、湿热，还有铅矿和锌矿上那种真正的热，最好在八月去毕尔巴鄂集市，那就能看到令人赞赏不已的大斗牛了。另一个只举行两场以上斗牛的五月集市在科尔多瓦，这个集市的时间不是不变的。但在塔拉韦腊十六日确定会有一场，在龙达二十日确定有一场，在阿兰胡埃斯三十日确定也会有一场。

坐车从马德里出发去塞维利亚的线路有两条。一条叫安达卢西亚公路，途经阿兰胡埃斯、巴耳德佩尼亚斯和科尔多瓦；另一条叫厄斯特列马杜拉公路，途经塔拉韦腊、特鲁希利奥和梅里达。假如你来马德里时正值五月，坐车走厄斯特列马杜拉路往南，十六日就能到达塔拉韦腊看斗牛了。那条公路路况很好，平滑的路面向前延伸，到时倘若塔拉韦腊是晴空万里的话，那可是个好去处。当地的寡妇牧人奥尔特加差不多提供了那里所有的公牛，她的牛大小适中，凶猛，不易斗杀，危险性也大。何塞·戈梅斯·依·奥尔特加，斗牛时取名叫利托，又叫何塞利托，可能是那个时期全世界最棒的斗牛士，他就是在一九二〇年五月十六日，在这里的斗牛场上丧生的。因为这件事，寡妇奥尔特加养的牛闻名遐迩了。同时，因为她的牛表现并不出色，而且个头大，危险性高，所以现在一般是让被夺去应该享有这个职业权利的人，把它们宰杀了。

从马德里出发前去阿兰胡埃斯全程仅四十七公里，途经的一条路平坦得跟台球桌一样。这座城由红棕色平原和一片山丘绿洲构成，此处绿树高耸，土壤肥美，溪水湍急。城中那一排排的树木就好像贝拉斯克斯①油画中的背景。若是你有钱，可以在五月三十日当天开车前往此城；若是你没钱，可以买一张往返程的特价三等火车票或在阿尔瓦雷斯巷对面的维多利亚大街坐专线班车。你会从荒芜的有灼热阳光的地方，历经被一片绿树浓荫遮蔽的地方，一路上能看到手臂晒得黑黝黝的姑娘，还看到摆放在她们跟前亮滑、裸露、凉爽的泥土地上一篮篮新鲜的草莓。你不能伸出两个手指去摘那些草莓，只看到绿叶衬托着的湿润、冰凉的草莓，都堆放在柳条编成的篮子里。那些草莓都是小姑娘和老太太在叫卖，还有一捆捆像大拇指那么粗的芦笋，这些都是卖给一批批从马德里和托莱多坐临客列车和自己开车或搭班车来的人的。路边有摊主用炭火烤牛排和鸡，你可以到那儿吃点心，你也

① 贝拉斯克斯（Velázquez, 1599－1660），西班牙画家，曾是西班牙国王腓力五世的宫廷画师。

能只花五个比塞塔放开肚子痛饮巴耳德佩尼亚斯葡萄酒。你等候
斗牛开始时,可以躺在树荫下乘凉,也可以边走边看,欣赏当地
的人文风情、自然景色。在旅游指南小册子上,你能找到这里的
一些景点。离开城中凉爽的林荫,有一条阳光下干燥、炎热、宽
阔、布满尘土的街道,斗牛场就在街的尽头。但凡有西班牙集
市,就会看到行乞的瘸子和让人看着觉得恐惧和怜悯的人。他们
就分两行站在路旁,晃着瘸腿,把脓疮露出来,残疾的双手抖动
着,把手里拿的帽子伸出来,若是没法拿稳就用嘴叼着帽子。这
样一来,你要想沿着这条布满尘土的路走到斗牛场,就必须受这
两列恐怖队伍的夹击。从刚进这座城到城中心,均是好似贝拉斯
克斯画中的景色,可当走向斗牛场时,见到的就像是恐怖的戈雅
版画一样骇人。事实上,早在戈雅时代之前,这座斗牛场就已经
存在了。这个场地的风格仿照了龙达老斗牛场,是一座漂亮的建
筑。你可以选一个围栏后的头排座位坐下,背对着沙地斗牛场喝
葡萄酒,吃草莓,仔细察看一个个坐满了的包厢,凝视那些走进
包厢的从托莱多和卡斯蒂利亚附近乡村来的姑娘们。她们把披肩
挂在包厢栏杆上之后坐下来,一边扇扇子,一边有说有笑,在被
人端详时,她们表现出如不谙世事的美人那样既兴奋又羞涩的模
样。观众来观赏斗牛的一个关键理由就是要细细地把每一个姑娘
都端详一遍。你如果是近视眼,可以拿一个专门在剧场用的双孔
小望远镜或双筒望远镜。最好把所有包厢都看一遍,用望远镜看
姑娘也是另一种称赞她们的表现。一个好的望远镜效用很大,如
果你举着望远镜察看,在最最有名、最最吸引的美人中,马上就
有几个失去了魅力。她们走进包厢,披着半透明的到肩部的白纱
巾,头上别着很高的长梳子,面色红润,还有各种奇特的披肩。
通过望远镜看去,她们却露出了金牙,还有擦脂抹粉的艳丽,也
许是你昨晚在其他地方看到的某位姑娘,她可能是为了传扬自己
才出现在斗牛场上。但也许你会在某个不用望远镜就会忽略掉的

包厢里，发现一位美丽的姑娘。去西班牙旅行的人看到的那些浓妆艳裹、丰乳肥臀且强壮的舞女和妓院壮实的女人，很容易就能得出结论：在西班牙议论什么本地女人漂亮都是胡说，在西班牙妓女这职业挣钱并不多，并且西班牙的妓女干活太辛苦，脸蛋也漂亮不起来了。必定不能去舞台上、妓院里或歌舞厅找美女，而是应在晚上出外散步时物色，到时你自可搬把椅子坐在糕点摊或街边，坐上一个小时，端详从你身旁走过的城里的各种姑娘。她们三五成群，走过街道，又拐了个弯，折返回来，频频从你身边经过。不然的话，就得举着望远镜在斗牛场的包厢里细致不厌烦地去寻找漂亮姑娘了，但用望远镜注视任何不在包厢里的女人都是失礼的。有一些斗牛场在开始斗牛之前，允许让那些爱慕姑娘的人绕着场内走动，可以在那些美丽的女人身边围聚着，可是举着望远镜在这些斗牛场内注视女人就会被认为是失礼的。偷窥狂的一大特点就是站在场内举着望远镜偷看，只有最可耻的偷窥者才会这样干，这指的是偷窥者，不是指淫邪者。不过，在头排座位上用望远镜看向包厢却是合适的，这是种赞扬，是一种沟通方式，也几乎能称作是引见。最美好的首次引见是可以让人接受的真挚爱慕，而想传达的赞赏之情或获得答复，却因一段间隔而受阻时，没有比举着一个漂亮的赛马望远镜更好的办法了。就算你从没用望远镜注视过姑娘，它也是很有用的。如果夜幕降临，斗牛场另一端又正在斗牛，你就可以拿它来观看斗最后一头牛的情形。

你首次看斗牛，去阿兰胡埃斯是一个很好选择。如果你只是看一场斗牛，那也是个合适的地方，比马德里好多了。因为你还处于欣赏整个场面的阶段，那里绚丽多彩、真切生动的场景正是你所需要的，要比去马德里好得多。在之后的斗牛中，倘若出众的公牛和高深的剑杀手都有了，你就开始想要出类拔萃的观众了，那绝对不是指只举行一场斗牛的节日上的观众，这些人那时都拼命饮酒、恣意享乐，女人们都身穿艳服进出斗牛场。也不是指潘普洛纳那些被公牛撵着的、喝得酩酊大醉、载歌载舞的人群，也并不是指巴伦西亚本地爱国的斗牛士敬仰者们。我指的是在马德里看到的那些观众，他们才是出众的，并非说出现在场地奢华、场景庞大、票价极高的斗牛义演场地上的观众；我指的是那些预订座票并严格用心地观看斗牛的观众，他们对斗牛、公牛和斗牛士都很了解，他们能分清好坏、分辨真假，斗牛士也一定希望为他们展现最好的技艺。喜欢看真切生动的斗牛的是以下几种情况：你在年轻时看斗牛时会感到真切生动；或许当时你可能是有点喝多了，因为人喝醉酒后好像看什么东西都觉得更真切；或是如果你永远不长大时；或是你身边有一个从没有看过斗牛的姑娘；或是一个赛季你仅仅看一次斗牛；或是那些只想要看真切生动画面的人去看。但是倘若你真的想学习一些斗牛知识，或者你对斗牛的看法很明确了，那你早晚会去马德里的。

你若想去西班牙度蜜月或跟朋友一起旅行，那龙达会是个理想的地方，除此以外，这里是你仅看一场斗牛时，而且还是第一次看斗牛时的最佳选择，龙达是唯一一个比阿兰胡埃斯好的地方。整座城市还有你能看到的所有追求，随处都能找到富含浪漫因素的背景。城中有一家十分舒服的酒店，管理很妥善，食物很可口，晚上还有阵阵凉风，不仅有浪漫的色调作背景，还能享受现代设施。若是你来这里度蜜月或者与人私奔到此，却依然对这里的良好条件感到不中意，那你及早还是返回巴黎，各自重找自己的心上人吧。应以上目标到龙达去，那里会有你需要的一切，你足不逾户就能观赏到想看的浪漫景色，还有漂亮的小路、纯正的葡萄酒、海鲜、一家好酒店，其实就不用操心任何事了，若是想要美丽的纪念品，可以去住在酒店的两名画家那里买水彩画。即使没有上面说的，龙达也真的是个好地方。这个城市位于高原上，群山环绕，一个峡谷把高原上的城市一分为二，峡谷的最远端是悬崖峭壁，崖底是河流与平原，你可以看到平原的大路上正走着一队队的骡子，带起了一阵沙尘。把当地的摩尔人驱逐后，来自科尔多瓦和安达卢西亚北部的人在这里安了家，五月二十日开办集市和斗牛活动就是为了庆贺费迪南德与伊莎贝拉①征服这座城市的。龙达是现代斗牛的发祥地之一，这里还诞生了最早、最知名的职业斗牛士之一佩德罗·罗梅罗和现今的帕尔玛。帕尔玛在开始扬名时遇到了严重创伤，就表现得畏缩了，因为他在斗牛场上练就了避险能力，最终战胜了自己的畏缩。龙达的斗牛场就位于悬崖边上，是木质结构的建筑，建于十八世纪末。斗牛结束以后，死马都被直接扔到悬崖下，牛则全被剥了皮，掏空内脏，牛肉则被车拉走售卖。每当此时，那些整天徘徊在城中斗牛场上空的秃鹫，就会冲下来在城下的岩石上美餐一顿。

此外还有一个叫科尔多瓦的集市，斗牛表演是两个连着一个，可集市的时间经常变换的，有时五月开始的集市，说不定要到六月份才开始。五月是到科尔多瓦观光游玩的最佳时节，那里夏天太过炎热了，那里有个很好的乡村集市。在炎热真正降临时，毕尔巴鄂、科尔多瓦和塞维利亚在西班牙居前三位。这里的最炎热不仅是指温度，还有就是夜里也很闷热，让你喘不过气来，无法安睡，这种闷热甚至比白天更糟。塞内加尔热浪袭来时，你找不到一个凉爽的地方，在咖啡馆里也是热得坐不住，只有清晨还有丝凉意，午饭过后你就热得什么都不想干了，只想放下阳台的窗帘，躺在昏暗的屋里的床上，等待斗牛开始。

有些时候，单从温度上来说，巴伦西亚要更热，当风从非洲吹来时的确更热了。但夜晚来临时，你就可以乘巴伦西亚的公共汽车或电车到达格劳港，去那里的公共海滩游泳。又或是热得不

---

① 伊莎贝拉一世（Isabella I of Castile, 1451—1504）是卡斯蒂里亚王国（1474－1504）和阿拉贡王国的女王（1479—1504）。在和阿拉贡国王费迪南德二世（Ferdinand II）成亲后，他们对两个王国实行联合统治，两国于1479年合并，这奠定了西班牙统一的基础。

想动，你还可以轻轻地漂浮在毫无凉意的水面上，眺望小船的灯火和黑影，还可以望到一列列的小吃亭子和游泳帐篷。在巴伦西亚最热的时期，你还可以去海边找个小吃亭子坐下，花一个比塞塔或两个比塞塔品尝些小吃，有啤酒、大虾，还有肉菜拌饭。番茄、甜胡椒、藏花、海鲜、蜗牛、蜊蛄、小鱼、小鳗鲡。在橙黄的沙石堆上，将这些食材放在一起煮。只要花两个比塞塔你就可以吃到这些肉菜拌饭，还有一瓶本地葡萄酒，沙滩上有许多赤脚的小孩子走过，小吃亭顶上面铺着茅草，因此脚下的沙地是凉爽的。在凉爽的黄昏中，可以瞅到海面上的黑色小帆船中坐着一些渔民，若是次日早晨你去游泳，就会看到这些小船正被沙滩上的六对同轭牛拉着走。像这样的海滩小吃亭中有三个是用巴伦西亚最杰出的斗牛士格拉内罗的名字来命名的。曼努埃尔·格拉内罗一九二二年在马德里的斗牛场内殒命，临死前一年他参加了九十四场斗牛，一堆债是他的全部遗产，公关摄影、资助新闻人员和依附于他的食客耗完了他挣的所有五十万比塞塔。他那时恰好二十岁，他丧生于一头贝拉瓜公牛，那头公牛先把他挑起来，再把他摔到围栏底部的木档子上，那头公牛还不肯离开，直到像摔碎一个花盆那样用牛角把他的头颅戳烂为止。他是个英俊的少年，十四岁前学拉小提琴，十七岁前学习斗牛，之后以斗牛表演为业，直到二十岁死去。巴伦西亚人对他的确佩服到了极点，他英年早逝，他们都没有机会说他的坏话。现在用他的名字命名的除了有一种点心，还有海滩上三座叫格拉内罗的不同地方互相竞争的小吃亭。查维斯是受巴伦西亚人推崇的第二位斗牛士。他头发梳得油光锃亮，脸很大，双下巴，有个大肚子，那肚子刚躲开牛角立刻又挺了出来，给人感觉十分紧张。巴伦西亚人推崇斗牛士，尤其是巴伦西亚斗牛士的民族，看斗牛并不是为了寻开心，有一段时期，他们甚至狂热地推崇着查维斯。他除了有个大肚子和傲慢的面容以外，还有个肥屁股，他收起大肚子就要翘起肥屁股，但他做的每一个动作都很有风姿。集市日，我们从头到尾都在留意他。若是我没记错的话，我们一共观看了他五场斗牛，要是对他说不上什么重视的话，看一次也就够了。可就在我们观看最后一场斗牛时，他正想冲一头凶猛的大公牛脖子上的某个部位刺去时，那头大公牛脖子一探，恰巧用牛角顶在他腋窝下。他被挂在牛角上颠了一阵，随后大肚子像纸风车一样的在牛角上打了个滚。那之后，他医治了很久才将胳膊肌肉的创伤治愈。现在的他变得十分细心慎重，不敢大意，乃至已经开始躲牛角，也不敢冲公牛凸出肚子了。巴伦西亚人现在又有了两个新的斗牛士明星，因此他们也开始说他的坏话了。一年前我再次看见他时，他的样子看上去像是营养不良，一见到公牛出来，站在阴影里的他就开始直冒冷汗，往日雄姿早已烟消云散。但他还是有一个慰藉的，巴伦西亚港口格劳是他的故乡，即便那里的人们也早已说他的坏话了，但那里还是以他的名字命名了一座有纪念意义的公共建筑。那座位于街角的建筑是用铁铸成的，就在去海滨的电车拐弯的地方。用白漆在略带弧形的铁墙上写着 El Urinario Chaves①，在美国，这公共建筑名为公厕。

---

① 西班牙语：查维斯小便池。

第五章

　　最晦气的事就是春天去西班牙看斗牛碰到下雨。尤其是在五六月时，不论你走到哪里，差不多都会下雨，因此我喜欢夏天的几个月。夏天有时会降雨，不过至今为止我在西班牙都没见过七八月时下雪的状况。纵然有一次在一九二九年八月，阿拉贡一些山区的避暑胜地有过降雪，马德里有一年的五月十五日也降了雪，因天冷只能停止斗牛。我还记得那年去西班牙时，心里还想着春天早就应该到了，但当我们坐火车在乡野间穿行时，却只看到了一片荒凉的景象，同十一月的险峻山地一样冰冷。我差一点认不出这里就是我夏天来过的乡野了，晚上到达马德里我跳下火车时，车站外仍然是风雪交加。我没带大衣，只好躲在屋里，坐在床上写稿，再有就是去附近的咖啡馆里喝咖啡和多梅克白兰地。因天太冷我一连三天都足不出户。之后，才回到温暖的春天。马德里是座山城，有山区的气候；也有西班牙独有的天高气爽、万里无云的天空；与意大利的天空相比，马德里就伤感多了。这里空气呼吸起来让人感觉清爽快乐。在马德里，无论热或者冷，都如流星赶月。在某年七月的一个夜晚，我睡不着便起床看着街上的乞丐围成一圈，点燃报纸生火取暖。两个夜晚之后，却由于天气太热，直到清晨有些凉意时，我才能睡着。

　　马德里人喜欢这种气候，他们还为这种冷热交替的天气而骄傲。你在其他哪个大城市里能看到这样的变化？他们在咖啡馆里探听你睡得怎样，你回答说天太热，天快亮时才能睡着，他们会对你说，那才是睡觉的时间嘛。在天亮前，人们该睡觉的时候，天总会变凉爽的。无论夜里多热，到那时天气都会变凉爽的。倘若你对这冷热变化不在意，那这真是种好气候。在炎热的夏夜，你可以去"灯泡"河旁坐一坐，饮苹果酒，跳跳舞。当你跳尽兴停下来时，你会发现那附近枝繁叶茂的树木，把小河中升起的雾气都笼罩了起来，所以天总会变凉爽的。寒夜来临时，你可以喝点雪莉白兰地再睡觉。在马德里，刚至夜晚便睡觉，说明你有些古怪。你的朋友知道后，会为你担忧很长一段时间。不到夜深凉至，马德里的人们是不会去休息的，与朋友相聚都会习惯性地选定在半夜后的咖啡馆。除了协约国占领君士坦丁堡之时，在我生活过的城市中，再没有哪个地方像马德里这样睡这么少时间了。说不定它的理论依据是你要等到黎明前天气凉快时才去睡觉。可在君士坦丁堡这个道理就不合用了，因为我们经常在凉爽的黎明时，开车沿着博斯普鲁斯海峡去看日出。看日出是一件心旷神怡的事。幼时常常会在钓鱼、打猎时看到日出，即使战争时期也是这样。记得直至战争结束，我才有机会去君士坦丁堡又看了日出。那里的人们习惯了看日出。你在做完某件事后，去博斯普鲁斯海峡边看看日出，那就好像可以证明些东西。任何事都会因看了日出而让人觉得那是健康的户外活动，只不过是一个人的无能为力罢了。一九二八年共和党举行大会时，我在堪萨斯城，开车去了我乡下的堂兄家，当时已经很晚了，当晚我就发现一片通红的火光染红了半空，与那晚牲畜围栏着火的情景很是相似。纵然我心里认为这么大的火，我去了也是一筹莫展，但我觉得我应该去。因此，我开车向大火的方向驶去。等车开到前面一座山的山顶，我才明白了一切：太阳出来了！

　　九月份到西班牙旅游、欣赏斗牛，会有最好的天气，还有最多的斗牛场次可以选择，唯一的缺点是斗牛水平不是很高。公牛的最好的状态是在五六月；七八月初，也还凑合；但到九月份时，酷热的天气使牧场的情况很糟糕，公牛不是身体干瘦，就是因喂粮食而吃得膘肥体壮，毛皮油光锃亮。虽然肥牛刚上场几分钟非常凶猛，用来斗牛却不合适，就像只吃土豆、喝麦芽酒的拳击手一样。另外，斗牛士在九月里几乎天天有斗牛表演，这么短时间签那么多合同，在这段时间若是不受伤，那就可以赚很多钱。因此，他们很少做危险的动作。但事情也不是绝对的，若是有两名斗牛士有意竞争，那他们就会把自己的压箱底的绝活展示出来。倘若发生下面的情况，斗牛就没什么出彩的地方了，例如一般是公牛太过瘦弱了，质量不好；或者是身体情况很差和伤未痊愈的斗牛士，因怕丢了合同勉强上场；又或是一段时间中，频繁的斗牛使斗牛士心力交瘁了。不过，若是有新人上场的话，九月也算是一个很好的月份，因为他们刚被准许正式上场，他们会在第一个赛季拿出最精彩的表演，为明年多换取合同而拼尽全力。若是你想多看几场斗牛，便需要一辆速度快的汽车，那你每天都能换一处地方看一场斗牛表演。我敢打包票即使你不是去斗牛，而只是去看斗牛，那也会累坏你的。到斗牛旺季完结，那些在全国各地各个斗牛场奔波的斗牛士的疲累程度不言而喻。

当然，他们这么频繁参加斗牛，并不是法律规定的逼迫。他们根本是为了赚钱，若是他们因为签订太多合同累垮了，没法拿出最高水平的表演，到那时花钱来看他们斗牛的观众可是不会轻易了结的。除非你自己也跟他们一样到处奔走，也住同一间旅店，也站在斗牛士的位置看待斗牛，并且以没花多少钱，一年差不多只看一次斗牛的观众的眼光去看，否则是很难认同斗牛士频繁签约的观点的。老实说，无论从哪个观点来看，斗牛士确实没权利乱签合同而匆忙赶场斗牛。一场斗牛刚完，他就一定要把红披风和穆莱塔放进筐里，用绳子在行李箱上绑好，把剑匣和手提箱放在前面，坐上车赶路。一辆车头只亮着一个大灯的大汽车在赶路，整个斗牛小组的人都挤在里面。大概会开一个晚上，走五百英里的路，第二天上午顶着烈日鞍马劳顿地赶到一座小城，当天下午就得上场，只是冲个澡，刮刮脸，就把斗牛服换上了，连喘口气的时间都没有。因为你清楚他赶了很长时间的路，你自己也这样做过，因此你清楚若是他当晚能睡个好觉，第二天的精神就会很好。所以斗牛士在场上会觉得疲惫、发挥不出水平，你也很有感触。但是无论是否理解，在斗牛当天花钱等着看他演出的观众是不会原谅他的。观众会说他贪婪，而若是碰上一头很好的公牛，一个斗牛士不能将它的潜能充分引诱出来，观众就会觉得自己受了欺骗。他们的确是被骗了。

让你到马德里观看第一场和最后一场斗牛的理由还有一个，因为春季斗牛，与季节不同，是在斗牛士处于最好状态时举行。只有胜利才能得到各种集市上的合同，此时他们应当保持最佳状态，除非去年冬天他们去过墨西哥，跟不难对付的墨西哥较小的公牛比斗时发生了意外。回来后，他们就会感受到连续两个季节斗牛的疲累，经常会觉得乏味。不论怎样，马德里都是个很古怪的地方，我相信人们第一次去不会非常喜欢那里。你在那里瞧不到一点你所期盼的西班牙风光。马德里并没有独一无二的东西，它是一座现代城市，在里面看不到独属于它的民族服饰，看不到什么科尔多瓦礼帽，有人戴也没有真才实学，看不到响板①，连格拉纳达吉卜赛地下咖啡馆那样劣质的赝品都没有。城里没有一个具有本地特色的旅游景点。但当你了解马德里之后，你就会发现它其实是西班牙最有代表性的城市，最适合居住的地方，最友好的人民，每个月的天气都是最好的。纵然其他大城市的各自省份也有自己较强的个性特征，但它们终究全是安达卢西亚、加泰

---

① 套在拇指上用硬木或象牙做成的东西，跳舞时互相击打发音。

罗尼亚、巴斯克、阿拉贡，或其他仅有人文特征和地质风貌的城市。那些实质上的东西，你只有去马德里才能得到。实质，如果真的是实质，一个透明的玻璃瓶就能反射出来。在马德里，你不需要那些各色各样的商标，也不需要呈现民族风格的服饰。不论他们建造哪种房屋，也许从表面看会像布宜诺斯艾利斯，但只要有那片天空为背景，你就可以确认那就是马德里。假若你有钱可以随意挑选一个欧洲国家的首都住一个月，虽然马德里只有一个普拉多艺术馆，但每年春天在这里住一个月也是很值得的——倘若你能一边欣赏普拉多艺术馆，一边又能在斗牛旺季中得到乐趣。因为从马德里开车向北不到两小时就能到埃斯科里亚尔，向南能去托莱多，还有一条大路连接着阿维拉，另一条平坦大路延伸向塞哥维亚，从"农场"酒店走，路程也不长。不说什么长生不老，你只要想到自己死后再也没法看到这里了，就会感觉自己的心情一点也不美好的。

大致来说，普拉多艺术馆是马德里的形象代表。它的表面就像一座美国中学校舍，没有一点出奇的地方。除了一幅贝拉斯克斯的小女傧相的画作之外，其他的画布局都很简洁，让人一览无余。馆内光线非常明亮，他们不想夸耀或凸显某些著名的画作，所以游客拿着或红或蓝的手册寻找名画时，会感到茫然和少许的失望。山区气候干燥，画作的原色都保存完好，装饰得极为简单，看上去一目了然，游客感觉被骗了。我见过一些有所怀疑的游客，他们认为这些画：颜色过于鲜艳，布局过于简明，一定不是名作。它们非常醒目、引人注目，与那些挂在现代卖画者的店里的东西没什么不同，就是想让人买走。游客心里默念着这些是赝品，其中一定有不对的地方。他们在意大利美术馆的画廊里买过这种画，尽管他们认不出那些画，即使认出了几幅也看不明白。他们觉得只有通过这种画，才能欣赏到出色的艺术。出色的艺术就该镶嵌着巨大的画框，要用红色长毛绒或昏黄的光线来陪衬。这种情况好似一个游客原来需通过看色情文学才明白的一些事情，现在却要他在没有幕布，毫无遮挡，没有声音，只有一张床的情况下，看一个一丝不挂的绝色美女去了解。也许应该有一本书来引导他，或是起码应该有一些道具和指点。也许正因如此，才有了很多描写西班牙的书。有一个喜欢去西班牙的人，就会有十二个喜欢读有关西班牙书籍的人。喜欢去法国的人，却比喜欢读描写法国的书的人多。

　　一般写出了最长的描写西班牙的书的人，是那些对西班牙进行精确细密调查的德国人，他们之后会在此定居。我想告诉你们的是，若是谁写描述西班牙的书，那他第一次考察后就立即写出来。也许那会是个不错的主意，可是当第一印象会被好几次的考察搅乱时，想写出书时是非常困难的。而且第一次考察后写出的书，语言简洁、条理清晰、通俗易懂。理查·福特①所写的那种书，肯定比不上适合睡前看的《初到西班牙》这种书适合大多数人阅读。本书作者曾在一本小杂志上刊过一篇谈论自己怎样写作的文章，杂志名叫《S4N》，现已停办。所有想对我们写作中的一些事物进行说明的文学历史学家，都可以在那杂志的合订本中找到这篇文章。我的杂志留在巴黎了，不然我就能把整篇文叙述出来了。这篇文主要说的是作者在晚上一丝不挂地躺在床上，上帝赐予了他书稿内容，还说："他与所有变化的和不变的事物都有心悦诚服的联系。"还说，因上帝的恩赐他会"处处皆在，时刻皆在"。文中没有说明斜体字到底是他或者也许是上帝标出的。只是说上帝给他资料，他就写出来了。结果，一个文笔极差甚至连词语意思都能弄混的人，采取当时盛行的伪科学时尚语，缔造

---

① 理查·福特（1796—1858），英国旅行家和作家，1845年写有《西班牙旅游者手册》一书。

出令人更加难以思索的神秘主义。当他因阐明西班牙的内在而于西班牙短暂停留时，上帝把一些奇特的东西赐给了他，这些内容虽与西班牙有关却没有什么价值。假若我是伪科学范围内一个后辈，我只会把这篇文章称为用勃起文法写出来的文章罢了。大家都清楚，又或是没人清楚，你怎么想都无所谓，这取决于某种拥塞度。用树木举个例子，处在高傲自大状态的人和有自知之明的人，看上去是不一样的。你自己可以试着感受下，所有东西看上去都是不同的。它们看上去稍大些、更高深莫测些，而且暧昧不明。因此，在美国就出现了或曾经出现过这样一类作家（这个推断来自著名精神病科医生老海明斯坦因医生），他们仿佛想用延续这种拥塞现象的方法，对乏味且浮言虚论的风格所制造的虚幻景象稍加扭曲，使所有事物变得神秘化。这类作家仿佛正在减少，或者说已经没有了，而在这类作家存在时，有个很风趣的机械论的实验，充满着奇妙的生殖器形象，那是仿照着充满深情厚谊的情人节礼物绘制的。倘若这些作家制造的幻象，在拥塞感不很强时再稍加趣味，会更加明显，那这一派作者的作用会更大些。

　　为了让其他人有个清楚的认识，才写出来叙述西班牙的好文章，刊登之后，才有了像《初到西班牙》这样的一本书，真不清楚它会给人怎样的感觉，说不定就是现在这种感觉。我们这种伪科学家们可能全错了。推理大师老海明斯坦因医生有着粗浓眉毛、一双尖锐深邃的维也纳人的眼睛。在他看来，若是大脑已经被几篇好文章完全熏陶过了，那么其他的书对他的影响便微乎其微了。下面这一点也应该牢记！如果一个人写得条理清楚，谁都能察觉他是否作假了。如果一个作者故布疑阵，避免清晰直白的写法，这一点跟有些写作效果，不得不需要打破所谓语句法规来获取是截然不同的。人们就需要不少时间才能辨别出他是个骗子，而且有的作家也会因同样需求而烦恼，于是站在自己的立场帮他掩饰。真正的神秘主义和糟糕的写作能力不能混为一谈，糟糕的企图加上神秘色彩的写作能力是毫无神秘性的，其真正目的只是通过作假掩盖贫乏的知识或含混不清的表达能力。各种奥秘暗藏于神秘主义中，奥秘也包含很多种，但无能绝不是奥秘。同理可知，矫揉卖弄的报刊文章也不会因加入了假的史诗特征而变成文学。也须谨记一点：所有的差劲作家都溺爱史诗。

第六章

　　若是你第一次在马德里看斗牛，在斗牛开始前，你可以从看台上下去到斗牛场里面①。通向牛圈和马棚的门是开着的，你可以看见院子靠墙的地方拴着一列马，长矛手骑着马正从城里赶来。这些马被穿红色外衣的斗牛场仆人——mono骑着，从斗牛场跑到城里长矛手的住所去的。如此一来，穿件白衬衫，系条黑色窄边领带，上衣是织锦缎短袄，束一条宽腰带，戴顶碗状翻边帽，帽檐上别着毛球，穿条厚麂皮马裤，右裤腿里绑着金属片护腿的长矛手就可以骑着马穿过街头巷尾，随着阿拉贡大街上的车马行人出城，向斗牛场走去。那个斗牛场仆人有时会与长矛手同骑一匹马，有时会多带一匹马骑着回去。这些骑马的人穿梭于马车、货车、出租车、汽车汇集的车流中，是在宣扬斗牛表演，也为消耗马的体力，还免去了让剑杀手在马车车厢或汽车里给长矛手预留座位来坐的麻烦。若是你坐车去斗牛场，最好的办法是从阳光门坐从这里出发的马拉大客车。你还可以坐在车顶上，看看其他也想去看斗牛的人，与此同时，若是你细心察看这来来去去的车辆，你可以看见一辆在车里坐满了穿好斗牛衣服的人的汽车开过。你能够看到他们戴着黑顶的扁帽子，金丝或银丝的织锦缎搭在肩膀上或盖住脸。如果在一辆汽车里，有好几个穿着银色或黑色短上衣的人，而且也许都吸着烟，有说有笑。穿金色短上衣的只有一个，只有他脸色严肃，那他就是剑杀手，其他人都是效

---

　　①　根据政府规定，现在观众已经被禁止在斗牛场内走动了。观众可以参观马厩和其他附属建筑物。

力于他的斗牛小组成员。剑杀手一天中最受折磨的时间是去斗牛场的时候。早上距离斗牛还远呢，吃中饭也还有一段时间呢。之后，在汽车或马车到来之前，还得忙着穿戴衣帽，整理仪容。然而一旦坐上汽车或马车，就代表着斗牛近在咫尺了，剑杀手坐在拥挤的车里一路向斗牛场驶去，他现在能做的只有等待了。由于斗牛士穿的短上衣的肩部又厚又重，剑杀手和他的短标枪手，人人都穿好斗牛服钻进了汽车，车里显得很拥挤。差不多每个人都是面无表情和一脸冷漠，但偶尔在路上也会有几个人冲外面的朋友笑笑，打个招呼。因为每天剑杀手都与死神为伍，所以他变得十分冷漠，那种冷漠程度肯定都是他想象出来的。通常在斗牛当日，并且在斗牛赛季最终接近尾声的那段时间，有一种冷漠的东西植根于他们心中，你差不多都能看出这种冷漠来。那种东西就是死亡，你天天与死神为伴，明白每天死神都有可能降临，你身上就肯定会被死神留下显著的标记。在每一个人身上，死神都会留下一种标记，但短标枪手和长矛手却有区别，他们只有相对的危险。他们只是依照命令行动，也不用去杀牛，责任有限，因此他们不会在一场斗牛之前感到特别紧张。但是通常来说，要是你想知道那种忧虑时沉思着的模样，那就去观察平时心情开朗、无忧无虑的长矛手去斗牛场牛栏挑选公牛时，见到那些公牛又大又壮后的表情吧。要是我会画画，我就把集市时，午饭之前的小餐馆画下来，餐馆内有一张围坐着正在看报的短标枪手的圆桌，还有一个正在干活的擦皮鞋的人，一个正在忙着跑堂的人。还有两个刚从斗牛场回来的长矛手，一个有一张黝黑的大脸，眉毛浓重，平时很开朗，喜欢说笑；另一个有一头白发，鹰钩鼻，个子矮但灵活、麻利。这俩人简直就是阴郁、颓丧的标志。

"Quétal？（怎么样？）"其中一个短标枪手问。

"Son grandes。（都是大块头。）"长矛手回答。

"Grandes？（很大吗?）"

"Muy grandes！（非常的大!）"

无须再赘述，长矛手心里想什么，短标枪手都清清楚楚的。假如剑杀手抛弃自尊心，忘记自己的声名，那可能要杀一头大公牛就和杀一头小公牛一样简单。牛脖子上血管的位置都一样，剑尖刺到那儿都一样的容易。即便是大公牛，牛刺到短标枪手的可能性也不会就此增大，但是长矛手如果想自救是不可能的。如果是那种超过一定年龄和体重的公牛顶到了马，那就表示着它会把马顶到空中。它掉下来时没准就把人压在身下了，可能长矛手先被摔到木围栏上，然后被马压在身下。又或是在与牛相对时，如果长矛手大胆向前俯身，用身体压低长枪，想痛刺公牛，只要马脚步一动，那就意味着他们会摔到牛和马之间，无法动弹。除非剑杀手能引开公牛，不然的话公牛肯定会伸过双角来找摔倒在地的长矛手。假如真是一头大公牛，它一顶马，长矛手就会摔下来，这一点他心里清楚，如果牛真的很大，那他感觉到的恐惧程度就会大于剑杀手，除非那剑杀手是个懦夫。如果剑杀手鼓足了勇气，总会想到办法的。他没准心里会害怕，但无论牛有多么难斗，总会有招的，但没人能救得了长矛手。长矛手仅有的出路就是在送马人用通常的收买办法让他收下一匹小矮马时不上钩，而且坚持要一匹十分健壮的马。这样他一开场就能居高临下面对公牛，还能狠狠地拿长枪刺它一下，并祈祷最糟糕的事情不要发生。

当你看见马厩入口处站着剑杀手时，恐惧折磨他们的最煎熬的时刻都已过去了。现在，斗牛士和最懂他们的人在路上时共同感到的孤独感被身边的观众们驱散了，斗牛士的特性又被人们唤醒了。所有斗牛士的胆子差不多都很大，也有些胆子不大的。听上去似乎不太可能，因为没有一个胆小的人会进斗牛场挑逗公牛玩。但是在某些特定环境下，先天的本领和早期的训练是与没有危险的小牛犊训练出来的，把不是天生胆大的人锻炼成为斗牛士，可能这种人只有三个。接下来我再聊聊他们的情况，他们可算得上是斗牛场最好玩的人了。但是，斗牛士一般都是很有胆识的人，而胆识最通常的表现就是一瞬间能够不在乎可能酿成的后果。胆识表现得更显著是生出激昂情绪的时候，那是对可能酿成的后果毫不在意的能力，不单是不在乎可能酿成的后果，甚至还蔑视它们。所有斗牛士的胆量都很大，可是所有斗牛士在斗牛开始前的某一段时间内几乎都会感到恐惧。

原本挤在马厩门口的人群渐渐变少，斗牛士们排好队，剑杀手三人一行，短标枪手和长矛手跟在后面。拥挤的人群离开场地，场内变空了。你到自己座位上坐下，要是你的座位在前排，你就跟下面的商贩买个垫子坐在座位上，双膝顶着木板，望向你离开后斗牛场那边只剩下三个剑杀手站着的马厩门口。阳光洒在站在门口的剑杀手的金闪闪的斗牛服上，而其他斗牛小组成员有的走着，有的骑马，就跟在他们后面。随后你看到身旁的人都抬头，向上面一个包厢望去，那是总裁判入场了。他坐下来，挥了挥手绢。当他准时坐下时，人们就会爆发一阵掌声；当他迟到时，就会有一片口哨声和取笑声。吹响号角后，两个身穿腓力二世①时期服装的骑马人就会从马厩出来，横穿铺着沙土的斗牛场。

这两人叫骑马执行官，西班牙语叫 alguacil。总裁判是合法管理机构的代表者，他发布的所有指令都是由骑马执行官转达的。他们骑马飞奔穿过斗牛场，朝总裁判脱帽躬身致敬，接到总裁判授权后又飞奔回了原地。随后音乐响起，一队斗牛士从拴马的院子入口处走了出来，这时就是在列队入场，接受检阅，西班牙语

---

① 腓力二世（Philip Ⅱ，1527—1598），西班牙国王（1556—1598）。

叫做 paseo。剑杀手排成一列走出来，如果有六头牛，就有三个剑杀手；如果有八头牛，就有四个剑杀手。他们的礼服披风把左手盖住，一边上翻，右臂都平衡成一线，迈着大步，挥舞着手臂，扬着下巴，双眼注视着坐着总裁判的那个包厢。每一个剑杀手身后是按资历深浅排成一列听命于他的短标枪手和长矛手。所以，他们都是排成三四人一组的一列纵队进入沙地斗牛场的。走到总裁判的包厢前时，剑杀手们一边深深地鞠一躬，一边摘下他们的黑帽子，西班牙语为 monteras。他们是认真地还是应付差事地鞠躬，取决于他们参加斗牛时间的长短或对人生的冷漠程度。在职业生涯之初，他们都是十分虔诚、循规蹈矩的，跟圣坛前忙活着大弥撒事务的勤务人员一样，而且一些人是永远不会改变的，其余人却是和夜总会老板一样愤世嫉俗。其实虔诚的人死去得更频繁，最好的搭档是愤世嫉俗的人。但是最最好的搭档是那些虽愤世嫉俗但依旧保有虔诚的人，或是那些曾虔诚过的人。假如原先是虔诚的，后来才变得愤世嫉俗，那他们就会再次因愤世嫉俗而变虔诚。胡安·贝尔蒙特就是最后这种人中的一例。

朝总裁判鞠完躬后，他们又认真戴上帽子，向木板围栏里退了进去。大家都敬完礼了，接受检阅的队伍也都解散了，剑杀手也把检阅时披着的挂着宝石的沉重的金丝织锦披风脱了下来，交给朋友或仰慕者，把它铺挂在挡板上，对最靠前的几排座位进行保护。有时还会由看管剑的人把它送出去，通常是送给歌唱家、舞蹈家、江湖医生、飞行员、电影演员、政治家或是恰好坐在包厢里的当天的焦点人物。年纪非常小的剑杀手或者十分愤世嫉俗的剑杀手，会把自己的披风送给外地来的可能就是马德里的斗牛主办者，或者直接给斗牛评论家。最杰出的斗牛士会把披风送给朋友，把披风交你保管的事最好别揽上身。如果斗牛士这天走运，发挥出色，那是最美好的贺礼；但如果他出事了，那么这就变成了很大的责任了。一个运气差的斗牛士，遇到一头很糟的公牛，发生了一件令他信心顿失的事；或是身体受伤后仍没痊愈就回到斗牛场，内心紧张导致自己丢人了等情况，最终使群情激愤，人们纷纷把皮坐垫丢向他，他也只能低垂着头，由警察保护着退场了。要是你还向这种斗牛士表示出明显的效忠，当看管剑的人一边躲避丢来的皮坐垫，一边向你跑来要走披风时，你自己就显得太扎眼了。看管剑的人也没准看到势头不妙，预感要出乱子，在还没斗最后一头牛时，就会跑来要回披风。你会看到那丢了大脸的人，紧紧把你满怀自豪收下的披风裹在肩上，冒着飞来的皮坐垫攻击，跑出场内。几个更凶猛的观众还会追打你的剑杀手并被警察截住。短标枪手也会炫耀着交给朋友自己的披风，但是因为这些披风只是远看上去才显得豪华，一般都很薄，都被汗渍浸透了，衬里看上去也只是用做背心衬里的条纹布料做的。并且向观众送披风好像也没有很被短标枪手重视，所以即便这种荣誉存在，那也仅仅是名义上的而已。人们把扔来的披风抓住并展开，围栏上斗牛用的红披风也被拿了下来。因为长矛手的队伍，用于把死牛、死马拖走的套着马具的骡子，还有执行官骑马时的蹄印，都会把沙土踩得坑坑洼洼的，此时斗牛场勤务人员就开始对场内沙土进行平整。与此同时，没轮到上场的两位剑杀手（因此可知这是一场有六头公牛的斗牛表演）和他们的斗牛小组成员都退进木板围栏的红色挡板跟第一排座位间的狭长过道内，西班牙语叫作 callejon 里。剑杀手在参加斗牛表演的公牛即将要放进场里之前，会挑一块沉重的细布红披风来斗牛。这些斗牛用的红披风一般都是外表瑰红，内衬金黄，有个宽大的硬领圈，倘若剑杀手把这又大又长的红披风披到身上，披风底端能及至膝盖或比膝盖长些，他能把自己的全身都裹住。马上要出场的剑杀手就在紧挨围栏外挡板的木板掩体后站着，那里又小又窄。若说它窄，它能够装两个人；若说它宽，人也只可以在里面躲躲而已。骑着马的执行官跑到总裁判的包厢底下，请他予以钥匙以便打开马上要出场的公牛所在牛栏的红大门。执行官要用插着羽毛的帽子接住总裁判扔下来的钥匙。倘若接到了钥匙，观众会拍掌欢呼；倘若钥匙没接到，观众就会打呼哨捣乱。但无论是否能接住钥匙，观众都不会去注意这件事情。倘若没接到钥匙，就会有斗牛场勤务人员会跑去捡起来，交给马上的执行官，由执行官交给站在牛栏门口负责开锁的人。随后执行官又再次飞奔回来向总裁判敬礼，随后骑马跑出斗场。勤务人员这时会再次平整好沙土上的蹄印，平整过后的场地内，此刻只余下站在掩体即 burladero 后面的剑杀手和分别在场内两边紧贴围栏站立的两个短标枪手。所有的目光都停留在那扇红色木板门上，此刻场内没有一点声音。总裁判挥舞着手帕发出了信号，喇叭声随之响起，那个负责打开牛栏大门门锁的人是神情十分严肃、满头白发，名叫加百列①的老头子，他非常的机警敏锐。他穿着一套看起来很有趣的斗牛服（是大家凑钱给他买的），用力拉开门的同时飞快地朝后退着，大门打开后就可以看到低矮的木栏通道。

---

① 加百列（Gabriel）是基督教的《圣经》中传达上帝福音的七大天使之一。

第七章

　　想读懂这一章你是需要去观赏一场斗牛的。若是让我来描述，你会发现它与你即将要看到的那场斗牛是不同的，因为无论斗牛士还是公牛，都是不一样的。而且，若是让我把林林总总的情况都写出来，那这一章就写不完了。有两种指导类型的书：一种可以事先观看，一种可以事后观看。若是一定要事先观看原本应该事后观看的书，倘若书中还有十分关键的问题的话，那在某种程度上必定会比较难以理解。因此，高山滑雪、性交、飞鸟射击或是任何一样不能只是空谈理论的事，或者想在书上一次先容很多事情都是不可能的事，毕竟有些事是必须个人亲自体验的。在某部提供指导的书里，作者必定要着重提出，你得先滑过雪、有过性交、打过鹌鹑或松鸡，或者看过斗牛才能够把书继续看下去，而且可以知道我们在议论什么。因此从现在开始，我们暂时认为你已经观看过斗牛了。

　　"你观看了斗牛？感觉怎样？"

　　"太让人憎恶了。我是不能往下看了。"

　　"好吧，虽然票是不能退了，但我们会让你有面子地离开这里的。"

　　"它哪里让你喜欢啊？"

　　"太恐怖了！"

　　"太恐怖是什么意思？"

　　"就是可怕，十分可怕，十分骇人，让人憎恶的恐怖。"

　　"好吧。你也能够有面子地离开。"

"观看它你有什么感觉？"

"只是十分无聊罢了。"

"那好吧，你就离开这个兴味索然的地方吧。"

"没有人喜欢斗牛吗？居然没有一个人喜欢斗牛？"没人回答。"先生，你喜欢斗牛吗？""我不喜欢。""太太，你喜欢斗牛吗？""压根不喜欢。"

坐在最里面的一个老太太："他在说什么呢？那个小伙子在问什么？"

在她身旁坐着的人："他正在问有没有人喜欢斗牛。"

老太太："哦，我还以为他是否正在问我们当中谁想去和牛较量较量呢。"

"你喜欢斗牛吗，太太？"

老太太："我非常喜欢看斗牛。"

"你为什么热爱斗牛呢？"

老太太："公牛去撞那些马是我最喜欢看的。"

"原因是什么？"

老太太："看上去让人很愉快。"

"太太，你真是个特别的人。这里没有跟您合得来的人，让我们去福尔诺斯咖啡馆坐一会儿吧，我们可以在那里自由自在地讨论这些。"

老太太："先生，你想去哪里都可以，只要那儿是个干净、正常的地方。"

"太太，这个半岛上再没有比那儿更干净的地方了。"

老太太："在那里可以遇到斗牛士吗？"

"太太，那里坐着的都是斗牛士。"

老太太："那我们就启程吧。"

跟斗牛有关系的人还有妓女，她们是福尔诺斯这家咖啡馆的熟客。那里烟云弥漫，侍者忙得脚不沾地，杯碟碰得哗哗响，像大咖啡馆那样既喧嚣又可以保持隐私。那个老夫人可以坐在里面看她的斗牛士们，我们也可以讨论斗牛。每张桌子上都坐着各种类型的斗牛士，此外所有在咖啡馆里坐着的人都是全靠斗牛士谋求生计的。有比四条多的鲫鱼即 romora，依附于一条鲨鱼身上或跟着它游的情况非常少见，不过若是一个斗牛士发了大财，那就会有十几个人围绕在他身边。那个老太太只是喜欢看斗牛，却并不喜欢讨论。现在她就看着那些斗牛士，但她跟那些最明白她的朋友居然也不议论她看过的斗牛表演。我们不议论它是因为很多事情你只是说是不能清楚的。

在公牛跑出来时，短标枪手中会出来一个人在身后拉一块红披风，按自己的路线奔跑，那头公牛就跟在他后面追，用一只角去刺那块红披风，你是否关注到了这个场面呢？在斗牛开始时，他们就会用这个方法挑衅公牛，察看它惯用哪只角进行攻击。站在掩体后面的剑杀手此刻会察看那头追赶红披风的公牛，关注它是否会挑选从左右两侧追着那块七弯八拐飘舞着的红披风追，由此可以知道公牛是不是双眼并用，还有它习惯用哪只牛角来攻击。他还可以察看到公牛是否直线冲过来，是不是在进攻时有攻击人的习惯。这样让公牛奔跑一会儿后，有个拿着红披风的人入场了，他从正前方挑衅公牛，却在公牛冲过来时站着不动，在牛角靠近时用双手把红披风慢慢后挪，身体顺着红披风慢慢挪动的方向紧贴牛角避开了。公牛仿佛被掌握在红披风中，当公牛每次转过身再攻击时，都被他从身边引走了。这样重复五次后，他转身背对公牛站稳，把红披风收起，公牛也立在原地，它的攻击突然停止了。这人就是剑杀手。他慢慢挥动红披风的动作叫作 veronica，挥动结束时，红披风半开的那个动作叫作 media－veronica。制定出这些动作是为了显露剑杀手使用红披风的技术和掌控公牛的才能，还有为了让公牛在马入场前的某一个地方站住。这些叫作 veronica 的动作是用取下头巾为上帝揩脸的圣女维罗妮卡①的名字命名的。之所以如此命名，是因为双手提着头巾两处的动作是大家知道的她流传最广的形象，提着头巾的两角与斗牛士预备做动作时提着红披风的两手的地方一样。在这一套动作快要结束时阻止公牛的 media-veronica 的动作叫作 recorte（剪除）。一个 recorte 就是某个使用红披风时的动作，这个动作可以指想办法让它转过一半身子，忽然阻止住它；或指挡住公牛前进的道路，让它转半个身子，以此禁止它实行攻击。

公牛刚刚入场时，短标枪手绝对不可以用两手举着红披风。倘若只用一只手拿，那他们就把红披风提在手里举着。这样的话，一段路跑完再回身时，公牛也比较容易回身，而不是忽然地快速一转。因为拐弯的又长又宽的红披风给了公牛要回身的一种示意，并指引它跟着转，所以它才可以成功完成回身。如果短标枪手双手举红披风，那他既可以快速从公牛面前取走披风，把红披风"啪"地一挪藏在身后，使公牛久立不动，又能使公牛忽然回身，把脊椎骨和四肢弄伤，减慢它的冲击速度。如此一来，就不是引得它精疲力竭，而是会弄断它的腿，随后就没办法斗牛了。方才开始斗牛时，能两手举着红披风的只有剑杀手。认真说来，只有当公牛在某地站住原封不动，有必要把它朝某处吸引过去时，作为副手的短标枪手才允许用双手举着红披风。随同着斗牛的变化，或是一种没落，人们把注意力更多地聚集在各种动作上，而没有在意它的效益。在现在这种趋向下，短标枪手就负担了更多挑衅公牛使它精疲力竭以利于刺杀的责任，只是这些事以前都是剑杀手要做的。而有些剑杀手既没有智谋又没有技能，仅

① 参见"术语释义汇编"。

有的本领就是摆造型或展示所说的艺术。若是碰到有一点儿不配合的公牛，还得让经验老练的短标枪手用手中熟悉又致命的红披风来挑衅公牛，耗光它的力量，让它服从指令，再做好把它杀死的所有准备。

虽然这么说听起来有些荒诞，但仅用一件红披风几乎就能够要了一头参赛的公牛的命。红披风当然要不了公牛的命，但它会被你撩逗得扭伤脊椎骨和四肢，弄折几条腿。就在此时，利用公牛的凶猛，还能逼它频频地做没有任何用处的攻击，让它每次都突然停止。这样，它就会被你戏弄得瘸了腿，精疲力竭了，失去全部的攻击力和多半的力量。我们常常说一根钓鱼竿杀了鳟鱼，实际是鳟鱼自个儿要了自己个儿的命，是鳟鱼自己损耗了全部气力游到船边的。你最好沉着地抓着鱼竿，稳住鱼线，不论鲢鱼、鳟鱼还是鲑鱼，不管它怎样拼死奋斗，最后都会自己丧命。

正是这个缘由，才不准许短标枪手用两只手举着红披风去挑衅公牛。从前还是剑杀手独自承担刺杀公牛的准备工作和刺杀责任时，长矛手的工作就是拖住公牛，减慢它的动作，挫伤它的锐气。短标枪手的工作只是斗牛开始时带着公牛来回奔跑，迅速把短标枪插上。若是公牛牛角攻击存在缺陷的话，那插枪的地方要对修正这个缺陷有益，同时绝对不可以出现损耗公牛体力的过错。这种规则的打算就是要把状态良好的公牛呈现在剑杀手面前，因为斗牛士的责任就是使用穆莱塔把公牛牛角总向某一侧攻击的缺点扭转过来，让它居于有利的刺杀地点并从正前方进行刺杀，用穆莱塔和红布让公牛低头冲过去，同一时间拿剑去刺，从公牛的两块肩胛骨凸起的夹角顶部把剑刺进去。

在曾经的斗牛中，刺杀的方法以前是斗牛的所有历程，但随同着斗牛的变化与没落，现在已经不注重刺杀的方式了。现今越发注重的是对红披风的使用动作、短标枪的刺入，还有使用穆莱

WUHOU ZHI SI **午后之死**

塔的技巧。红披风、短标枪和穆莱塔这三件原本是达成企图的物品，现在已经变成了一种目标，因此斗牛也是得失参半。

以前的公牛通常比现在的大。那时的公牛要比现在的更凶猛，更不好掌控，体重更沉，年龄也更大。那时参与比赛的公牛年龄都在四岁半到五岁之间，而不是现在的三岁到四岁半，并没有因为斗牛士需要就把牛饲养得小一点。从前的剑杀手在正式成为剑杀手之前，一般都会花六年到十二年做短标枪手和非正式斗牛士进行学习。他们都和那些在体重、力量、怎样发挥牛角的强大力量和对于一般艰难、风险的知晓等许多方面都已达到最高意境的公牛打过交道，他们对公牛的认知十分清楚，已经十分老练了。最后的刺杀是斗牛的最终目的，那是人与牲畜的毫无虚假的对抗，西班牙人称其为原形毕露的时刻，整个斗牛过程中的动作都是为用剑刺杀作准备的。面对这种公牛，撺掇一个人一边举着红披风从从容容地做出挑衅的动作，一边竭尽全力接近这头牲畜是没有必要的。红披风的用处是挑衅公牛跟着跑，在必要时给予长矛手保护，我们用现代的标准来说明，人们之所以因挥舞红披风做出的种种动作而兴奋，并不是因为这么做的方式和闲适平缓的模样，而是由于那展示了牲畜的巨大、力气、体重和凶猛，还展现了剑杀手在这么做时存在的风险。竟然会有人去挑衅这么一头公牛，有人可以在斗牛场中同这么一头让人心情激动的公牛切磋并战胜它，这才是令人兴奋的缘由。并不是因为人能像现在这么从从容容地在那里双腿站立、一丝不动，尽可能让自己跟公牛贴得非常近，并举着红披风从牛角顶端慢慢滑过。现代斗牛的出现，正是因为目前的公牛一代不如一代了。不论怎么看，斗牛都算一种没落的技术，同大多没落的事物相似，它在最腐朽的时候，走进了它最辉煌的时期，现在就处于这样一个时期。

在斗牛场上，每次都可以用发源于胡安·贝尔蒙特的现代斗牛技术同一头完全名副其实的公牛竞技是不可能的。体型巨大，力量强大，凶猛灵活，擅长使用牛角，年龄又到了足够生长的时期，才算是名副其实的公牛，不过那样斗牛太危险了。天才贝尔蒙特创造了这种技术，他能够扰乱斗牛规则而 torear①，这个词代表人与公牛演出时的所有动作，因为每个人都清楚，torear 是不合理的。只是因为他这样做，所有斗牛士都只能或者试探着这么做了，因为一旦有些事已经引起轰动，那就没有后路可退了了。贝尔蒙特是羸弱的、病快快的；而何塞利托却是强大的、健壮的，他有运动员的体魄，吉卜赛人的魅力。直面公牛，他有直觉上的和学习所得的知识，没有一个斗牛士能强过他。纵然对因斗牛而生的何塞利托来说一切的事都不费吹灰之力，好像他就是仿照一个优秀的斗牛士应拥有的标准制造、培育出来的，可是他也一定要研习贝尔蒙特的斗牛方法。何塞利托作为承继全部优秀的斗牛士技能的人，作为现在最优秀的斗牛士，依旧在研习贝尔蒙特的斗牛方法。贝尔蒙特没有健壮的身体，没有雄厚的力量，双腿也软得像面条，因此他才会使用那种技术。他不亲自实践一下是不是能破坏曾经制定的规定的话，要遵循这些规定是不容易的，而且他是一个优秀的专业选手。贝尔蒙特使用的技巧不是承继，也不是改善，而是变革。何塞利托也研习这些，在他们两人比赛的时代里，每人一年或许要斗牛一百场，他说过："大家都说贝尔蒙特，他与别人相比与牛贴得更近。看上去仿佛是这样，但实际上却不是如此。事实上我和公牛贴得更近。由于我给人感觉更加不拘束、不别扭，因此看着贴得并不是多近。"

无论如何，何塞利托把颓丧、荒诞、几乎腐败的贝尔蒙特风格学成了，在自己非常健壮、有直觉的天分中发展起来。即使那

---

① 西班牙语：斗牛；敷衍。

时斗牛正处在消亡过程中，但因为他和胡安·贝尔蒙特的角逐，却出现过七年的斗牛黄金时期。

公牛渐渐被他们培育得块头小了一些，牛角长度短了一点，攻击时既凶猛又平和，因为同这些更小、更温和的公牛比赛，何塞利托和贝尔蒙特可以做出更加美好的动作。不论斗牛场牛栏里放出什么样的公牛，他们俩都能做出优美绝伦的动作，他们对任何公牛都会不慌不忙。倘若公牛块头更小，脾性更温顺，他们是一定可以呈现出观众都想看到的出色的动作的。何塞利托应付块头大的公牛更加游刃有余一些，可这对贝尔蒙特来说就有些困难了。何塞利托能对付全部的公牛，所以他自己有必要制造一些困难。两人的角逐随着何塞利托于一九二〇年五月十六日在斗牛场殒命而完结了。贝尔蒙特在得意了一年之后也终止了这项工作。自那以后，斗牛也采用了新的、基本上不可能实行的颓丧技巧，养出来的牛块头变小了，斗牛士也没有几个出色的了。这些粗鲁、蛮横的人什么新手法都没有学到，所以再也无法让观众开心了，并且新出现的一批斗牛士，都弥漫了颓丧、让人伤心、不健康。纵然他们有技巧，但对公牛知道的不够，没有当过学徒受过训练的经历，既缺少何塞利托的男人气概、才能或天分，也不拥有贝尔蒙特美好而冒险的神奇手法。

老太太："在今日我们观看的那场表演中，我并没有体验到什么颓丧或腐化的感觉。"

"我今天也没感觉到，太太。因为剑杀手是尼卡诺尔·比利亚尔塔，他是阿拉贡勇猛的标杆；是路易斯·富恩特斯·贝哈拉诺勇敢而优秀的工友，是工会的自豪；并且还是迭戈·玛斯基阿兰、命运之神、英勇的毕尔巴鄂杀戮青年。"

老太太："依我来看，他们都特别英勇，都很有男子汉气概。你说正在没落的话有什么依据呢？"

"太太，虽然比利亚尔塔总是高声说话，但他们的确有男子汉气魄。我说的没落指的并不是他们，我说的没落是因为一切技术都夸大了某些方面而引起的。"

老太太："先生，你这个人可真是不好思索。"

"之后我会解释的，太太。因为这个词已经沦为评论笔下的不好的词了，用来点明他们不清楚的事物，或用来点明与他们自己的道德观念南辕北辙的事物，因此如今没落的确是个很难用好的词了。"

老太太："我一向把这个词的意思理会为有些东西腐朽了，法庭上的东西就是这样。"

"太太，由于我们任意使用全部的词句，致使它们都已经与原来的意思有了偏差，不过你本来的想法还是可以相信的。"

老太太："先停一下，先生，我对全部的这些词句的议论并不在意。莫非我们来到这里，不是来听别人议论公牛和斗牛士的吗？"

"若是你想听，自然可以。不过只要你的作家谈论词句上有了开头，他就不会停下来，直到你没有了耐心，而且想让他用词句更加简单，而不用重复解释它们的意思。"

老太太："先生，你就不能闭上嘴吗？"

"已经过世的莱蒙·腊迪盖你听过吗？"

老太太："我不太了解。"

"他是个年纪不大的法国作家，他不但清楚如何用钢笔开始自己的职业生涯，而且用铅笔也可以做到！不清楚你是否明白这里面的意思，太太。"

老太太："你是说？"

"不完全都是，但也差不了多少。"

老太太："你是说他——"

"确切无疑地说，腊迪盖还在世的时候，一向不喜欢和他的单薄的、经常很焦躁的、满腹怨气的文学维护者让·科克托①在一起。他就经常去卢森堡公园旁边的一家旅店找女人过夜，就是住在那旅馆里的做模特的两姐妹中的一个。他的文学维护者心里非常烦躁，斥责他这么做是堕落的行为，话中既有愤懑，又表现出自得，他说：'Bebéest vicieuse——ilaime les femmes.②' 所以夫人你看，用没落这个词时，一定得小心，不一样的人用这同一个词意思完全不一样啊。"

老太太："这个词本来就让我不喜欢。"

"那让我们回到原来的话题讨论公牛吧。"

老太太："好的，先生。不过，那腊迪盖最后怎么过世的？"

"他跑到塞纳河里游泳，感染了伤寒热死了。"

老太太："不幸的家伙。"

确实，不幸的家伙。

---

① 让·科克托（Jean Cocteau，1889－1963），法国作家，也精通绘画，作品包括小说、诗歌、戏剧、舞剧。

② 法语，译为：这小子心术不正——他爱上那两个女人了。

第八章

何塞利托殒命、贝尔蒙特从斗牛场退役后的年月，是斗牛表演最不好的一段时期。这两个出名的人曾经一直统率着斗牛场。他们自然清楚斗牛是暂时的、不足挂齿的技术，不过他们在斗牛界内获得的成功，可以与绘画界的贝拉斯克斯和戈雅，或者文学界的塞万提斯①和洛普·德·维加②相提并论，纵然我从来都不喜欢洛普，不过他是拥有这种对比所应该有的名气的。从他们两人从斗牛场消失，就好像英国文学界的莎士比亚忽然去世，就好似文学界的马洛③封笔了。这个领域只余下了罗纳尔德·弗班，他写的那些东西的确非常好，不过若是让我们评论的话，他只是一个专家罢了。巴伦西亚的曼努埃尔·格拉尼罗是让斗牛迷深信不疑的一个斗牛士。那时有人给三个男孩子提供保护、提供花销，使用最好的机械方法和最佳的指点，还找到乳牛在萨拉曼卡旁边的公牛饲养场上培训他们斗牛，训练他们变成斗牛者，他就是其中一个。格拉尼罗的斗牛基因并不是生来就蕴含在血液中，父母想让他学习小提琴，但是他胆子很大，雄心勃勃，也有斗牛的天分，因此他被看作是三个孩子中最有出息的。其他两个是曼努埃尔·希米尼斯，即奇奎洛，还有胡安·路易斯。在年少时，他们就是经过完善培训的小斗牛士，三个人做的每个动作都十分优

---

① 塞万提斯（Miguel de Cervantes, 1547—1616），西班牙小说家、诗人，《堂吉诃德》是他最著名的作品。

② 洛普·德·维加（Lope de Vega, 1562—1635），西班牙剧作家、诗人、小说家。

③ 马洛（Christopher Marlowe, 1564–1593），英国戏剧家、诗人，改进了无韵诗体，给莎士比亚等剧作家开辟了新道路。

WUHOU ZHI SI **午后之死**

美，都带有原汁原味的贝尔蒙特作风，因此这三个男孩都被当作奇迹。在何塞利托去世那年的五月，其中最结实、最健壮、最英勇的格拉尼罗也在马德里失去了生命。

奇奎洛与他做剑杀手的父亲同名，他的父亲患肺结核去世已经好几年了。叔叔把他抚养长大，培养他成了一名剑杀手，并做了他的经纪人。他的叔叔叫索卡托，以前当过传统斗牛的短标枪手，之后成了商人，他非常精明，特别能喝酒。奇奎洛个子不高，有点病态的臃肿，连下巴都看不见了，脸色非常不好，手臂瘦弱，长长的睫毛像个姑娘似的。他先去了塞维利亚学习斗牛，之后又到萨拉曼卡旁边的公牛饲养场，因此他是一个经过仔细训练的出色的矮个子斗牛士。的确他也可以被当作是小瓷塑像的真品，是个货真价实的斗牛士。何塞利托·格拉尼罗的去世，还有贝尔蒙特的退役，之后的斗牛也就靠他了。还有一个胡安·路易斯，他不像奇奎洛那样有个好叔叔，也没有他那么好的身体，不过除了这些，他和奇奎洛一样出色。有个和他没有关系的人，给他钱财，让他上学念书，他成了又一个经过仔细培养的优秀斗牛士。至于马西亚尔·拉兰达，他是贝拉瓜公爵公牛牧场的监工的儿子，他是与一群公牛相伴长大的，因此特别熟悉它们的习性。广告上把他吹嘘成了何塞利托的后继者。作为一名承袭者，他那时的有利形势就是熟悉公牛，还有他作为短标枪手挑衅公牛时走路的样子。那段时间，我常常看到他，对于斗牛他有自己的一套系统的手法，不过他身体并不强壮，一副萎靡不振的样子。他对斗牛好似一点儿兴趣也没有，斗牛不能令他激动，不能让他的精神振奋，他好像很畏惧，纵然他压制着恐慌感但也十分让人败兴。即使他技艺纯熟、特别机灵敏捷，但他还是个忧愁的、没有感情的斗牛士。倘若他在斗牛场上可以有一次出色的演出，那他就起码有十二次会表现普通，没什么让人可说的优点。进入斗牛场斗牛的他、奇奎洛和胡安·路易斯，就像是被强迫一样，而不是自觉自愿去的。我笃信没人会把何塞利托和格拉尼罗的死忘个精光的。格拉尼罗被牛杀死时，马西亚尔也在现场，有人没来由地斥责他没有及时千方百计地把公牛从格拉尼罗身边引走，面对这样的斥责他心里特别难受。

那时的斗牛领域还有兄弟两个，他们是来自阿拉贡的安利奥兄弟，他们兄弟的外号都叫"国民"。哥哥叫里卡多，个子不高不低，身体强壮，他身上汇聚着刚正、英勇的作风，平凡却典雅，还有不好的运道。弟弟叫胡安，自称"国民二世"，个子不低，嘴唇不厚，双眼斜视。他面貌不好看，也可以说是丑陋，不过特别凶猛，斗牛的风格比你以前看过的最不体面的还要难看。

维多里亚诺·罗杰是个短标枪手的儿子，称作"巴伦西亚二世"。他在马德里出生，爸爸亲自培训他，他还有一个当剑杀手但没有成功的哥哥。他和奇奎洛等几个人都是同一时代的人，还在少年时，他就可以把红披风挥动得特别美妙。在马德里时，他狂妄自大，争强斗狠，英勇得就似一头公牛，若是去马德里之外的地方，他就会极度沉静。即使在外面受了很大挫折，他只要可以在马德里成功还是可以维护名誉的。在马德里，那些以斗牛维持生活的人，可从没有学习过斗牛技术的斗牛士的特征就是把他们的个人名声押在了马德里。

还有一个真正斗牛者胡利安·赛斯，叫作"风雅二世"，是个出色的短标枪手，他以前和何塞利托在一个赛季内角逐过，不过之后他变得谨小慎微、安全为先。既凶猛又无知的迭戈·马斯基阿兰，外号"命运之神"，是个很好的剑杀手，但也是个传统的斗牛者。还有墨西哥人路易斯·弗雷格，他个子不高，皮肤显褐色，有印第安人式样的头发，快四十岁了，两条腿行动缓慢，腿上的肌肉毛糙得跟老枥树皮似的。由于他动作迟钝、拙笨，挥剑时只有勇气没有技巧，因此腿上留下了公牛给他的教训——一块伤痕。加上几位年老斗牛者，还有太多没成功的人，大致上这些就是两位了不起的斗牛士离开斗牛场后，开始几年里全部的斗牛士了。

人们对"命运之神"弗雷格和"国民"里卡多的热心已经渐渐冷却了，因为他们的作风和新斗牛形式相比，已经落后了。而且再也没有个头大的、只要在斗牛场上和一个英勇、有才能的人表演就能非常符合斗牛要求的公牛了。奇奎洛表现一向很优秀，直到他头一次被公牛刺伤。从那以后，只要碰上略微有点难度的公牛，他就显现得非常畏缩了，因此他一年里大概只有两次表演得还不错。只有感到面前的公牛不会耍花招，从他身旁攻击时也不会有偏差，就像火车在铁轨上似的，他才会把所有手法展示出来。整个赛季都快结束了，在最后终于碰到一头非常呆板的公牛时，他表演得特别好看。若是遇到一头不好应付的公牛，他有时也会做出饱含力量和技术的优雅动作。不过观众们有时也会看见最不想看见的处于畏缩和羞耻这两者之间的表现。自从被牛角冲撞受伤以后，胡安·路易斯就吓破了胆，没多长时间就从斗牛场隐没了。他是个很有才干的斗牛者，但他另一个方面的能力更加出色，现在他仍然在南美干斗牛这一行，这两个能力使他生活得十分舒心。

每个赛季刚开始时，"巴伦西亚二世"就像只斗鸡似的，特别英勇，每次在马德里表演，他都比之前与公牛贴得更近。结果公牛把头略微一伸钩住了他，挑了起来，刺伤了他。紧接着他被送到了医院，他的勇气在出院之后就泯灭了，直到下个赛季才可能复原。

另外还有几个斗牛士。有一个叫作希塔尼利奥的人却不是吉卜赛人，他只是在年纪还小时帮一个吉卜赛人家庭照顾过马。他个头不高，行为自负，并且的确十分有胆量，起码在马德里是这样。他在外地时，也和那些寻常的斗牛者一样，依靠的全部是马德里的名气。他是如此一个人：除了不生吃公牛，他可以做任何事。他做什么事都不熟练，他总在公牛跑乏了或短时间站定不动时，在距离牛角大约一英尺的前方转身背向公牛，之后跪在地上冲观众笑。他差不多每个赛季都会受很严重的伤，有一回牛角捅入前胸，令他伤势沉重，很大一片肺和胸膜被损坏了，即使痊愈后他也落下了终身残疾。

在欣赏一场斗牛演出时，索里亚的一位医生同胡安·安利奥即"国民二世"起了争执，医生把一个酒瓶子砸向了胡安的脑袋。那时"国民二世"也是个观众，他为场内斗牛士遇到一头不好斗的公牛时所做的举动解释。警察没去抓攻击的人，反倒抓捕了这位受害者。"国民二世"的衣服和头发都沾了不少索里亚红土，整个晚都睡在牢房里，脑袋上破了个口子，头颅里积了淤血，命悬一线。可是牢里其他人以为他是个醉鬼，想尽办法让他醒酒，此后，他永远地睡了下去。就这样，斗牛领域又失去了一名确实有胆子的人，也在这没落的走向下少了一位剑杀手。

一年前，眼看着一个名叫曼努埃尔·加西亚，即马艾拉的斗牛士仿佛就要成为最优秀的斗牛者了，可他还是死了。胡安·贝尔蒙特在塞维利亚特里亚的街区居住时，马艾拉还是个孩子。由于贝尔蒙特那时只是在打零工，没人做他的监护人，没人给他出钱让他去斗牛学校用乳牛练习斗牛。因此他想练习挥动红披风时，就叫上马艾拉，有时还有另一个当地小孩叫巴雷利托，带着红披风和一盏提灯游到河对岸。到了对岸后，裸着满是水珠的身子钻过围栏，来到牛栏里。这里关着全部参加塔勃拉达斗牛赛的公牛。他们一到牛栏里，马上把其中一头大公牛折腾醒。马艾拉提着提灯，贝尔蒙特就开始挥动红披风挑衅公牛。贝尔蒙特成为剑杀手以后，马艾拉已经长大：个子高大，皮肤微黑，身材瘦弱，双眼无神，胡子剃得很干净，仍然是青黑的脸色，行为自负，双眼从不正视你，不说话的小伙子。贝尔蒙特让他做自己的短标枪手。作为短标枪手伴随贝尔蒙特的几年中，他表现优秀，每个赛季都能上场九十到一百次，和各种各样公牛都切磋过，所以他对公牛非常熟悉，乃至与何塞利托相比都毫不逊色。由于贝尔蒙特奔跑能力差，他从不投短标枪。何塞利托几乎每次斗牛都会亲自投短标枪对付自己刺杀的公牛，因此在两人的角逐中，为与何塞利托相抗衡，贝尔蒙特就让马艾拉来相助。马艾拉使用短标枪的技艺能和何塞利托相匹敌。他穿着一套非常不合身、非常丑的斗牛装，如此贝尔蒙特把他装扮得更像个帮忙的了，以此降低他的身份。贝尔蒙特让其他人认为他有个短标枪手，一个身为短标枪手的副手也可以和鼎鼎大名的剑杀手何塞利托一决雌雄。马艾拉之前在贝尔蒙特斗牛生涯的最后一年暗示要提升酬劳。原先每场斗牛，他可以获得二百五十比塞塔的酬劳，他希望提升到三百比塞塔。即使那时贝尔蒙特一场可以赚到高达一万比塞塔的薪酬，但是马艾拉的要求还是没得以实现。"走着瞧，我作了剑杀手就会给你点教训的！"马艾拉说。"你会丢脸的。"贝尔蒙特回答说。"不会！"马艾拉说，"我获胜就会让你丢脸。"

起初，作为一名剑杀手的马艾拉，还要纠正做副手时留下的许多缺点和举动，例如奔跑太多的缺点。一名剑杀手是不可以随意跑动的，同时他挥舞红披风也缺少气势。他有才干有技巧，但挥动穆莱塔的动作不熟练，他刺杀时会要花样，也完成得不错。他对公牛非常熟悉，胆量又无疑十分强大，他的胆量变成了他身上能看见、能触摸到的一部分了。马艾拉带着这种胆量，但凡是他清楚的事，他就能做得轻而易举，而且他知晓全部的情况。他自尊心还非常强，至今我都没见过自尊心像他这么强烈的人。

他用了两年时间把使用红披风时的所有缺点都改了过来，也能把穆莱塔运用得非常美妙了。要是比较插入两把短标枪的动作，在最美妙、感情最充足和技艺最熟练的短标枪手之中，他也是排得上号的。他成为最佳、最令观众热衷的剑杀手中的一员。与特别勇敢的他相比，那些动作夸张但胆量不够的人就颜面扫地了。斗牛对他来说太紧要、太美好了，当时斗牛领域没落到了用力最少、来钱很快、只等僵硬死板的公牛冲过来的水平。直到他活跃在斗牛场上的那几年，才使这平庸的情况得到改进，斗牛因他的出现而又显出了威严和激情。若是马艾拉入场，出色的斗牛起码会有两头，他也常常参加刺杀剩余的四头公牛。碰到不向他攻击的公牛，他也不向观众说出来，以换取观众的体谅和怜惜，反而是带着骄傲、豪气冲天、不惧危险的样子走向公牛。他总是意气风发。因为他持续完善斗牛作风，他最后成为了一名技艺精湛的斗牛者。只是在他斗牛生涯的最后一年里，你在一整个赛季中都可以看出来，他将要离世。肺结核严重损害了他的健康，他也清楚自己是支撑不到来年了。可是他在这个赛季却非常忙碌。他毫不在意自己之前受过的两次重伤。在某个星期日斗牛时，我也看见过他，那时他腋窝下还有一条五英寸长的伤口，那是星期四时受的伤。我看见他在入场之前和这场斗牛结束后都在处理伤口，可他却一点也不在意。两天前才被牛角刺破的伤口该有多疼痛啊，但他却显得若无其事，他在场上的表现一点也看不出来他受过伤。他既没有压着伤口，也没有夹住胳膊不抬起来，他一点也不在意伤口，估计受伤的事早被他忘到脑后了。我从没有遇见过一个像他那样在一个赛季里让时间显得如此短暂的人。

我再一次遇见他时，他的脖子已经被巴塞罗那某头公牛的牛角戳伤了。整整缝了八针，处理好伤口后，第二天他又去斗牛场了。他非常气愤自己的脖子不好用。他生气的是拿不受控制的脖子没有一点办法，并且还得包裹着，领子上还露出一截纱布。

一个这样年纪的剑杀手，种种规则他都得遵循，但又不可以让其他人每时每刻都尊敬他，因此剑杀手一向不和手下的成员一起吃饭，一贯是独自一人。主人与副手间保持一定距离，若是他和手下人来往过密，那就没办法维持主导地位了。但马艾拉却不同，他和手下的成员坐同一张桌子吃饭，大家一起出门，有时在人来人往的集市上，也是一起住，所有人都挤在一间屋里，大家对他也都非常尊敬。剑杀手受到手下成员这样尊敬的情况我还是第一次见。

他的手腕不灵活了。对于一名优秀的斗牛士来说，手腕不仅是身体的一部分，它还起到非常关键的作用。这和一名步兵相似，他扣扳机的那个手指有敏锐的感觉，手指经过培训后只需稍微使劲，就能使子弹出膛。同样的原因，斗牛士的手腕也有相似的用处，依靠手腕他才能挥舞红披风和运用穆莱塔，各种精致细密的技巧动作的达成也得靠手腕。他都是靠手腕去达成全部运用穆莱塔的细致动作的，都是手腕使力把短标枪插进去的，也是靠手腕（这回不听使唤了）把一个剑柄绑着铅块和麋鹿皮的利剑握在手中，来杀死公牛的。在一次斗牛时，马艾拉拿起剑朝向他攻击过来的公牛刺去，他的一侧肩膀随着利剑向前伸出去，从斗牛肩胛骨之间把剑捅了进去，剑尖撞上了一块脊梁骨。他在使力，公牛也在拼命冲，剑弯得几乎要对折起来，最终被马艾拉撞了出去。他的手腕在与公牛较劲时脱位了。他用左手捡起掉在地上的剑，来到围栏边，又用左手从皮剑套抽出一把保管剑的人递过来的新剑。

"你的手腕还好吗?"保管剑的人问。

"去他妈的手腕!"他回答。

他再一次向公牛走去，为纠正公牛头部和四肢的位置，又挥舞穆莱塔做了两个动作，做完后站在公牛的鼻子正前方，当公牛抬起前腿冲向红布时，他快速把红布撤走。此时他把剑和红披风都拿在左手上，到达了刺杀地点。他把剑放到右手并抬起来朝公牛肩胛之间插入。这一次又碰到了脊梁骨，人和牛都互不相让，剑又变弯弹向了空中，掉在地上。这一次，他用右手拿起地上的剑，却没有再更换新剑。我看到他在俯身捡剑时，疼得脸上直冒冷汗。他挥舞红布把公牛的位置纠正后，瞄准公牛肩胛之间，抬手直刺而入。他把全部的体重、身高，所有的力量都使在这把剑上，剑还是像戳到一堵石壁上似的。戳到脊梁骨的剑又弯了，不过由于他手腕快速松了下来，这一次剑并没有十分弯曲，但又弹飞在地。他用右手想把地上的剑拾起来，可因为手腕使不上劲，剑又掉了下去。他把左手攥紧，用力敲打抬着的右手手腕，随后他用左手将地上的剑拾起来交换到右手上。他右手拿剑时，脸上汗如雨下。第二位剑杀手要把他拉到医院去疗伤，他一边反抗一边不停地谩骂。

"不要碰我，"他说，"你们这群混蛋。"

他又试探了两回，但两回都戳到了脊梁骨。不过话说回来，不论什么时候他都可以在既不危险、又不紧张的情况下，把剑刺进牛的颈部，捅入它的肺里，或斩断公牛脖子上的血管，不费吹灰之力地杀死它。但名声迫使他只可以把剑刺进牛背的肩胛骨之间，并把剑捅入牛角上部。他在第六次刺杀时，就是如此做的，剑也捅进去了。他从公牛身边避过，牛角当时差点钩到他的肚皮，他立即站好，流露出轻视的目光，这次对决也随之终结了。他个子伟岸，双眼陷进眼窝，汗水流了满脸，头发湿漉漉贴在额角。斗牛在他的注视下转过身，跌倒在地，不再有动静。他用右手拔出了剑，我猜测那是对公牛的惩戒，不过他随后把剑交换到左手，握着剑尖向下的剑，向木板围栏走去。他的怒气全部消失了，心里想着另外的事情。他的右手手腕肿得有原来两个粗了，但还是不情愿去医院处理伤势。

有人问他手腕如何，他带着满不在乎的表情把手抬了起来。

"喂，去医院包扎一下吧！"其中一个短标枪手说，"住院查看一下。"马艾拉瞥了那个人一眼。他心中还想着那头斗牛，根本没想手腕的事。

"那头斗牛跟水泥筑成似的。"他说，"去他的水泥公牛。"

可是在同一年冬季，他得了支气管肺炎，两个肺都被传染了，那是肺结核晚期了，他在塞维利亚去世了。他发高烧胡说八道摔到床底下时，在床下还在与死神搏斗，痛苦地反抗。我猜想他当年是想在斗牛场上了结自己的性命，可他又不愿意存心寻短见欺骗观众。

"太太，倘若你见到他一定会喜欢他的。Era muy hombre. ①"

老太太："助手请求加酬劳，贝尔蒙特为什么不同意？"

"太太，那是西班牙才有的怪事。我所遇到的全部与金钱有关的事情中，斗牛存在的金钱关系是极度龌龊的。参与斗牛的人所得酬劳的多少关系着他身份的高低。不过在西班牙，人们觉得他们支付给副手酬劳越少，越能显示他是个有男子气概的男人。换句话说，越发把助手们摆布得像奴才似的，越会觉得自己具有男子气概。出身最不好的剑杀手这么做最合适。他们在比自己身份高的人面前，随和、大方、巴结、惹人喜爱，可面对那些离开自己就没有工作的人，他们就变成了吝啬、苛刻的老板。"

老太太："全部是这样吗？"

"也不完全对。自然，斗牛者被许多只会动嘴骗吃骗喝的阿谀奉迎的人围住，不免会显得苛刻或吝啬。但一般来说，我觉得

---

①　西班牙语，意思是：是个男子汉。

在钱财方面，剑杀手面对身份不高的人就会小气起来。"

老太太："那你的朋友马艾拉小气吗？"

"他一点都不小气。他特别慷慨、风趣、自尊心强、严格、满口粗话、喜欢饮酒。他既不装文雅，又不贪钱财。即使在最后六个月的生命里他特别痛苦，但他深爱斗牛，生活因而过得十分有乐趣。他知道自己得了肺结核，还是毫不重视自己。因为他不怕死，所以宁愿在斗牛场上终结生命，这个举动是他的心愿，而不是装腔作势的英勇。他还把他弟弟培养起来，认为弟弟能成为一名优秀的剑杀手。他的弟弟也得了肺病，让我们都很灰心的是，他居然是个懦夫。"

第九章

当然，如果你在看斗牛时，从未看到过一个腐朽的剑杀手，那也就没必要说这么多有关没落的斗牛的解释了。但当你头一次欣赏斗牛时，不论你觉得心里的剑杀手应当是个什么样的人，倘若你见到一个身体胖胖的、面色苍白、睫毛长长、个子矮小的剑杀手，手腕动作特别仔细，手法熟练、可又特别厌恶斗公牛，那就有必要说明一下了。这就是被认为是奇迹的奇奎洛，从十年前头一次上场到现在的样子。现在他仍然有合同在身，因为人们一向对他抱有美好的愿望，期待那种美好的公牛会冲出牛栏，而他能把美妙、熟练、甚至比贝尔蒙特还精湛的动作一气呵成地展现出来。也许一个赛季中你能看见他上场二十次，却看不到他一次完整的演出，可若是他心情很好的话，还是能让你看得很愉快的。

说到其他的剑杀手，他们从不是依靠可靠的技术取胜的，都是靠名气取胜，靠其他人的期盼取胜。换而言之，在何塞利托和贝尔蒙特之后的那些斗牛士中，马尔西亚尔·拉兰达已经算是老成、靠谱、熟练、有才干、真诚的斗牛士了。无论什么样的公牛，他都能应对，他在所有公牛面前都能使出熟练、扎实的动作。九年的斗牛经历让他老练了，让他相信自己了，也得到了趣味。他作为一名实实在在精通手法的西班牙职业斗牛士，是最优秀的。

不管是技术还是毛病，现在的"巴伦西亚二世"仍然和最开始一样。现在的他只不过是变胖了，也细心慎重了，眼角还有一个以前没缝合好的伤疤，因此脸有点歪，他当年的意气风发也见不到了。他运用红披风优美熟练，拿起穆莱塔也能够挥几下，但只是舞几下而已，穆莱塔最要紧的作用还是用来保护自己的。倘若能趁热打铁、斗志昂扬，在马德里的他还是可以使出全部力量展示出拿手绝活的。他去其他地方只是敷衍了事罢了，身为一个剑杀手，他的职业生涯也差不多要终结了。

直到此刻，还有两个剑杀手没有被我提到过的，因为他们不能列入没落的斗牛士之内，而应当区分开。无论把他们放在哪个时期都一样，他们就是尼卡诺尔·比利亚尔塔和尼诺。不过，首先我必须解释一下，对少数的斗牛士为什么要让大家知道这么多。即使少数情况不代表所有，可它还是很有意思的。如今必须说这两个人是由于随着斗牛的没落，斗牛已经完完全全变成个人行为了。某人看了场斗牛，你就会问出场斗牛的是谁。倘若他会把斗牛士的名字告诉你，那他们看到一场什么样水平的斗牛，你心里就会明白了。由于如今的一些斗牛士只会某样技能，他们也像医生似的变成了精通某科的专家。以前你去医院，你患了什么样的病，大夫就会帮你医治什么病，或使尽全力使你康复。同理，你曾经欣赏过的斗牛的剑杀手才是名副其实的剑杀手。他们经受过地道的培训，熟悉斗牛，他们挥舞红披风，运用穆莱塔，插入短标枪，表演的确实是无所畏惧，技艺精湛，他们刺杀了一切斗牛。叙述如今发展成的专业医师化的状况是无用的，那些特别让人厌烦、非常荒诞的实例我们也不进行评论，因为迟早每个人多多少少都会遇到医生的。令人惋惜的是去欣赏斗牛的人却不清楚，斗牛场中已经沾染上了这种专门化的缺点，因此产生了只会挥舞红披风，其余什么都不顺手的剑杀手。观众或许不会仔细去察看那些红披风的操控，因为在他们看来这些动作都是既稀罕又特别的，他们还觉得那个斗牛士另外的展示都是有代表性的斗牛表演，还依据它们来评论斗牛的优劣，却不清楚事实上这是最不好的表演，真正的斗牛绝对不是这样的。

现在的斗牛非常需要一个毫无虚假的斗牛士，同时他还应当是一个不是专家的艺术家。之所以叫专家，是因为只精通一件事，做得也非常好，不过若是他们想把技术提升到最好，或者有时可以运用什么好技术的话，他需要的是一头差不多是依据自身需要挑选出来的公牛。斗牛需要神把那些惑众者赶跑。等候救世主的降临需要很长的时间，你也许会遇到很多骗子。《圣经》中对上帝出现之前曾经有过多少个自称救世主的人并没有记录，但在以往十年的斗牛历史记录中却有些冒充救世主的骗子。

正由于你很可能遇到一些骗子，因此我们必须知道他们。同理，只有当你清楚什么样的公牛才是地道的公牛，什么样的斗牛士才是地道的斗牛士的时候，你才能清楚你是不是观看过正宗的斗牛。

我们不妨用尼卡诺尔·比利亚尔塔举个例子，你可能欣赏过他斗牛。倘若是在马德里碰到他，你会觉得观赏到了非常精湛的表演。他表现突出，因为他在马德里舞动红披风和穆莱塔时双腿会合起来，以免展示出古怪的样子，而且他会刺杀得非常英勇。比利亚尔塔是一个罕见的例子，他的脖子是常人平均脖长的三倍。他身高有六英尺，而这六英尺中差不多都被腿和脖子占了。

纵然他的脖子很长，可也不能与长颈鹿的脖子相比较，因为长颈鹿的脖子长的很自然。你目前看见的比利亚尔塔的脖子就像是被什么拽长了一样。他的脖子就像橡皮被拉长了一样，不过它肯定不会缩回去了，假如真可以伸缩自如那就太奇妙了。如果谁的脖子是这样，双脚并在一起倒也没什么奇怪的。倘若他双脚并到一起，上半身往后靠，脖子向公牛面前伸着，这时怪异的一幕就出现了，即使不能被认为是美，但也不寻常。可是只要他分开双腿，展开双手，姿势就变得十分搞笑了，那时不论有多大的气势都没什么用处。在圣塞瓦斯蒂安的一个晚上，当我们在一个半圆形房子四周散步时，比利亚尔塔操着一口阿拉贡方言说到了他的脖子，听上去仿佛跟小孩子说话似的，还信口谩骂。他对我们说，为了不显得像个没见过世面的，他心里必须总是记挂着这个长脖子。为了展现自己那种奇怪的纳图拉尔形式，他发明了一种转圈运用穆莱塔的手法，即双腿紧闭，右手抬起那块用剑挑着的又长又宽的穆莱塔（那红布展开的大小和高档点儿的旅馆用的床单相似），他就这样随着公牛攻击而慢慢移动。没人能做到和他这位旋转大师一样，距离公牛那么近穿过去并且可以使用招式，并像他一样慢慢转动。可挥舞红披风却是他的弱点，他的动作虽然快速，但太不连贯了。他举剑刺杀的时候会笔直地捅进去，身体随着动作靠近斗牛，但他常常不是左手低垂引公牛冲击过来，进而露出公牛肩胛骨之间的最为关键的刺杀点，而是用又长又宽的穆莱塔把公牛的头蒙住，依仗自己的身高，弯腰用剑从牛角上部插进去刺杀。有时他的刺杀是非常标准的，并且彻底符合规则。他近一段时间的斗牛几乎是传统式的，让人百看不厌。他每一个动作都做得特别勇敢，每一个动作都是用他自己的方式去完成的。倘若你欣赏了尼卡诺尔·比利亚尔塔的斗牛表演，那也不能叫作是斗牛，但你还是应当去马德里看他表演一次，因为他在马德里时会拼尽全力演出的。若是他能碰到一头让他紧闭双腿的斗牛，而且六头牛中只有一头可以这样做，那么上帝保佑，除了马上能看到他展现出来的勇往直前之外，你还会看到非常奇怪的、非常让人兴奋的、非常独树一帜的场面。

倘若你观看的是尼诺的斗牛，说不定会看到最难看畏缩的表现形式、硕大的屁股、因涂抹头发定型剂早早秃顶而早衰的模样。从贝尔蒙特自斗牛场退役的那场斗牛开始算，在之后十年中

出现的年轻一代斗牛士里面，人们因他被激起前所未有的不真实
的期望，可最后他让人们感到非常灰心。他的斗牛开始于马拉
加，与过去一定要苦练八年至十年时间才能提升为一名正式剑杀
手的斗牛者不一样，他仅仅在斗牛场上斗了二十一次公牛就成为
一名正式剑杀手。在十六岁时就提升为正式剑杀手的优秀斗牛士
只有两位，他们就是科斯蒂利亚雷斯和何塞利托，他们两人好像
省略了学艺的一切阶段，而开拓出了一条通向学习斗牛的阳关大
道一样。许多男孩是由于太早学艺，不利于成长的晋升毁灭了他
们，尼诺就是个非常有代表性的例子。只有在另一种先决条件
下，才能证明这些催生孩子成才的方法是有根据的，那就是那些
孩子全部属于斗牛士世家，他们已经当了几年小孩斗牛者了。这
样一来，他们自幼就能得到父辈或兄长的指点和培训，纠正缺
陷。即使是这种情况出现，可以达到目的的也只有那些天赋极佳
的人。正是由于剑杀手个个都很有天分，因此我才说只有天赋极
佳的人。只经过学习是成不了一名优秀的正式斗牛士的，这就同
要做一名最好棒球手、歌剧演员和优秀的职业拳手一样。打棒
球、拳击、唱歌，这些你都可以学会，可若是你不拥有某种程度
的天分，那你就没办法依仗棒球、拳击、唱歌剧来谋求生存。在
斗牛领域，这种天才一定要有，而他们必须具备的本领也会增
多，因为斗牛还需要具有实实在在的胆量去面对伤痛，还有在头
一次受伤后，也许还会遭遇死亡的胁迫。卡耶塔诺·奥尔多内
斯，也就是尼诺，之前便以新斗牛士的身份在塞维利亚和马拉加
有参加过几次优美的表演，还曾以残缺的新斗牛士的身份在马德
里有过几次展示。从那以后，他在春天里得到了提升，成为一名
正式剑杀手。在作为剑杀手上场的第一个赛季时，他神气十足，
假如说曾经有人来挽救过斗牛的话，仿佛他是来挽救斗牛的救
世主。

我以前写过一本书，书中试探着描述他的样子，叙述他的几场斗牛表演。他头一次以剑杀手的身份在马德里登场面众，那天我也在那里。在巴伦西亚，他与重新归来的胡安·贝尔蒙特竞赛的那年，我也欣赏了他的表演，他表演了两个招式，确实优美，确实绝妙，直到此刻他那一举一动我还历历在目。舞动红披风时，他展现出了纯粹的格调，虽然他并不是一个优秀的剑杀手，但他的刺杀也很好，自然好事降临是意外情况。他确实有几回是直到公牛攻击时才刺杀的，遵守传统斗牛的程序，让公牛向剑尖冲去，他还可以把穆莱塔挥舞得自然流利。葛利戈利奥·科罗查诺是《A．B．C．》的评述家，这家报社在马德里很有名望，他这样形容尼诺 "Es de Ronda y se llama Cayetano①"。意思就是说他从斗牛发祥地龙达（Ronda）而来，大家都称他为卡耶塔诺，那是一名了不起的斗牛士的名字——以前最了不起的斗牛士卡耶塔诺·桑斯。这句话传遍整个西班牙。若是把里面潜在的意思全部说出来的话，就是说以现在为起点至许多年之后，亚特兰大仿佛又会出现一名优秀的年轻高尔夫球手，他的名字应当是博比·琼斯。卡耶塔诺·奥尔多内斯有着斗牛士应有的样子，还有斗牛士一样的动作，他做了两个赛季的正式斗牛士。他大部分的斗牛表演我都观看过，他全部最出色的表演我也观赏过。那个赛季就要结束时，他的大腿被一头斗牛狠狠地戳伤了，差一点儿割断了大腿动脉。

这件事摧毁了他。第二年，在所有剑杀手中，他签到的合约是最多的，那是由于他第一年表现出色才签到的。可如今他在斗牛场上的表现完全就是惨不忍睹，他根本连一眼都不敢看公牛。

举起剑要刺杀公牛时，他流露出来的害怕，谁看见了都会感

---

① 西班牙语，翻译为：来自龙达，名叫卡耶塔诺。

到不舒服。在整个赛季中，他都采取对自己风险最小的方式去暗杀斗牛，越过公牛的攻击路线，朝牛的颈项里插入剑，向牛的肺部捅剑。也就是说，只要可以让身子处在牛角触碰不到的地方，他是走到哪儿便刺哪儿。就是那一整年，一名剑杀手所遭受的最为耻辱的一个赛季。事情发生的原因是被牛角刺伤了一次，他全部的勇气也消失无踪了，自此以后，他就一蹶不振了。他整日里胡思乱想，后面的那几年里，有好几次他都想抖擞精神在马德里取得较好的成绩，如此一来他还可以凭借报纸上帮他搞的宣扬签到些合约。马德里的报纸是可以全国发行的，整个西班牙的人都能读到。假如一个斗牛士在首都取得了成功，那就会举国皆知。而在其他各省得到的一场成功只会被周围地方的人们所知，传到马德里时名气也会受到很大削弱，因为不论斗牛士到了哪个省的哪个地方，即使斗牛士已经快被厌恶的外地观众折腾死了，他们的经纪人还是会用电话和电报宣传成功的消息。但是，这种勉强进行的表演，也不过是纸糊的老虎罢了。

如今，一个胆小鬼的勇敢举动，对于描写心理学方面的小说是很有用处的，对于作出这些举动的人来说，更是十分有作用的。可是对一个赛季又一个赛季地来欣赏斗牛的观众来说，那是一点用处都没有的。那个斗牛士因为这些举动只得到了一种表面上的用处，而实际上他并没有拥有这种用处。在斗牛即将开始时，他有时会穿着斗牛服，腋下湿漉漉地去教堂祈祷，他祈求公牛可以 embiste，那意思是说希望公牛会痛快利索地攻击，还能跟着红布奔跑。"哦，圣母啊，请赐给我一头可以 embiste 得非常好的公牛吧！圣母啊，恩赐给我这种公牛吧！圣母啊，保佑我今天可以有不起风的一天去马德里与这种公牛竞赛吧！"并许诺会用值钱的东西作为报答或者去朝圣，祈求幸运降临，祈祷可以吓晕过去，然后当天下午说不定就会出现这样一头公牛，而斗牛士脸上还得表现出英勇无比的样子，虽然那并不存在。有时候，他几乎也可以成功地假装出做完优雅的斗牛动作的放松模样。这些畏缩的斗牛士，就这样抛弃了妄想，精神紧张、动作机械地拼尽全力，完成了优雅出色的表演。只要他们可以在每年春季的马德里进行这样一场的表演，就很有可能保住名气，连续签到合约，可是实际上这么做压根就没有什么用处。倘若你幸运的话，这种表演你可能碰到一回，可是这一年里，你纵然去看二十次那位斗牛士的表演，你也再没机会看到这种表演了。

对有关斗牛的所有事情，你思考的立场不是站在斗牛士的角度上，就是站在观众的位置上。死亡这个重要问题决定了事情是不简单的。斗牛是一门天下无双的、可以危及艺术家生命的危险的艺术，也是一门表演的绝妙程度取决于斗牛士的自尊心的艺术。自尊心在西班牙可被看作确确实实的东西，被称作 pundonor，一个词就包括荣耀、公正、勇气、自尊、价值等很多意思。这个民族最显著的特征就是有自尊心，不流露出畏缩就是涉及自尊心的事。只要是千真万确地表现出了畏缩，自尊心就会消失得无影无踪。而这时候，只有在因为经济问题迫切需要提升自己的身份、签到合约的时候，斗牛士才会稍微使点力演出，将就敷衍差事，给自己制造一些风险。我们没办法期望斗牛士总是表现得出色，只希望斗牛士们都可以尽自己最大的努力表演。对于招式古怪的斗牛士我们应学会理解，假如他遭遇的是一头不好对付的公牛，他必定也会有水准大失的时候，可在他斗特定的公牛时，肯定是全力以赴的。可是只要他出了洋相，失了面子，你就完全不要期望着他还能竭尽全力，他也压根不会有什么出色演出了，他所能做的就是完成技艺上的任务罢了，用有把握、乏味、尽可能糊弄的手段杀死公牛。他失掉面子之后，还是得依照合约连续不断地表演下去，由于观众稳稳当当地坐着，可斗牛士却是挣扎在生死边缘的，因此他会憎恶观众台上的那群人，心里暗骂他们没有故意捣乱的权利，没有嘲讽斗牛士的权利，同时他自己心里明白，若是自己愿意的话，也是可以展示出超群的技艺的，观众也可以等到那个时候的，之后的某年里，他发现自己即使遇到这样一头出色的公牛也表现不出优雅的技术，因此他就尽力振作起来，一般第二年来到时就是他结束斗牛生涯的时候了。因为自尊心是一个西班牙人应该具有的，直到他抛弃那种归为窃贼的自尊时，即只要希望改进，我就有本事改变自己的心理时，那他就会归隐，这样一来，他也可以为自己赢得尊重。这种自尊并不是我一定要逼着你的某种幻觉，就与这个半岛上的那些作家一定要让其他人认同他们的观点一样。对西班牙人来说，不论他们是怎样的虚伪，但自尊心就像水、酒、橄榄油一样是实实在在的东西，能看到也能碰到。无论是窃贼，或是妓女，他们都有自尊心，只是每个人的标准不同罢了。

于斗牛而言，有自尊心的斗牛士和好的公牛两者是必不可少的，虽然有很多的斗牛士，其中不乏一些很有能力的人，特别缺少自尊心。引起这种情况的缘由是斗牛士的过早培训和随后的游戏人间，还可能是由于长时间的伤痛引起的胆怯。但你一定要把这种胆怯和之前受伤后短时间失去胆子的状态区别开来，所以除了那些有缺陷和训练不足的斗牛士之外，你会看到大体上水平很差的斗牛。

"嗯，太太，有什么事你想不清楚？想让我为你解释一下吗？"

老太太："我见到有一匹马受伤之后散落一些木渣。小伙子，你怎么说明这个情况？"

"太太，有些善良的兽医会在马身上放进去一些木渣，如此一来，若是马身上某些器官被刺破之后就可以用木屑来补上。"

老太太："感谢你。你这样一说我就全明白了。可是这压根不起作用，一定不可以用木渣来代替马的那些器官的。"

"太太，那只是种权变的办法，任谁都不会特意允许那样干的。"

老太太："可是我察觉那些木渣都很洁净，是不是说这种木渣会是干净、带香气的呢？"

"太太，在马德里的斗牛场中用于填充马的那些木渣是最干净、最清香无比的了。"

老太太："很开心听到你这么说。请让我知道那个抽雪茄人是谁？他在享用什么呢？"

"太太，那个人是多名京，他以前做过剑杀手，也是一个出色的赞助商，是多明戈·奥尔特加的经纪人。他正在吃虾。"

老太太："他看着很和善啊。如果方便的话，那我们也可以来些虾尝尝。"

"非常对，但是一定不可以借钱给他。纵使街对面的虾比这里的大，他们称呼它为对虾，可是这里的虾是最可口的。侍者，来三份 gambas①。"

老太太："先生，你叫它什么？"

"Gambas."

老太太："若是我没记错的话，意大利语中它是翅膀的意思。"

"倘若你想试试的话，这儿旁边就有一家意大利饭店。"

老太太："斗牛士时常去吗？"

"太太，斗牛士一向不去那里。那里顾客全都是政客，假如有人看着他们，他们就马上成为政治家了。"

老太太："那我们就去其他地方吧。斗牛士们通常都去哪里

---

① 西班牙语：翻译为虾。

用餐呢？"

"他们都是用最适当的伙食费用餐。"

老太太："你认识其中一个人吗？"

"绝对认识。"

老太太："我想要更透彻地了解一下他们。"

"有关最适当的伙食费？"

老太太："不，先生，是斗牛士。"

"太太，他们很多人都是病魔缠身。"

老太太："你得让我知道他们都患了什么病，我自己会辨别的。是流腮吗？"

"不是的，太太，这些危及他们生命的病，人们都不怎么知道。"

老太太："我不害怕，因为我得过这个病。他们其他的那些疾病，是否也像他们的衣服那样稀奇古怪呢？"

"也不是这样，都是一些很经常见到的病。这些我们可以之后再说。"

老太太："可是在走之前，你要先告诉我，在你周围的人中，这个马艾拉是最英勇的人吗？"

"是的，太太，因为在那些生来就胆量大的人中，他非常慧敏的，天生有胆量并且无知很容易，可天生非常慧敏并有胆量就不容易了。谁都不会拒绝承认，马西亚尔·拉兰达的英勇能得到所有人的肯定，可是他的英勇是因为他的慧敏，不是天生的。伊格纳西奥·桑切斯·梅希亚斯娶了何塞利托的妹妹，还是一名特别出色的短标枪手，可惜他作风呆板，他也非常英勇，可那是种硬贴在表面上的英勇，这就表现在他总是展现他那一大片胸毛或身体的私密处上，斗牛时是否有勇可与它无关。英勇应该是这样一种品德：只要具有这种品德，斗牛士想表演什么动作就能表演出什么动作，不会因惧怕而被影响，它并不是用来欺骗人们的东西。"

老太太："直到现在，我倒是从没有被欺骗过。"

"太太，你假如看到了桑切斯·梅希亚斯，就会被欺骗得团团转的。"

老太太："我什么时候有机会看到他?"

"如今他已经退役了，可是假如他没钱花了，你会看到他出现在斗牛场的。"

老太太："你不喜欢他。"

"纵使他的英勇，他挥动斗牛棍的能力和他的傲慢不羁让我钦佩，可是不论他作为斗牛士，作为短标枪手，还是他本身，都让我不喜欢。因此，在这本书里我基本上没怎么谈过他。"

老太太："这不是你的一种成见吗?"

"太太，假如说有成见，那你再也遇不到一个成见更显眼或者是自认为更加直率的人了。可是，是否我们脑子因为与日俱增的经验让我们变得带有成见的呢，是不是仍然能让其他方面一点都不受拘束以便于察看和分析呢?"

老太太："先生，我不明白。"

"太太，我也不明白，说不定咱们说的都是些废话。"

老太太："这个词很特别，这种说法我以前可没听到过。"

"太太，如今，我们用这种说法来形容一个内容笼统的谈话中的缺点，或者也会用来形容谈话中所有特别抽象的走向。"

老太太："看来我一定要学习正确地使用这些词语啊。"

第十章

每一次斗牛都分为三个阶段表演，他们用西班牙语叫作
lostres tercios de la lidia，也可称为三三制竞技法。第一阶段表演
是公牛向长矛手攻击，这叫作 Suerte de varas，即初试长矛，在西
班牙语中 Suerte 是一个关键的词。这个词按照字典上的解释属于
阴性词，代表时机、危险、运道、机缘、幸运、机会；形态、情
形、命运、死亡、天意；品种、习性、局势、方式、熟悉谋略；
技艺、特长、花招，还有从原地分散出来的意思。西班牙词语的
翻译限制不是很大，因此对试探或动作的翻译也是十分自在的。

斗牛的第一阶段动作是长矛手的斗法和剑杀手动作的协调。
协调配合是指当长矛手摔下马背时，剑杀手有义务舞动红披风来
保护好他。当总裁判发出第一阶段动作完结的信号时，号角声就
会响起，长矛手离开场地，继续第二阶段动作。除了给死马盖上
帆布外，第一阶段动作结束之后，马就不会上场了。斗牛展示的
第一阶段动作是红披风、长矛和马的表演。公牛在这一阶段中，
有最足够的时机展现它的勇猛或害怕。

第二阶段表演是展示短标枪。这种短标枪是几乎有一码长的
两根短棍，正确地说，这种短棍长七十厘米，棍的一端安装有一
个四厘米长类似鱼叉的钢尖。每次用两支短标枪，在公牛冲向短
标枪手时，他要朝着公牛脖子上方突起的肌肉里插进去，设计这
种短标枪的打算是减慢公牛进攻速度，虽然开始时长矛手已经纠
正过公牛头部姿势这一项工作了，但到现在才算纠正结束。这样
一来，公牛的进攻速度减慢了，可进攻时更加安稳，更容易判断

— 91 —

它的进攻方向。一般需要用到四对短标枪。如果是由短标枪手或其他助手来插入短标枪的话，那除了其他的条件，还一定要插得快速，地方精确。如果是剑杀手自己来完成的话，那他就可以从容不迫地做些热身运动，通常这时就会有音乐助兴。这是斗牛中最独一无二、美好的画面，大多数头一次在现场观赏斗牛的人也最喜欢看这一部分表演。短标枪手的职责不只是插入短标枪，强迫公牛脖子上的肌肉放松，让它的脑袋向下放低，还必须用短标枪把公牛某一边的脖子钩住，让公牛没办法向这一边进攻。短标枪手的全部手法不应该超出五分钟，假如时间过长，公牛会变得暴躁，它会在表演时失去应有的速度。如果是一头不稳定、很危险的公牛的话，人若是不带着吸引牛和庇护自己的东西，那它就有足够时间察看人并向他发起进攻。这样一来，等到开始最后一阶段，剑杀手拿着剑和穆莱塔进场时，公牛就会径直进攻红布后的人，他被西班牙人叫作红布后面的包袱。

总裁判看到场内使用了三对、最多四对短标枪之后，会提醒转换动作，第三阶段即最后一阶段就是死亡。这一阶段包括三个环节。一开始总裁判会说话问候，之后剑杀手会向总裁判或其他人献祝酒礼，即为公牛的死而干杯。而后，剑杀手开始挥舞穆莱塔。穆莱塔是块顺着一根棍子对折加工成的红布，棍子尾端很尖，另一端是一个横穿整块红布的握手，红布被拇指大的螺丝固定在握手另一头，因而红布可以顺着棍子对叠。穆莱塔的面上意思是拐棍，用在斗牛上指的是遮盖着红布的棍子，剑杀手利用它来驾驭公牛，挥舞它来准备杀死斗牛。最终，剑杀手握住它顺势把公牛头部向下带去，让它抬不起头，就在此时，右手举剑插入公牛的两个肩胛骨之间。

上面说的就是斗牛悲剧展示的三个阶段。在第一阶段表演中，人们在有马参与的那阶段里可以推断出之后会有怎样的演出，事实上完成这一阶段才能引出后面的表演。只在第一阶段表演中，在场上的公牛能展现出英勇威武的模样，以及信心充足，速度迅速凶猛，所向无敌的表情。公牛的所有优势在这第一阶段中展现出来，从名义上看，公牛成为第一阶段结束时的胜利者。长矛手都被它驱赶出了斗牛场，只余下它自己站立场内。在第二阶段中，公牛全然被手无寸铁的人击败了，而且短标枪严重扰乱了它，最后它的信心、没有目的且没有办法的怒火开始削弱，把它所有的愤怒汇集在一个目标上。到了第三阶段，只有一个人面对着公牛，他一定要独自一人站在公牛面前，挥舞一块穆莱塔指挥公牛，在公牛的右角上部倾身把剑插入它两个肩胛骨之间，最后把它杀死。

　　我第一次欣赏斗牛时，投掷短标枪是我最讨厌的一幕。短标枪钩住公牛之后，在它身上仿佛产生了很大又残忍的变化。公牛的脖子被短标枪钩住后，变成了另一头牲口，这时，公牛进场时表现出的勇敢和不驯消失无踪了，我感到很恼怒。当公牛遭遇长矛手时，这种勇敢与不驯达到了顶点致。只要短标枪把牛颈项钩住了，公牛就不能展现什么本事了。这就如裁决：第一阶段是审问，第二阶段是裁决，第三阶段是执行。可是起初我不清楚，处于防守姿势时的公牛会变得尤其危险，公牛身上刺入标枪之后，它的脚步会变得缓慢，每一回牛角的进攻都会变得非常清晰，如同猎人对准鸟群中的一只，而不是对准着一群鸟一只也射不到。我最后才知道，公牛减慢进攻势头时，仍然会保持着英勇和力气，这时它可以和人相辅相成着做出具有艺术性的表演。我之后一向对它满怀钦佩，这就如同观赏一张油画，一尊大理石雕刻和用雪板铲起的干雪一样，对公牛我已经不再抱有更多的同情心了。

我觉得假如把现代斗牛比拟雕刻艺术的话，除了勃朗库西①的雕刻大作以外，哪件现代雕刻艺术都不能与它相提并论。可是与唱歌、跳舞一样，这一门艺术是暂时性的，是莱昂纳多·达·芬奇规劝人们不要踏入的艺术之一。万一表演者离开了，这门艺术就只会存在于欣赏过表演的人们的记忆中，并伴随人们的逝去而泯灭。看相片，读作品，或时常性地追忆，反而会让它从人们的脑海中消散。它若是能维持长久的话，说不定它就成为几大艺术之一了，可它不是永久性的，因此作者过世后，这门艺术也就随之消散了。只要是几大艺术之一，你便不可以对它提出任何意见，纵使作者早就已经过世。斗牛是与死亡相关联的艺术，同时它也会被死亡完全毁灭。就所有艺术而言，你会说它也不可能真的终结，因为一切合乎逻辑的改进与发觉都会被某个人继承下去，因此，除了作者死亡以外，不会失去什么东西。实际上确实是这样的，一个画家过世之后，他的一切绘画作品并没有因他的死亡而泯灭，还能有些用处，就能让人很安慰了。举个例子，塞尚②的作品，那就可以不算是毁灭，它还可以被一切借鉴他的人使用而发挥余热。这种艺术是肯定不会因为死亡而毁灭的。斗牛所遭遇到的情形就大概是这样，就仿佛是一名画家的作品与他一同消亡，一名作者写的作品，在他离世后主动破灭，而且只会保存在欣赏过这些书的人的脑海中。可以留存下来的有艺术、手法、想法的改进和被发觉的作品，可是作为某个人，因为他的职业而创造出艺术品的人，作为一块敲门砖，一个开拓者，他是会面临死亡的，一直到另一个一样了不起的人出现，在原本的艺术

---

① 勃朗库西（Constantin Brancusi, 1878－1957），著名的罗马尼亚当代雕塑家，雕塑作品常采用几种不同的材料表现同一主题。

② 塞尚（Paul Cezanne, 1839－1906），法国画家，后印象派的代表人物。

品消亡以后，仿照他们的那些作品，原本艺术品的特征很快就失去真意了、被增强了、减少了、侵蚀了，或者一点关联都没有了。

一切的艺术流派只不过是划成了不同的类型，你清楚得的只是某个人，只能证明某些流派内的成员都不是成功者。某个人作为了不起的艺术家而出生，他会使用前辈们发觉的或知道的，以及与他学的那门艺术的相关全部学问。由于他可以在短暂的时间里接纳或吸收学问，人们认为他的学问仿佛是生来就有的一样，却不认为常人花一辈子学的东西他却很快就能学会这样的原因。了不起的艺术家不会因为学会了人们已经达成的或明白的全部东西就会知足，他还会独创一些东西。可是，两个了不起的艺术家的年纪会相差很大很大，而且人们对前一位艺术家已经知道的特别清楚了，因此让他们认可某位新出现的艺术家是很艰难的。他们会思念之前艺术家，他们可以牢记的是前一位的行事作风。可是同时期的另外一些人，因为他们学习知识的能力特别快，会先承认那些新一代的天才艺术家。因为在他们殷切期盼的时期内，遇到了很多的虚假艺术家，致使他们变得格外小心，很难信任自己的感觉，只能信任记忆了，因此他们不会立即承认也是符合情理的。自然，记忆一向是最靠不住的。

出现一名出色的斗牛士是很难得的，可失去他却又很容易，那一般不是因为死亡，而是他得病了。自从贝尔蒙特退出斗牛场后，出现过两名非常出色的斗牛士，可是能完美终结职业生涯的一个也没有。一个得了肺结核，一个染上梅毒，这两种都是斗牛士的职业病。每回斗牛都是在骄阳似火时开幕的，通常都是在强烈的阳光下表演，很多拮据的人都十分愿意花三倍价钱买一张可以坐到凉爽座位的门票。酷暑艳阳下，斗牛士穿一件很重的金丝织锦缎束身短上衣，汗透衣背的情形就好比拳击手做跳绳练习一样的。天气炎热，挥汗如雨，又没时间冲个凉，或用酒精擦皮肤来降温。红日西沉，斗牛场上的沙地都被顶端的影子笼罩时，剑杀手已经没可做的事了，只在一旁守着，盯着自己的搭档斗最后一头牛，时刻准备着，防备有什么意外就施以援手。一般在夏末秋初，开始斗牛时，西班牙高原地区的城市里会非常的热，不戴草帽便会中暑。而每当斗牛完结时，天又变得十分冷，你一定要裹上大衣才可以。西班牙是个多山的国家，大部分地区的气候跟非洲相同，夏末秋初时，在日落西山后气温会立即下降。这么冷的天气，对所有浑身是汗，甚至无法擦干汗水坐下休息的人来说，都受不了，拳击手汗如雨下时，能够使用一切防止着凉的办法，而斗牛士却无法这么做。仅凭这点就足够解释为什么肺结核会成为斗牛士的职业病，更不必说他们在八九月的集市期赶夜路的疲乏、旅途辛劳、无休无止的比赛了。

关于梅毒的情况却有些不同。为什么拳击手、斗牛士以及战士感染性病的可能性大，理由与他们为什么选择这些职业相关。以拳击手为例，比赛时战况忽然逆转，大多数人被打得晕头转向，又叫作"用脚后跟走路"，这都是因为梅毒。你不可以在书里以某个人的真名为例，不然会有人告你诽谤的，不过同一圈里的人，可以列出十几个方才发生的实例，梅毒最开始出现于中世纪的十字军中，大家猜想就是他们把梅毒带到欧洲的。这是属于那些一意孤行、只追求享乐的人的病，这种意外是能够提前预料到的。

这种意外通常发生在私生活混乱和宁可冒险也不使用避孕工具的人身上，当全部通奸的人在情况达到一定程度时，会发生一个能够预知的结果，或叫作人生的一部分。在几年前我曾经观察过某些人是如何沉沦的。在学校生活时，他们也曾是在道德规范上有过很大影响力的人，可是当他们结束学业进入社会后，立即会发现以前从没有感受过的放纵生活的趣味。就像中国那些对耶鲁大学心驰神往的人那样，对这种趣味只是听说，从未亲眼见过。他们荒淫无耻，还以为他们自己是这了不得的新鲜事的发现者，直到他们首次沾染上这种病，他们还觉得他们是这种病的创造者。如果他们没有这么做，人们根本不会知道这种可怕的事情，不会出现这种病，更不会染上这样的病。有一段时期，他们这些人一直在宣传和履行这种维持最干净生活的主张，起码他们把活动范围控制在很小的社交圈内。现在的道德风气也已经发生了很多变化，现在我们社会中最出名、任性而为的人，曾经是被作为主日学校的老师来培训的。他们与首次被公牛刺伤而完全颓废的斗牛士相同，的确都不是任性而为的人，当他们得知莫泊桑死于那种病并把它归入青春期疾病时，望着他们或听他们诉说都是令人伤心的事。他们说："从未受过伤的人才会用其他人的痛楚取笑。"可是，只有遍体鳞伤的人，才长于以别人的痛苦为乐，起码从前是这样。如今挖苦别人的人，挖苦产生于别人身上的每一件事情，都能挖苦得特别诙谐。可一旦有因某些事打动了他们，他们立即就会说："你们不清楚，这是件很令人敬畏的事！"之后就成为崇高的说教者，要不就采用像自杀这样一点都不时尚的办法，不再坚持谈论这件事。性病存在没准很关键，就仿佛公牛一定要有牛角一样，它恰好将所有事物联系了起来。否则有如卡萨诺瓦①那样的人还有斗牛士就太多了。既然我明白性病会对斗牛产生怎样的影响，因此我十分希望西班牙能根绝性病。不过即使在西班牙阻绝了，其他国家也会染病，又或者是出征异国的男人们会把性病从某处带回来。

你不能期望斗牛士下午在斗牛场冒险成功后，就会放弃在晚

---

① 卡萨诺瓦（Casanova：1725－1798），意大利探险家、作家、浪荡子。

上再冒一回险，西班牙有句话："Mas cornadas dan las mujeres. ①"有三样东西可以阻止男人乱交：宗教信仰、羞怯和恐惧性病。其中最后一样一般也是基督教青年会和别的机构呼吁踏踏实实生活的依托。影响斗牛士不违背这些的效果的因素有很多，例如做职业斗牛士的历来就会有些风流韵事，事实上他身边一直都围绕着女人，有的看中他的人，有的喜欢他的钱，两样都要的女人也不少，而斗牛士压根就不把性病放在眼里。

老太太问道："不过，染了这种病的斗牛士很多吗？"

"太太，那些和所有女人厮混时，只顾着身边的女人，不考虑自己以后身体健康的男人都会被这病找上门。"

老太太："可是他们为什么不为自己多想想呢？"

"太太，那就不容易了。说实在的，倘若一个男人觉得身心愉悦的时候，他脑子里是没有这些想法的。即使是个妓女，可只要她很好，男人在那时，甚至在之后都会觉得她挺不错的。"

老太太："这些病是那些妓女传给他们的吗？"

"不，太太，一般这种病是从朋友、从朋友的朋友那里感染上的，是从任何一个同你发生关系的人那里得来的。不论在哪里，事实上在哪儿都一样。"

老太太："这么说，那做男人岂不是很危险。"

"非常正确，太太，可基本上很少有人能够幸免于难。完成这桩交易很不容易，也许死亡可以了结他。"

老太太："若是这些人都成婚了，都只和自己老婆在一起，那样不是更好吗？"

"为了他们的灵魂，是很好；为了他们的身体，也是这样。只是假如斗牛士成婚了，他们又很疼妻子，那很多斗牛士就会结

---

① 西班牙谚语，意思是：伤人的通常是女人而并非公牛。

束这项职业。"

"他们的老婆呢？她们如何了？"

"如若不是他们的妻子，谁可以说得清楚呢？倘若丈夫签不到合约，日子就会很不容易。每一份合约就代表着一只脚踏进鬼门关，而且没一个人敢自信地说他可以活着从斗牛场出来。这与士兵的老婆不一样，若是和平时期，当兵的也可以赚钱养家。跟常年在海上生活的水手也不同，他那条船会庇护他；跟拳击手也不同，拳击手没有死亡的威胁。做斗牛士的老婆跟做其他人的老婆都不一样，我若是有女儿，我不会要斗牛士做女婿。"

老太太："你有女儿吗，先生？"

"没有，太太。"

老太太："那我们起码不必替她担心。可我还是渴望这些斗牛士与这种病无缘。"

"噢，太太，你找不到一个身上没有留下以往印迹的男人的。不是身心俱伤，就是染上那种病，可是他们看得很开，不会把很多事记挂在心上。我认识一个高尔夫球冠军，他得了淋病，球技反而更加地炉火纯青了。"

老太太："这病就治不好吗？"

"太太，这世上总有些病是治不好的，死是医治一切不幸的灵丹妙药。我们现在还是用餐要紧，什么也不要说了。在我们生活的时代里，科学家们会挖空心思根除这些古老的疾病的，我们死之前可以看到道德说教的终结的。可我现在很想吃博丁酒馆的乳猪肉，而不是坐在这里想着我那些朋友的经历。"

老太太："那我们就吃饭去。明天你不妨对我多说点斗牛的事。"

第十一章

　　狼和狗是不一样的，同理，斗牛场上的公牛与家养的普通公牛也不同。一头家里养的公牛说不定也是脾气狂躁，天性凶猛，可它肯定没有斗牛的速度、肌肉和肌腱的力量，还有少见的体格，就像狗也会有无耻、危害的一样，却不具有狼的体力、狡滑的本性、宽大的嘴巴。进入斗牛场的公牛全部是野生动物。斗牛的牛种是人们用野公牛来培育的，他们遍布整个半岛，培育公牛的牧场有上千英亩，地域广阔，公牛在农场里就像在草原上的动物一样生活。要送入斗牛场的公牛，基本上与人很少接触。

　　斗牛的身体特点是皮厚而结实，毛色油亮；头部虽然小，可脑门却宽大；牛角锋利，向前弯曲；脖子虽短却粗，生气时脖子的肌肉会高高突起；肩宽、蹄子特别小、尾巴细长。用于斗牛的雌牛体格没有公牛健壮，头小，双角细而短，脖子长，而且下颌上有不明显的垂皮；胸部不大，乳房不显著。我经常在潘普洛纳的业余斗牛场里看到这种雌牛像公牛一样进攻，将那些业余斗牛士掀翻。由于这些母牛看不出什么雌性特点，认不出来是雌性，因此来旅游的外国人总说那是家养的小公牛。就在这种雌性斗牛身上，你可以清楚地看出野生动物和家养动物的区别。

　　关于斗牛，有一句话我们是时有耳闻的，与公牛相比，母牛的进攻要更加凶险。因为公牛进攻时双眼紧闭，而母牛进攻时眼睛是睁着的。我不知道是谁先说出这句话的，可这是不正确的。业余斗牛的时候，母牛几乎都是不管红披风，而是专门向人进攻的，也不会直冲，而是突然袭击。它通常会盯住人群中的一个大人或孩子，一路直追。可是弗吉妮娅·伍尔夫①说的也不确切，母牛之所以会这样是因为母牛智力天生高一些。在正式斗牛中雌牛犊不可能上场的，既然人们不反对让这些牛清楚斗牛的每个阶段，斗牛士会专门用这种牛来练习红披风或穆莱塔，不管是公牛犊还是母牛犊，只要它们经历过几次练习，就会熟悉，牢记在心里。由于正式斗牛进场的公牛的首要条件是它头一次遭遇徒步的人，因此如果是一头公牛犊，那就不可以用于正式斗牛，只有从未见识过红披风、穆莱塔，公牛才会直线进攻，人也就可以在公牛进攻时，尽量地靠近公牛做出各种动作为自己制造出危险场面，并且可以完成许许多多的招式，自己也可以在这些招式中选用，做出一系列有特点的连续性动作，不必做出被动防守的动作。如果公牛之前进行过斗牛练习，那它就总会突然袭击人，挑开红布用牛角去撞人，会造成所有的危险情景，使人很被动，被逼得步步退后，那也就不能使用出清晰的招式，不会有出色的表演了。

由于是如此运转和组织斗牛表演，因此对走在场内的人，公牛在进场时是彻底陌生的。正好可以让它学会对人施展的各种动作产生怀疑，它本身的危险达到了极致时就是被刺杀的时刻，公牛进入斗牛场后，会将一切情况很快了解清楚，假如斗牛时间拖延下去，或是表演不好，或是再耽误十分钟，那么按表演确定的方式斗牛，牛几乎不会丧命。正因如此，斗牛士经常会用母牛犊练习斗牛。照斗牛士们所说，这些牛几个回合下来，已经非常熟练了，乃至都可以说希腊语和拉丁语了。业余斗牛士经过这样的训练，就可以上斗牛场斗牛了。有时这些牛的牛角是光着的，有时牛角尖会用球裹起来。它们的动作就仿佛小鹿一样快速、机

①　弗吉妮娅·伍尔夫（Virginia Woolf, 1880－1969），英国女作家，用内心独白和意识流的手法写作是她的特点。

敏，朝手拿红披风的业余斗牛士，朝形形色色志在斗牛并舞动红布的人进攻，挑、撕、刺、追，将一个个业余斗牛士吓得非常慌乱。这些母牛犊疲乏了之后，公牛犊才会入场，为让它们再次出场，会让它们回牛栏里休息。这些进入斗牛场的母牛被叫作vaquilla，它们好似也喜欢如此进进出出的。这些母牛仿佛觉得这么进攻、挑刺很好玩，跟斗鸡没什么两样，因为它们并没有被什么刺激到，肩上也没有被插入短标枪，没有人去招惹它们。公牛在遭到痛击才能看出表现是否勇猛，这些母牛犊没有遭到痛击。

之所以用公牛调遣斗牛，因为公牛群聚本能的作用。拥有这种群聚本能，人才可以赶着一群六头或更多的公牛。假如一头公牛离开了，它就会来回不停地进攻任何一样东西，不管是人、马、车，或者任意一件移动东西，直到它被杀死为止。因为这个理由，人们驱赶和带领公牛时可以利用经过训练的犍牛即领头牛，就像可以利用已经被驯服的大象来诱捕野象一样。斗牛所有阶段中最有趣的场面之一，就是观看已被驯服的犍牛帮忙把斗牛引进装牛笼子的通道，隔离起来，再把它们关进笼子，以及与喂养、运送、卸货等有关工作中犍牛所起的作用。

以前，是用火车运送装有公牛的笼子，现在由于西班牙很多地方都修了很好的公路，为了方便省力，有时也用卡车运输。在更早之前，公牛是被赶着在西班牙的大路上走。训练好的犍牛散布在公牛的前后左右，护送整个牛群的任务是由养牛人担任的。他们骑着马，手拿长矛，与长矛手用的很相似。公牛一路行走，扬起沙尘，望见牛队的村民们都飞奔回屋，搭上门栓，站在窗口远望，只见从大路上走过的公牛宽大的背上落满尘土，牛角很大，双眼机敏，牛鼻子湿乎乎，带头的牛脖子上挂个铃铛，所有赶牛人都是黝黑的脸，斗牛人穿着短外衣，戴着灰色宽边的高帽。公牛成群结队在一起时总是格外安静的，因为身边有很多同类聚集时就会很安定，因为群聚的本能而紧跟在领头牛的后面。

如今，在那些离铁路线较远的省份，还可以看见这样赶牛，偶尔会有一头牛离群乱跑，这被称为 desmandar。有一年我们在西班牙就遭遇过这种事，当时是在巴伦西亚郊区一个村庄最边上的一栋屋子前面，有一头公牛绊了一下，跪倒在地，等它站起来时已经落在其他牛的后面了。这时出现在他眼前的是一间开着门的屋子，门口还站着一个人。牛立即冲向了门口，把站在门口那人掀翻，向后摔在地上。没有人在外屋，牛就冲向里屋。此时一个妇人正坐在卧室的一把摇椅上，她年纪大了，没有发现外面的事。公牛顶翻了摇椅，将老妇人杀死了。那个在门口被公牛甩出去的人跑进来，手里拿着一杆猎枪，来保护他的妻子，事实上他的妻子早已被公牛撞到卧室的一角了。那人对准公牛开了一枪，可只打到它的肩膀上。公牛又冲向那个人，捅死了他。公牛看见一面镜子，便冲了上去，顶翻一个老式的高大衣柜，把柜子撞了个七零八落。之后它走出了屋子后跑到大街上，沿着大街走了几步就碰上了一辆马车，它便冲上去杀死了马。马车被撞翻时，车里面还坐着赶车的人。这时赶牛的人才骑着马从原路飞奔而来，带起了一路沙尘，他们带着两头驯养的犍牛来寻找那头牛。犍牛分布在那头公牛两边，良久，它才安静下来，低垂着头，在两头犍牛看护下，回了牛群。

据说西班牙的公牛敢和汽车较劲，甚而跑到铁路上拦火车，火车停下来后还是不让路、不退后。火车拉了好长一会儿汽笛开始前进时，它还会向火车头撞去。一头真正有胆量的公牛没什么可害怕的。在西班牙的各个城镇，在奇特野生动物展览会上，就发生过公牛袭击大象的事件，狮子老虎都死在公牛的牛角之下，就像进攻长矛手那样容易。货真价实的斗牛是什么都不怕的，在我眼里，不论是动还是静，它们都是一切动物中最漂亮的。虽然一匹马可以赶上与它相距五十码远的公牛，可是在同一起点上出发，公牛可以超出马二十五码。公牛转身的速度几乎跟猫一样快，转身时小马驹都比不上它灵活。公牛四岁时，它脖子和肩部的肌肉力量特别大，连人带马顶飞没有任何问题，甚至可以将它们掀到身后去。有很多回我看见公牛用牛角撞围栏，把一英寸厚的木板撞成碎片，实际上它只用了一只角，因为公牛用角顶时一向都是用一只角去撞的。巴伦西亚的斗牛场博物馆中到现在还摆着一个沉重的铁制马镫，这个马镫由堂·埃斯特万·埃尔南德斯农场提供，上面有一个牛角刺出的大洞，有四英寸。保存这个马镫，不是因为牛角刺穿马镫这件难得的事，而是因为那位长矛手被牛角刺到却没有受伤的奇迹。

在西班牙有一本书，叫 Toros Celebres[①]，已经绝版了，那些培育公牛的人会给它取名字，这本书按公牛名字的首字母为序，整本书差不多有三百二十二页，记录了很多有名的公牛的事迹和死亡方式。我们可以随意举几个例子，如名叫"巫师"的一头灰公牛，来自山居农场，在一八四四年参加加迪斯的斗牛时，它把剑杀手手下所有入场的长矛手，起码有七个人，全部送进了医院，有七匹马被刺死。"蝰蛇"来自堂·何塞·布埃诺农场，是头黑色斗牛，一九〇八年八月九日在维斯塔阿莱格拉参赛时，登场后跳过了木板围栏，捅伤了斗牛场木匠路易斯·冈萨雷斯，造成他右腿伤势严重。负责将蝰蛇杀死的剑杀手最后没有大功告成，只好将它赶回牛栏内。可能除了那个身受重伤的木匠之外，是没有人会长久地记着这件事的。蝰蛇能被录入《名牛传》，也许是因为它动作迅速，或许来买这本书的人对它有些印象，倒没有什么永久性的目的。这名无法杀死蝰蛇的剑杀手名叫雅克塔，他在此之前经历的事情，书上并无记载，他在历史上仅有的一次出现就是在这本书中。蝰蛇刺伤木匠的事并不是它被记入书中的唯一原因。我就亲自看见过两个木匠被牛伤到，却根本没人报道

---

① 西班牙语，《名牛传》。

过一个字。

萨拉戈萨，来自莱希利亚斯牧场。一八九八年十月二日在运往葡萄牙穆埃西亚斗牛场的途中，它冲出牢笼后袭击人群，致使许多人受伤，一个小男孩被它追进了市政厅，它不断追赶，爬上了一楼楼梯。根据书上的记录，它一路上毁坏了很多的东西。这的确是它能办到的。

名叫"委员"的红公牛，松鸡一样的眼睛，牛角宽大，来自堂·维克多里亚诺·里帕米兰牧场，是一八九五年四月十四日在巴塞罗那入场的第三头牛，这头牛跳过围栏，跑上大看台，书中记载，这头牛冲进人群，造成的混乱和伤害不难推测。保安伊西德罗·席尔瓦用卡宾枪击中了它，子弹穿过公牛脖子上的肌肉，击中斗牛场勤务工胡安·雷卡索斯的左胸，使其当场死亡。最后，"委员"被人们套住并用匕首刺死了。

除了之前讲的第一个例子，其他没有一个可以归入单纯斗牛的范畴，"雪貂"事件也可以。雪貂是堂·安东尼奥·洛佩斯·普拉塔农场喂养的一头公牛，一九〇四年七月二十四日，在圣塞瓦斯蒂安斗牛场中，它和一只孟加拉虎在铁笼子里厮杀，老虎落败。可是，铁笼因公牛的一次进攻遭到破坏，两只动物都跑到了斗牛场的看台上，为了了结半死不活的老虎和生龙活虎的公牛，警察向它们连开数枪，最后使很多观众受了重伤。纵观历史上公牛同其他动物的种类繁多的搏斗来看，我想说，碰上这种场面应当闪得远远的，确实想看的起码也要坐到更远的包厢里去。

"官员"，是阿里瓦斯兄弟农场喂养的一头公牛。一八八四年十月五日在加迪斯斗牛场，它撞了一名短标枪手并捅伤了他，之后还蹿过围栏，长矛手查托被连捅三次，一名保安也受了伤，一名市政府护卫被撞断了一条腿和三根肋骨，顶折了一名巡夜更夫的胳臂。警察用警棍驱打市政厅门前的示威者的时候，放出这头牛来倒是一个很不错的主意。若是它还活着，真可以将它培养成专为痛恨警察而生的公牛。人们有了这样的公牛，在街头混战时，即使连铺路的石块都用完了，公牛依然会占上风。铺路用的石子、石块在短距离之内的作用比木棒或短剑更大。制止反政府的推翻运动需要的更是铺路石子、石块，石子、石块的耗光会比机关枪、催泪弹、自动手枪要更有作用。因为政府在有摩擦时并不想杀人，只会用警棍、骑警、军刀的钝的一边去压制，可政府就是在这种摩擦中被推翻的。不管哪个政府，用一次机枪直到更多次用枪来镇压百姓，它就自动倒台。统治者一直在使用棍棒和用皮革包着的铁棍，却不用机枪和刺刀，只要街上还可以挖到铺路石，警棍就不会朝向赤手空拳的人群挥动。

　　惦记公牛巫师的是群斗牛爱好者，而不是与警察相斗的爱好者。在斗牛场与受过训练的斗牛士比赛时，同时还要在遭到刺杀的情况下，它的本事才会显露出来。斗牛是介于街头混战和拳击冠军争夺战两者之间的比赛，街头混战常常更让人激动，更有预兆，更加有效的。可在这里它没有任何意义，因为不论哪头公牛在逃跑的时候都会导致很多人的伤亡，并会破坏很多的财物，却不会受到惩罚。当公牛大脑又紊乱又激动地闯进看台时，人被它奔跑时碰上的危险与刺杀公牛的斗牛士相比要小些。因为公牛在人群中陷入混乱时，它是盲目的，它的牛角也不会瞄准哪一个人。除非在追一个人时它掉到围栏之外，一头有胆量的公牛是不会主动跳过木板围栏的。事实上着急跳过围栏的公牛是一头没胆量的公牛，它跳过围栏是想逃出斗牛场。真正有勇气的公牛喜欢参与比赛，接受每一个人的挑战。它与人相斗并不是因为被逼入绝境，而是因为它想要战斗。公牛的这种勇气是可以看出来的，并且可以从它无惧地、自觉地，不会刨蹄子，蹬腿，不会胁迫，也不会恐吓人地接受长矛手挑战的次数上看出来的。还可以从它在长矛的尖铁都已刺进脖子或者肩胛肌肉深处时，是否顶住了尖铁；在开始感受到真正的痛击时，是否会继续进攻，顶得马仰人翻看出来的。真正勇猛的公牛是这样一种牛，它当机立断，会在斗牛场内的大致相同的一个地方，向长矛手进攻四次，对自己遭到的痛击一点也不在意，每一次进攻时，身上都刺入长矛，直到把人和马撞飞为止。

有关公牛的勇敢程度，只可以根据公牛顶住长矛攻击时的表现来判断，而且西班牙斗牛的基础就是公牛的这种勇敢精神。一头真正有胆量的公牛的勇敢是令人出乎意料的不能轻视的。这种勇敢并不仅是凶狠、暴躁，还有一头穷途末路的动物因害怕而生的勇气。公牛是一种好斗的牲畜，只要踏入斗牛场，它就可以展现出好斗的天性。在喂养过程中，它的畏缩已经不存在了；在斗牛场以外，在它休息的时候，它常常会变成最温和、最宁静的动物。斗牛中表现最出色的公牛并非那些最难对付的。所有参与斗牛的公牛中最杰出的都有一种被西班牙人称作崇高的品性，在整个斗牛中，这是最特别的。公牛是种野生动物，战斗是它的最大乐趣，它会接受任何方式引起的战斗，还会接受它觉得是挑衅的任何行为。即使是最优秀的参赛公牛，在牧场里和去斗牛场的途中，都总可以认出照顾它们的牧人，西班牙语叫作 mayoral，牧人抚摸拍打它们的身体时一定不会受到攻击。我以前在斗牛场牛栏里见过一头公牛，牧人可以摩挲它的鼻子，像拍打一匹马那样对待它，以至牧人可以骑在它背上。还是这头公牛，我也看见它入场前压根不动弹，不受挑衅，上场后却向长矛手发起一次又一次的进攻，刺死了五匹马，竭尽全力要把短标枪手和剑杀手消灭。在斗牛场上，狠毒得像只眼镜蛇，就像进攻时的母狮子那么勇敢。

自然，并非所有公牛都是崇高的。假如一头公牛可以和牧人成为朋友，就会有五十头的公牛有某种挑衅性的动作，连给它们喂食的人也不放过。公牛并非都是勇敢的。公牛养到两岁的时候，喂养人会测试一下它的大胆程度，即与长矛手较量，可以在牛栏里，或者在广阔的牧场上。牛养到一岁，骑马的人拿着一根没有尖头的长杆把它戳翻在地，烙下火印。在公牛两岁接受长矛手手拿尖头长矛的测试之前，它们都已经编了号、有了名字。饲养人把每头牛的大胆程度记录下来。倘若碰到做事谨慎仔细的喂养人，那些不勇敢的公牛会被打上记号送到屠宰场。余下的公牛则会依据它们的表现程度被记录下来，这样需要把公牛送去斗牛场时，在六头牛一组的斗牛编组时，喂养人就可以依据事实介绍斗牛。

如今，在美国西部的养牛场，给公牛烙火印一般是在牧场上的，只是事前必须做好准备将牛犊和母牛隔离开。如此能够防止损伤牛角和牛眼，还可以防止在烙火印时发生事故。烙火印的印铁需要在烈火中烧红，它有两个部分，一个是公牛喂养人的印记，通常都是一组字母或标识；另一个是从 0 到 9 十块数字形状的印铁。火印印铁装着一个木柄，印铁被放在火中烧红。火和印铁在一间牛栏里，小牛犊被放在另一个牛栏里，两个牛栏间有一扇旋转门相连，旋转门被牧人打开时，就赶一头牛进去，一次一头，到了另一间牛栏里，就把牛捉住按在地上。要四五个人才可以把牛犊按牢，让它纹丝不动。这时的动作务必要小心，防止弄坏它刚长出来的牛角。若是牛角有损伤，那这头公牛今后就不能用于正式斗牛了。只有斗牛新手表演或有缺点公牛的斗牛比赛才会用到它，与正式斗牛的价格相比，起码损失三分之一。按牛的人还得十分小心牛的眼睛，因为若是有草扎乳牛眼睛的话，哪怕只有一根，也会影响视力，这样一来牛也不能上斗牛场了。烙火印时，一个人按好牛头，还得有人按住它的四肢、身体、尾巴。为了尽量保护好牛犊的头，在按住它的头之前，还需要在下面垫个草包，四条腿要绑起来，尾巴往后拉。重要的火印会烙在右后腿靠上的地方，数字会烙在身体一侧，不论公牛犊还是母牛犊都要烙上号。烙完火印之后，牛耳就要按照农场标记割开或剪开，公牛犊的尾毛要剪掉，这样尾巴以后会长出又长又密的毛。牛最终被放开时，站起来后好像疯了似的，看到什么都撞，最后从烙火印那个牛栏打开的门冲了出去。打烙火印的那天在西班牙语中叫作 herradero，在整个斗牛过程中，那是所有工作中最嘈杂，最多粉尘、最忙乱的一天。西班牙人想形容一场完全是一团糟的斗牛的话，就会把它比作烙火印。

把牛犊关在牛栏里，实际测试它的大胆程度时，是最平静的活动。通常，牛犊两岁时就要举行测试。一岁时牛犊太小，体力不够，承受不了测试。到了三岁时，体力又太强，伤害性高，并且今后会将这事牢牢记住。要是在关闭的牛栏里举行测试，那牛栏应当选个方形的或者圆形的，内里要放上栏板，即 burladero，要有一两个人拿着红披风站在牛栏前。这些人都是职业斗牛士，也会请业余斗牛士来举行测试，因为他们可以在母牛犊身上进行练习。

牧场用来测试的牛栏只有大斗牛场的一半左右，从这一头到另一头通常大约是三十码长，两岁的公牛会被赶进隔壁的牛栏里，一次放一头进来测试。在公牛进来时，一个穿着牧人的皮护腿和短上衣的长矛手已经在那里等了，手里拿着尖端有三角尖铁的长矛，大概十二英尺，会比正式斗牛场中的短一点。长矛手背对着小牛犊被放进来的那个门，平静地等着。所有长矛手进入牛栏里都不会言语，也没有一点挑逗公牛的举动，因为测试的最主要的内容就是看公牛在没有受到挑衅或搅扰的环境下，进攻意图的强烈程度。

在牛犊进攻时每个人都会留意它的风格：它从远处冲过来之前是会先踢蹄，还是先叫出来；它向马冲过来的时候四条腿是否安稳，身体鼓足劲向前进攻，被长矛插入后仍然向前冲，掀翻人与马，后腿和腰部使出所有力气；查看它是否退步向前，转动颈部想要甩掉身上的长矛；是否受到痛击后立即转身，放弃进攻。

假如它根本没有进攻的打算，牛主人若是十分严格的话，就会在鉴别之后阉了它，送去肉类市场。要是主人这么裁定了它，就会大喊一声"buey"（阉牛）而不是"toro"（公牛），被叫作"toro"的牛就可以送往斗牛场了。

有时公牛即使在两岁时也会掀翻人和马，到那时斗牛士一定要用红披风把牛引走，可是一般情况下是绝对不能让公牛看到红披风的。公牛向长矛手进攻了一次之后，假如这次难以判断公牛的风格和会有的大胆程度的话，最多会进攻两次，之后为了让公牛可以随意奔跑，通往宽阔牧场的门会被大开。有了自由的公牛会有什么反应，它是急迫还是迟疑，是赶紧跑远还是站在门口回头看，还想再进攻，这些全部都是公牛在斗牛场会如何表现的宝贵参考。

公牛进攻一次以上是大多喂养人都不想看到的。因为他们觉得一头公牛能承受的刺杀是有限的，倘若在测试时刺了两到三次，那在正式的斗牛场上就相应地会少三次的刺杀，因此他们宁愿相信公牛的血统，只有作为种牛留下的公牛和母牛才会做真正的测试。他们相信，一头出色的公牛和真正大胆的母牛生下的牛犊，都是优良品种。凡是牛角和身体都很优秀的两岁牛犊，他们都叫它 toro，并不需要做实际的大胆程度的测试。

牧人偶尔会让来做测试的长矛手挑衅用来繁殖的母牛进攻多达十二次或十五次，斗牛士还会用红披风和穆莱塔在它们身上练习许多动作，以此来测试它们的进攻的本事和与红布协作的能力。母牛若是勇气很足，可以领会红布的招式，那么它们的后代大概会遗传这些优点。母牛必须身体结实，体格强壮。还有一点，因为牛角的毛病一般是不会遗传的，若是母牛的角长得不好那也不要紧。代代相传之后牛角会变得越来越短，可公牛喂养人要想方设法让人高兴地接受自己喂养的牛。这样一来，若是斗牛士可以在合约中写明自己要的公牛的具体要求时，就会选择到这位喂养人的公牛。一般情况下，这些公牛喂养人会精挑细选，绞尽脑汁把牛角培育得更短（牛角长度在政府代表允许的最低限定内）。他们还培育出了向下斜的牛角，在公牛低头进攻时，牛角会在膝盖之下；若是牛角向上的话，在斗牛士俯身刺杀时会翘起来，危险程度非常大。

用来配种的公牛都须经过十分严格的测试。在斗牛场上你通常一眼就可以认出那些配过好几年种的牛。对于长矛手，它们仿佛非常熟悉长矛手，它们一般会勇敢地进攻，可它们还可以将长矛手手中的矛用牛角打掉。我看见过一头公牛，它压根不在意长矛和马，竭尽全力冲击，将人顶下马来。若是这些公牛曾经测试过红披风和穆莱塔，那它们通常是无法杀死的。如若斗牛士签过杀两头"新牛"的合约，他有权利拒绝斗这种牛，或者使用任何的、他可以想到的办法，把这些善于进攻的公牛杀死。法律规定，上过斗牛场的公牛在表演结束后应当立即杀掉，以防止再次上场。可是在外省，这条法律规定就不能被很好地遵守了，而在法律上早已取消的业余斗牛赛即 capea 中，一向都不遵守这条法律。被彻底测试过的种牛并不拥有这些违法分子的本事，可它分明参加过斗牛赛，聪明的观众马上就可以辨别出它的不同来。有一条测试公牛的标准非常重要，那便是不可以把牛犊的力量和胆量等量齐观。一头牛一次进攻时，力量很大，若是刺过来的长矛打滑，马和马背上的人都会被公牛大力掀翻，它还会显出狂妄的模样来。但假如长矛刺中了它，在这以后说不定它就畏惧进攻，顶不住了掉头就跑。在卡斯蒂利亚、萨拉曼卡、纳瓦拉和厄斯特列马杜拉相近的村落，都是在牛栏里测试公牛，可在安达卢西亚，测试公牛通常是在露天农场上的。

对测试公牛的人来说，之所以坚持户外环境，是因为在牛栏中的牛会感到绝望，垂死挣扎是会不遗余力的。只有户外测试才可以看出来，一头公牛是不是真的有胆量。在户外测试时，斗牛士会骑着马紧跟公牛直到它转过身来,用长杆掀翻它们;或者被挑衅到某种程度时,它们就向长矛手进攻。而在牛栏里测试时,人们压根不在意公牛,一点挑逗和骚扰也没有。因此,这两种办法不分轩轾,各有优势。若是在户外牧场测试时,有很多骑马观看的客人,那会出现十分特别的场面。而牛栏里的测试则更像一场斗牛场比赛。

喂养公牛每一个环节对每一个热爱斗牛的人都是有无穷吸引力的。在测试时的现场,人们玩耍笑闹,有吃有喝,还可以知晓很多人。贵族斗牛爱好者舞动红披风的动作笨拙,反而是来看热闹的想当斗牛士的擦鞋的人可以把红披风运用得很出色。秋天日长,到处都弥漫着寒凉的气息,混杂着灰尘、皮革、汗水、马的气味。公牛身体庞大,在不远的原野上看着特别大,它们平和、稳重,以自己的信心掌控整个局面。

登上斗牛场的牛是在纳瓦拉、布尔戈斯、帕伦西亚、洛格罗尼奥、萨拉戈萨、瓦利阿多里德、萨莫拉、塞哥维亚、萨拉曼卡、马德里、托莱多、阿尔瓦塞特、厄斯特列马杜拉和安达卢西亚等省喂养的,可主要喂养公牛的地区是安达卢西亚、卡斯蒂利亚和萨拉曼卡。安达卢西亚和卡斯蒂利亚喂养了最大和最好的公牛,萨拉曼卡喂养出的公牛是最符合斗牛士要求的公牛。现在纳瓦拉仍旧喂养很多公牛,可是近二十年来,那儿的公牛无论是品种、躯体还是大胆程序都降低了很多。

大体上可以把凶猛的公牛分为两类:一类是专门喂养、作育和提供给斗牛士的公牛,一类是公牛喂养人喜欢养的公牛。这两个极端一头是萨拉曼卡,另一头是安达卢西亚。

有人说这书中对话太少,为什么不多写一点呢?这个人对于人们对话的描写是我们想看的。这是他的优势,可他如今不这么做了。他这个人既不贤明,又才疏学浅,还不是个研究动物的专家。他饮酒过度,很难停下来,现在连谈话也不写了,一定要让人出来阻拦一下他了。他对公牛的迷恋太深了！让我们来一小段对话吧。

"你在问什么，太太？对于公牛你是否想知道些什么？"

"不错，先生。"

"你想知道些什么呢？我都可以告诉你。"

"这事很难开口啊，先生。"

"别如此苦恼，坦率地跟我说吧！如同向医生说话，或者与另一个女人说话。不必害怕问你真想知道的事。"

"先生，我想要了解有关公牛爱情的生活。"

"太太，你找对人了。"

"先生，那就对我说说吧。"

"好的，太太。与其他话题相比，这个确实很好。这个话题把普遍的爱好、极少的性、很多有用的消息都联系起来了，以便于用对话将它表现出来。太太，公牛的爱情生活可是十分精彩的。"

"我也这么觉得的，先生，可你能否说得具体一点？"

"非常乐意。小牛犊出生在冬季。"

"我们希望听的可不是有关小牛犊的事。"

"太太，你得耐心点。事实上这些事都要从小牛犊开始说起，因为所有的事最后都会与小牛犊有关……"

小牛犊都在冬季的三个月里降生。有谁结婚后不会一回回往前数九个月呢？扳扳手指头往回倒九个月，你同样就会明白，如果小牛犊在十二月、一月、二月里生出来，那公牛和母牛就是在四月、五月和六月交配的，实际上，公牛一般是在那个时候被安排和母牛交配的。较大的牧场都会有二百到四百头母牛，每五十头母牛会有一头公牛配种。一般有的养牛场会有二百头母牛，配种的公牛有四头。配种的公牛都是三到五岁，也有再大一些的。一旦把公牛放进母牛群之中，谁也说不准公牛会怎么做。虽然赌马登记经纪人当时在场会跟你说，公牛也许会向它的伴侣表现出热情来。可是有时公牛跟母牛毫无交往，母牛也不与公牛交往，说不定它们还拿牛角进行凶猛地搏斗，在原野上你可以听见牛角相撞发出的声音。虽然很难发生，但偶尔公牛也会对其中一头母牛改变态度。偶尔公牛也会随着母牛一起静静漫游，可之后又离开母牛回到公牛群中。因为这些公牛最后会被送去斗牛场，所以是不让它们与母牛交配的。可一般来说，赌马登记经纪人估摸的情况发生的可能性很大。一头公牛有同五十多头母牛交配的能力，但公牛最后会因交配过度致使身体虚弱并失去能力。

"你想听这些事情是不是这些，又或者我说得太露骨了？"

"先生，所有人都会说你叙述事实时是真诚而文雅的；这些事让我们觉得大开眼界。"

"那样我会很高兴的，我再和你说件怪事。公牛作为动物是一夫多妻的，可有时也会碰到一夫一妻的情况。牧场里的一头公牛，有时只对五十头母牛中的其中一头非常喜欢，一点也不在意其他母牛，只想与这头母牛在一起，并且牧场里的这头母牛也愿意待在那头公牛身边。发生这种情况，那头母牛会被赶出牛群，倘若自此之后那头公牛还坚持一夫一妻，那它会同其他公牛一起被送去斗牛场。"

"我觉得这是一个悲伤的故事。"

"太太，所有故事都是如此。只要深入到了一定程度，都是以死为结局。若是不把这一点同你说清，那他讲的故事就不是真实的。特别是关于一夫一妻的一切故事，都是以死亡为结局，你的男人过着一夫一妻的生活，活着的时候一般都很幸福，可临终时会变得特别孤单。要论孤单的去世，除了自尽以外，最孤单的就是有一位好老婆相伴多年而最后她先你一步离开人世。假如两个人彼此深爱着，那他们是不会有幸福结局的。"

"先生，我不明白你说的这种爱。依你所说，听上去这种爱仿佛很不好。"

"太太，爱是一个古老的词了，每一个人都会有新的解释，也是他们本身让爱这个词变得旧了。爱是一个可以不停灌入含义的词，就像给球胆内充气一样，同时它的含义又可以快速消失。也像球胆一样，它刺得破，也可以再缝上，又一次破损。如果你不具有它，那它对你来说就不存在。每个人都议论着它，具有它的人都会留下它的标记。对于爱，我也不想再多说了，这个世界上最可笑的事就是议论爱，只有笨蛋才会来来去去、口若悬河地说'我爱着我如今的女人，假如让我再去爱另一个女人，我宁愿染上瘟疫！'

"先生，这些跟公牛有什么关系吗？"

"没有，太太，毫不相干。这只是一段没有白费你的金钱的谈话罢了。"

"我觉得这个话题挺有意思的。具有爱的人是怎样留下他的标记的呢？还是只不过是一种说话的形式？"

"所有真正体验过爱的人，在爱消失之后都会显得精神不振的。我是以一个自然主义者的身份这样说的，并不想表现得浪漫。"

"我听了这些话并不觉得有趣。"

"太太，我也不是为了让你觉得有趣才说这些的，只是不想让你浪费钱罢了。"

"可是你常常能使我特别快乐。"

"太太，如果幸运的话，我还会让你觉得快乐的。"

第十二章

一般说来，越是脾性温和的公牛，仿佛越是大胆，越是稳重，越会有成为一头凶猛的公牛的可能。可是我们在牛栏里看见的那些参赛的公牛，谁也说不准这头公牛登上斗牛场就肯定凶猛。不能确定的缘由是，公牛越是凶猛，就越信心十足，越不会虚张声势。一头公牛给人带来的所有的表面危险状况的感觉，看上去都让人不容置疑，实际上都是虚张声势的行为而已，例如前蹄刨地、牛角吓唬或大声吼叫。这些举动全都只是为了警告，警告的目的只是为了尽可能地防止搏斗。不发出警告便进攻的才算是真正凶猛的公牛，它只会将两眼盯在敌人身上，突起脖子上的肌肉，抖动着耳朵，以及在攻击时扬起尾巴来，一头货真价实的公牛状态极好时，它是压根不张口的，甚至舌头也不会伸出来。在整个表演过程中，到了结束时，只要它还站得稳，就会向人发起进攻，闭紧嘴巴不把血吐出来。即使它已经被刺入剑。

决定公牛勇敢的第一要素是好斗，这种纯正的血统首先要用牧场上严肃仔细的测试来保持，其次由公牛天生的体质决定。精细周密的培养是代替不了体质与状态的，可若没有精细周密的培养，即使它继承了勇敢品质也发挥不出应有的水平，这会使它的身体承受不了这一品质，它的勇敢品质就像一堆干草在燃烧着，只要冒出火焰就烧尽了。我们暂时认为牧场上没有传染病，如此一来，体质的决定条件就是牧草与水了。

由于西班牙各地不同的气候状况，引起了牧草与水质的不同，土壤成分差别，以及牛群从牧场到水源距离的远近，正是这些不同条件培养出了类型各异的公牛，就气候而言，西班牙像是一个大陆，却不像是一个国家，比如以北方地区纳瓦拉的气候和植物为例，与巴伦西和安达卢西亚相较，它完全不一样，而上面的三个地方除了纳瓦拉部分区域之外，其他区域和卡斯蒂利亚高原相较也是完全不一样的。因此纳瓦拉、安达卢西亚和萨拉曼卡几个地方培育出的公牛区别很大，而造成这些不同的主要原因与公牛的血统无关。纳瓦拉公牛的品种是特别的，它个头较小，通常是红色的。纳瓦拉的公牛喂养人引进了安达卢西亚某个农场中的种牛和母牛，可到了纳瓦拉之后，这些公牛全部会染上北方公牛都有的恶习：胆小。它们冲击时踌躇迟疑，缺乏真正的凶猛，失去了原来的特性，没有继承一点原来纳瓦拉公牛血统中那种灵捷、凶猛以及鹿一样迅捷的速度。虽然花了很多钱做了不少试验用来培养出一种新的、勇猛的纳瓦拉牛种，只是原来纳瓦拉牛种是近亲繁殖，十分好的母牛很多年前就卖给了法国，用于 Course Landaise（法国公牛节），而且在北方牧场上的安达卢西亚和卡斯蒂利亚牛种也没有办法把原来的品质和勇猛传承下去，使纳瓦拉血统公牛差不多灭绝。斗牛时用的最出色的公牛都来自安达卢西亚、科尔梅纳尔和萨拉曼卡，还有少数来自葡萄牙。安达卢西亚的公牛是最典型的。萨拉曼卡引进了安达卢西亚的牛种，为了更好地用于斗牛，公牛经过改良培养，牛的个头变小了，牛角也变短了。萨拉曼卡那个地方很适合培养公牛，那里的牧草和水质特别好，公牛一般不到四岁就售出了。之所以有一段时间经常喂它们粮食，是为了使公牛躯体和年纪看着大一些，结果牛都虚胖起来了，本该长肌肉的地方长了脂肪，造成不真实的健康体格，所以它们稍稍一动就疲乏，气也喘不过来。如果允许四岁半至五岁的萨拉曼卡公牛参赛，不人为干涉它们的生长，不用粮食催生以达到政府规定的体重，再在牧场里培养一年，以此让它们长得更成熟，那会有很多公牛变成斗牛士理想的公牛。可能等到四岁以后，它们就会变得不直爽，不勇敢了。在马德里，你有时也会遇见这种出色的斗牛，由于这些喂养人凭借这么优秀的一批公牛赢得了名声，还得到了斗牛士的协助和默许。因此还是这些公牛喂养人，既可以把如此出色的斗牛送到首都去，也可以在一个赛季里把十五场、二十场所需的另一种品质的斗牛卖到省外去。在另一种品质的斗牛中，参赛公牛的年龄通常是达不到最低年龄的，因为都喂了粮食，所以显得很大，因为运用牛角的经验不够，所以伤害性是不高的，如此它们就不算是真正勇猛的公牛，也就没有了出色斗牛表演的最有决定性的因素，因而这么做很大程度致使了现代斗牛的衰落。

一头公牛的培育，除育种和体质条件之外，第三个要素是年龄。三个条件缺一不可，缺了哪一个都培养不出一头货真价实的参赛公牛。长到四岁的公牛就成熟了。公牛三岁时看上去的确像成熟的，可实际上还没有成熟。只有成熟才会有了力气，有了耐力，尤其是有了认识。所谓一头公牛的认识，主要是它的经验记忆使它忘不了对于牛角的认识和运用能力。最合意的公牛应当尽可能没有任何与斗牛相关的经验记忆，不然它就学会了应在斗牛场内学到的全部。若是斗牛士动作得法，斗牛士能够控制公牛；若是斗牛士动作不当或胆小，公牛就会支配斗牛士。想让一头公牛的危险性真正形成，就需要让斗牛士在如何正确控制公牛方面得到必需的考验，那公牛就一定要知道怎样运用牛角。长到四岁时，公牛就拥有了这种认识，由于它在牧场上争斗过，因此获得了这种认识，只有通过这种方法，它才可以学到这种认识。欣赏两牛互搏，真让人新鲜叹息。牛角被公牛运用得就仿佛击剑者手拿的武器那样挥洒自如：冲撞、闪避、佯装、阻击。目标清晰，令人惊叹不已。假如两头牛都了解如何运用牛角，搏斗的结果常

常像两名技术完全熟练的拳击手之间的对抗，不使用伤害性大的
攻击，不会斗得鱼死网破，而只有相互之间的尊敬。结局不会产
生在它们竭力搏斗之后，一般战败的公牛会先认输，掉头跑走，
承认对方强过自己。我曾经见过因为一些小事而斗得难解难分的
公牛，我也弄不明白是怎么回事，只见它们迎头向对方冲去，用
主要发力的牛角佯攻对方，两头牛纠缠在一起，牛角撞击发出
"嘭嘭"的声响，顶撞、闪避、还击，之后其中一头公牛突然转
头飞奔离去。我还看到过一次，两头牛在牛栏里搏斗，其中一头
公牛认输跑走了，另一头依旧紧追不放，用牛角把那头逃跑的牛
的肚子戳伤，把它顶到地上。那头倒地的公牛还未站起来，得胜
的那头牛就已到达它面前，又用牛角撞它，转动着脖子和脑袋，
拼命猛戳，始终不放弃。摔在地上的那头牛，之前有打算站起来
转身迎头回击，可刚一交锋，便伤了眼睛，再一次被掀翻在了地
上。得胜的那头牛不停猛戳，直到将它捅死。两天之后，同样是
这头公牛，斗牛前在牛栏里又杀死一头牛。它登上斗牛场后的表
现是第一等的，无论是对斗牛士还是对广大观众来说，它是我见
过的表现最好的公牛之一。这头牛通过最自然的方式得到了对牛
角的认识，它在运用牛角时没有毛病，它一定清楚如何运用牛
角。可斗牛士弗里克斯·罗德里格斯以舞动红披风和穆莱塔掌控
住了它并漂亮地杀死了它。

可能一头三岁的公牛也知道如何运用牛角，可那只是个例
外，因为它并没有足够的经验。五岁以上的公牛对如何使用牛角
的知识则知道太多了。五岁大的公牛老到聪明，运用牛角的技巧
特别熟练，这样一来，斗牛士想做什么优秀的动作就没有机会
了，只可以每处小心应对。这种斗牛是十分有意思的，只是你必
须拥有深刻的斗牛知识才会领会斗牛士的手法。所有公牛运用牛
角时，几乎都喜欢用一只角，这只牛角就被叫作主力牛角。有偏

重使用右手的人，也有偏重使用左手的。与这一样的是，公牛一般也会有右角使劲的，也有左角使劲的，只是也不可以因此判定右角用力的牛比左角用力的多。无论左角用力还是右角用力，两者的可能性都相同。短标枪手在运用红披风挑逗公牛奔跑时，你就能够判断主力牛角是哪一个，但你也能够使用另一种判别方法。即通常公牛使劲的那只角旁边的耳朵会抖动，公牛准备进攻或生气时，左耳或右耳会抖动起来，也有两只耳朵一起抖动的。

公牛会在各式各样的机会下运用牛角。有些准备进攻长予手的公牛，在没有足够信心的时候，是不会进攻的。等靠近时，它才用如同拿匕首刺杀那样的信心，使用牛角捅在马身上最容易受伤的地方，这样的公牛被叫作刺客。这种公牛曾经在农场时常常冲击过牧人，或是捅死马，因此它们记住了如何运用牛角。这种牛不会从远处冲击过来，把人和马掀翻，它们只会一点点靠近长矛手脚下，时常用牛角敲打长矛木杆处，为的就是找到用角进攻时的目标地点。考虑到这一点，一头牛杀死多少匹马不一定表明它有多么勇敢，或有多么健壮，因为一头有可怕的角的牛能杀死马，而也许一头更勇敢、更健壮的公牛只可以把人与马撞翻在地。在疯狂的时候，它是极少瞄准同一目标部位运用牛角的。

伤过人的公牛，更容易再次伤到人。在斗牛场里一般大多数斗牛士曾经被一头公牛弄伤过，曾经被它撞翻在地上，也许还是同一头公牛把他们戳伤或捅死了。自然，很多时候，正是由于被戳伤，人才会吓得脚步不稳；或者反应不再那么机灵了；或者在头一次被顶翻之后，失去了判断距离的能力，因此在同一场斗牛中，牛角刺伤人的情况会重复发生。只是，只要公牛觉得它的手段可以使人上当，或者在人用了两支短标枪之后，它会故伎重演，把人掀翻，确实也会有这种情况。在跟着红披风或穆莱塔冲过人身边的时候，它会突然用脑袋冲击，或者正在进攻时戛然而止，或者用角掀开红布向人冲去，或者是使用其他随意的办法。只要第一次用这个办法时捅到过人，它就会再次使用。还有一种公牛更厉害，它们在斗牛场中有极好的迅速记忆的本事。假如登场对付的是这种公牛，就要尽量斗得快、杀得快，减少它接触到人的情况，由于它们学习的速度比普通斗牛的速度快，斗牛士表演完招式再把它们杀死会变得艰难。

斗牛早年的牛种是这种公牛，是外号"塞维利亚悍牛"的堂·爱德华多的儿子们喂养的。尽管这位规规矩矩的公牛喂养人的儿子们用比斯塔埃尔摩萨牛种与它们进行杂交，削弱了他们自己的公牛对斗牛士的伤害，更适合他们的愿望，因为在所有公牛的品种里，比斯塔埃尔摩萨公牛是最出色、最勇敢、最坦率的公牛。他们培育成功了一种杂交后的公牛，它们躯体巨大，牛角粗壮，又有之前致命悍牛的一些外形，但它们去掉了那种让所有斗牛士都憎恶的既凶残又有心机的智力。堂·何塞·巴拉在葡萄牙培养出了一种公牛，这种牛兼有了以前悍牛的基因、血统、躯体、力量和勇敢。要是你观看的斗牛赛是这种牛参加的话，那你就能看见最勇敢、最健壮、最危险的公牛是如何表现的。他们说水源地距离巴拉牧区有十二公里路，成熟的公牛都会被赶到那里放牧，还说，因为公牛去饮水得跑这么远，才磨炼了自己的力气、呼吸和耐力。我不可以肯定是否真有十二公里路，不过这是我从一位在巴拉的远亲处听说的，我从没有核实过。

某些牛种的参赛公牛明显是匹夫之勇，有些公牛却是有勇有谋，不同牛种公牛的特征也不尽相同。这些特征虽然只与极少数牛极度相关，可会紧紧扎根于同种公牛身上。以前贝拉瓜公爵具有和培养的公牛，就是如此的。自二十世纪开始及之后的年代，在这个半岛所有公牛之中，这种公牛可以算在最勇敢、最健壮、最敏捷、最出色的公牛之列。二十年前只是崭露头角，最终却成为这群牛的主要特征。当它们基本上进化成完美的公牛时，它们的重要特点之一就是进攻速度迅速，结果在快完毕时，变得呼吸急促、动作拙笨。贝拉瓜公牛的另外一个特点就是，它逮住并刺伤了人或马后，是不会掉头走开的，它会持续不断地进攻，仿佛要把受害者彻底毁灭。可它们是非常勇猛的，喜欢进攻，可以很配合地随着红披风与穆莱塔。经过了二十年后，除了斗牛第一部特质快速进攻以外，它们基本上没有保留什么原先的优点，反而随着斗牛比赛的进行，变得越来越迟缓、不敏捷了。因此，贝拉瓜公牛与长矛手过一次招之后，基本上就站在那里静止不动了。如果碰见很坚强的受害者，它也会表现出超乎寻常的不肯轻易了结的品性，只是，速度、力量与勇猛都减弱到了最低的限度。即使公牛喂养人会细心培育那些著名的牛种，可它们的价值还是降低了。作为唯一的弥补办法，他们会想方设法让它和其他牛种杂交，偶尔也可以成功培育出新的优质牛种，可一般这么做会致使这个牛种垮得更快，乃至连它原来的优点都会全部失去。

　　一个恬不知耻的公牛饲养者可以买下良种公牛，并利用公牛躯体漂亮、脾性凶猛的名气，把一切长角的，一切不是母牛的都当公牛卖掉，如此可以在几年里，靠破坏良种公牛名誉的办法赚一笔大钱。只是，只要血统依然优良，只要它们还可以享受有益于它们生长的牧草和水源，那就不会破坏牛种的价值。一个严肃仔细的公牛喂养人也可以喂养优质的公牛，并通过细心的测试，只把表现大胆的公牛出售给斗牛场供其使用，同时，在短时间内就可以再次培养出良种公牛。但若是建立良种美名的血统渐渐淡薄，原本轻微的毛病成了主要的缺点，那么，这种血统也就结束了，也就只可以偶尔地出现一些作为特例的优质公牛，只有采取凭侥幸或危险的杂交的方式让它恢复名望。我看见过几头良种公牛，那就是贝拉瓜牛种的快速没落和结束，那是让人难过的。最后，原来的公爵卖掉了它们，而新的主人正在努力让这种牛重现辉煌。

西班牙语把那些杂种公牛，或者身上只有极少斗牛血统的公牛称为 moruchos。一般它们幼小时非常凶猛，表现出斗牛最好的特点，但是等它们长大成熟之后，所有凶猛和风格都没有了，压根不适合斗牛场表演。好斗血统和普通血统混杂于一身的公牛的代表特征，就是在彻底成熟的时候失去了凶猛和风格，这也是萨拉曼卡公牛喂养人面临的主要困难。在萨拉曼卡那个地方，这也并非是公牛杂交培养造成的后果，而应当说这是喂养和放牧在那里的公牛本身便有的。这样一来，倘若萨拉曼卡的公牛喂养人想让成熟后的公牛非常凶猛，那在公牛幼小时就得卖掉它们。与所有影响斗牛的因素相比，这些幼小的公牛在各方面都拥有更强大的破坏力。

如今大多数直接培养或使用杂交培养出的最优质公牛品种主要出现在巴斯克斯、卡勃雷拉、比斯塔埃尔摩萨、萨维德拉、莱萨卡、伊巴拉。

现今，供应最好的公牛的喂养人有塞维利亚帕勃罗·罗梅罗的儿子们，马德里的圣科罗马伯爵，巴达霍斯宫廷伯爵，塞维利亚的著名的孔查-西拉遗孀的女儿孔塞普西翁夫人；马德里的穆露勃牛种现在的拥有者卡门·德·费德里科夫人；"塞维利亚悍牛"堂·爱德华多的儿子们，塞维利亚的比利亚马尔塔侯爵，萨拉曼卡以及堂·阿希米罗·佩雷斯泰勃内罗，堂·格拉西亚拉诺·佩番斯·泰勃内罗和堂·安东尼奥·佩雷斯·泰勃内罗；位于萨拉曼卡省的科奎利亚的堂·弗朗西斯科·桑切斯，科尔多巴的堂·弗洛伦蒂诺·索托马约尔，葡萄牙的堂·何塞·佩雷拉·巴拉，老科尔梅纳尔的堂·费利克斯·戈梅斯的遗孀，塞维利亚的恩里克塔·德拉科巴夫人以及堂·弗里克斯·莫雷尼奥·阿尔达努伊，马德里的阿尔瓦伊达侯爵，还有老科尔梅纳尔的堂·文森特·马丁内斯老牛种的所有人堂·胡里安·弗尔南德斯。

"太太，这一章中没有出现一句对话，但很遗憾的是，我们也谈完了。"

"先生，我更该说遗憾呢！"

"你想得到一点什么呢？更多的与人类激情有关的主要事实吗？嘲讽一下性病？关于死亡和终结的一些简单意见？或者你是否要听作者说说他年幼曾在密歇根州埃米特县和夏洛瓦县生活时，和一头豪猪的故事？"

"算了，先生，今天就不谈牲畜了。"

"你想听那些作者乐此不疲地写的关于生和死的一种论调吗？"

"我也的确说不好我想听什么。今天我心情有点不好。你没有什么我没读过的，既好玩又有意义的东西吗？"

"太太，我这儿有特别适合你的东西。与野生动物无关，也与公牛没有联系。通俗易懂的作品，作者仿照当代的威梯埃的《雪封》① 的类型创作的，结尾处就是对话。"

"假如里面有对话的话，我便想读读它。"

"那就读读它，题目叫作：与死者有关的一个博物学论述。"

老太太："我不关心题目。"

"我没说你会关心它。你大可以对什么都不喜欢。但这个题目就是：与死者有关的一个博物学论述。"

我始终觉得，战争是一个被博物学家遗漏而没参与观察的区

---

① 威梯埃（John Greenleaf Whittier, 1807–1892），美国四位"炉边诗人"中的一位。他于1866 年，自己六十二岁时写出了长诗《雪封》，这是威梯埃最出色的诗作。许多评论家觉得可以与苏格兰农民诗人罗伯特·彭斯的《佃农的周六之夜》不相上下。长诗描述了一户农家三天的生活：一场少有的暴风雪困住了一户农家和两位访客。他们在炉边围成一圈，说了三天的故事直至道路无阻。《雪封》让人永久记着新英格兰不现实的井然有序、天真、友好的生活方式。

域。威廉·亨利·哈德逊①在生前生动、翔实地描述过巴塔哥尼亚高原②，吉尔伯特·怀特牧师③也曾对戴胜科乌偶尔地且不同凡响地光临塞尔博恩，有过特别令人神往的描写，而斯坦莱也给读者贡献了一部虽然通俗但却有价值的《通俗鸟类志》。为什么我们不可以期待着为读者供应一些关于死者的既合适又令人关心的事情呢？我希望可以。

有一回，不怕艰险的旅行家蒙戈·帕克④在非洲一个广阔无边的沙漠上，独身一人，光裸着身子，差不多要累昏过去。他心想自己仿佛完全想不出一点办法了，自己离死亡越发近了，只有躺下来等待死亡的降临。就在此刻，一朵极小的特别好看的苔藓植物的花映入了他的眼帘。"整株草，"他说，"虽然还比不过我的一个手指头大，但是我凝望它细小的根、叶、荚的构造，情不自禁地赞叹起来。在这荒无人烟的地方，上帝都种下了这样一棵微不足道的东西，浇灌它，让它生长。难道见到依据他自己的形象创造的东西身陷困境、蒙受苦难时会视若无睹吗？一定不会的。经过如此一番思考之后，我觉得不应当灰心。我爬起来，不顾饥饿与疲乏，向前继续走，深信很快就可以获救。实际上也确实如我所想，没让我绝望。"

若是我们天生就可以用毕雪普·斯坦莱形容的方式表现出惊讶和佩服，那难道对博物学的某个分支的研究，不能使我们每个人在穿行人生荒漠的旅途中同样需要的信念、爱和希冀增强吗？因此，让我们看看我们可以从死者身上得到什么样的启示。

战争中的死者常常是人类中的男性，虽然我还时常可以在死

---

① 威廉·亨利·哈德逊（Willam Henry Hudson, 1841–1922），英国博物学家、作家。

② 阿根廷南部的高原地区。

③ 吉尔伯特·怀特牧师（The Reverend Gilbelt White, 1720–1793），英国牧师、博物学家、作家。

④ 蒙戈·帕克（Mungo Park, 1771–1806），苏格兰探险家。

马里发现母马的尸体，对牲畜来说这话有些不合适。还有一个有趣的状况，只有博物学家才有机会看到那些死骡子。在我二十几年的平凡生活里，没有看到过一头死骡子，因此我就心有怀疑，这些牲畜是否一定得死掉。我曾以为自己看见了一头死骡子，可是每次走近仔细察看，却都是些活物，由于它睡觉的模样看着就像死了一样。可是在战争中，这些牲畜的死与我们时常看到的那些不是非常能吃苦的马的死特别相似。

老太太："我还以为你会说和动物无关的话呢！"

"马上就是了。不要急躁，好吗？这样写法是十分难的。"

"我见过的死骡子大多数都是死在山路上，或者是掉下悬崖，它们是因挡了路而被推了下来。在山中看见它们是十分平常的，山里人对骡子司空见惯了，它与周围环境没有一点不和之处，这和那些希腊人在士麦那将所有运货动物的腿都打折了，并从码头上将它们推进浅水里溺毙不一样。除非再出现一个戈雅，才可以描述出众多溺毙在浅水里的断腿的骡子和马的场面。不可能再出现一个戈雅的，因为世上只有一个戈雅，而且也早已过世。即使这些骡子可以说话，想恳求用绘画的方式把它们的遭遇表现出来也是不可能的，只是若它们可以说话，会请求人们减少它们痛苦的可能性大些。"

老太太："你曾经写过这些骡子。"

"我知道，抱歉。别打岔。我保证我再也不会写它们了。"

"实际上，牵扯到死者性别时，人们对死去的是男性都习以为常了，可一看到女性的死者就会感觉非常害怕。我头一次留意到死者的男女性别，是因为一家军工厂的爆炸，那家军工厂在意大利米兰旁边的乡村。我们坐在卡车上沿着有白杨树笼罩的路赶到了出事地点，各种小生命生活在大路两旁的水渠里，由于卡车经过一路上尘土漫天，我无法仔细看清楚。到达军工厂遗址后，我们中的一些人被分派去看守因某些原因还没有爆炸的、成堆的军火，其他的人被派去扑灭燃烧到四周田野草地的大火。大火扑灭以后，我们奉命到附近及周边的田野里寻找尸体。一个临时停尸的地方停放着我们找到的无数的尸体。我一定坦率承认，我们发现死的都是女人而不是男人。那个时期里的欧美女人不像几年之后那么喜欢剪短发，剪短发还未在女人间流行起来。在停放尸体的地方看到女人的长发令人感到慌乱，也许因为这情景与平时是最不一样的，而更让人心中不安的是，有时你还可以看见没有长发的女人。我记得我们非常彻底地搜寻完完整的尸身之后，就开始搜寻断肢残臂，许多都是从工厂围墙的铁丝网上拿下来的，这也足够说明烈性炸药的巨大能量。我们在很远的田地里还找到了许多残肢，那是因为自身的重量而被抛远的。我还记得在回米兰的路上，有几个人议论起这件事，他们都认为这场灾难不是特别的可怕，是由于事故的不真实和没有发现受伤的人这一事实对此起了大作用。除了这两点外，这场事故来得太突然了，挪动、处理死者时依旧处在只引起很小的不高兴的状态，这样一来这件事跟战场上的经历的区别就很大了。纵然经过美丽的伦巴第乡村的路上漫天尘土，风景却是让人神清气爽，这对这回不愉快任务也算是一种弥补。在回去的路上，我们交流各自经历时都认为事情还算好，我们到达之前就已经控制了刚刚引起的大火，没有对大量库存的未爆炸的军火构成威胁。我们大家也认为，搜寻断手断脚可是一个很不寻常的任务。大家都感到十分惊异的是人体被炸成碎片时，并没有按解剖学原理飞散，而是像装有烈性炸药的炮弹那样，爆炸时的碎片是没有一点规律的。"

老太太："这个可不有趣。"

"那就不要继续看了。"

"没有人逼你。"

"可是请不要打岔了。"

一名博物学家，为了观测内容的精密，会在一段有限的时间里，集中进行自己的观察举动，例如把一九一八年六月奥地利进攻意大利作为一个时段来观察。在这个时期里，先是被迫撤离，之后又为收复失地而进攻，因此，阵地没有什么不同，只是会有大量的人员死亡。在战斗结束后，阵地上杂乱无章地躺了无数的尸体。在埋葬之前，那些尸体的肤色每一天都会有变化。高加索民族人的肤色会由白色变成黄色，之后变成黄绿色，最终变成黑色。在天热时，尸体若是暴晒过久，肌肉就像煤焦油一样，尤其是被划开或撕裂皮肉的地方，还会有闪烁着煤焦油一样的颜色。尸体每天都会胀大，有时胀得太厉害，连军装都包不住了，不断地胀大使军装像要裂开似的。有些尸体的腰部会开始膨胀，粗得难以想象，脸涨得像个气球似的又圆又鼓的，令人惊异场景的不仅是持续胀大的尸体，还有就是散落在尸体周围的很多碎纸片。在尸体还没被掩埋之前，要依据军装口袋的分布来确定纸片最后撒落的地方。奥地利军队的军装口袋都是在裤子后面的，而死者最终都是脸朝下的，臀部的两个口袋都翻了出来，装在口袋里的证件都散落在四周的草地上。高温、苍蝇、有标志的地点的草地中的尸首，还有很多四散的碎纸片，这些场景都会印在人们的脑海中。你会记得住战场高温时的气味，可是发生任何事情都不能让你联想到那种气味了。这不同于一个兵团的气味，它可能会突然到你身边，当你坐电车的时候，你望向马路对面，看到的一个人会让你想起那种气味来。可是也会有另一种全部消散的气味，就好比你从前爱过某人，以前发生的事你还能回想起来，可永远回味不到那种感觉了。

老太太："关于爱情的话，无论你写什么我都喜欢。"

"谢谢你，夫人。"

　　人们心中疑惑，大热天的沙漠中，那个不畏艰难的旅行家蒙戈·帕克看到了什么让他恢复自信的东西。罂粟总会在六月底和七月时出现在麦地中，桑树的枝叶正茂盛之时，烈日穿过树叶间的缝隙照射在枪杆上，人们都能看得见枪托上冒出的热浪。四周泥土变成鲜黄色，弹坑都是被毒气弹炸过的痕迹，没被炸到的房屋，看着还不如被炸塌的普通房屋顺眼。可是能在那种初夏的早上深深呼吸的旅行家太少了，像蒙戈·帕克那样对人类作那种思考的人也是寥寥无几。

　　你在死尸上面发觉的第一件事就是，人在受重伤后也会像动物那样死掉，有些人会因连兔子伤到都不会死的那种小伤而很快就死了。人也可能因几个小伤而死掉，这跟有时兔子会因三四颗没穿破皮的弹丸而死掉一样。有的人死时像猫一样，脑袋被打破，里面留下了铁片，躺上两天还没死，就像猫的脑袋中了弹却能爬到煤箱里，只有把它的脑袋割掉才会死。俗话说猫有九条命，可能猫那样也不会死，是不是真如此，我说不好。可大部分人死时都像动物一样。我会把死亡都算在战争头上，因为我从未看见过自然的死亡。和那位不怕艰难困苦的旅行家蒙戈·帕克一样，我明白还有别的东西，或从未出现的东西，之后我还看见它了。

　　除去轻微失血之外，我见过的唯一的自然死就是西班牙流感导致的死亡。你染上这种病，鼻子里就会全是鼻涕，堵得你没法呼吸，你也能体会到病人死亡是什么感觉了，染上这种病的最终表现就是大小便失禁。所以，现在我想看看所有自称人文主义者的人是怎么死的。因为像我自己或蒙戈·帕克这种不畏艰难困苦的旅行家，在有生之年，没准能活到目睹这个文学派别的成员的真实死亡情景，并能看到他们创造的辉煌一生。我曾经站在一个博物学家的角度思考过，尽管恪守礼仪是一件很好的事，可是人类要是想一代代繁衍下去，也必须做一些有失礼仪的事，因为传宗接代要采用的姿势就是有失礼仪，非常不雅的。我曾想过，可能与礼仪同居的后代，就是那些人现在或从前的身份。但是也不要去关注他们是怎样开始的，我希望能看到其中一些人的结局，并推测蠕虫将会怎样长期保持不孕不育的。他们离奇古怪的小宣传册已经失去了市场，只能把他们的欲望注入文章的脚注中。

老太太："这句关于欲望的话说得太棒。"

"我知道。这是从安德鲁·马韦尔①那里拿来的。我是读完艾略特②后才学到的。"

老太太："我还记得艾略特一家之前是做木材生意的，他们以前都是我们家的老朋友了。"

"我舅舅娶了做木材生意的人的女儿。"

老太太："太有趣了。"

"一方面，在一篇有关死者的博物学史籍中谈到这些自封的人也可能是合理的，哪怕从他们自封的名头到本书出版时，可能一点意义都没有。另一方面，对于其他的人在酷热的日子里看见的死者，原来长着嘴巴的部位如今却爬满了无数的蛆虫，这样谈论死者是有失公允的。因为，在青年时代他们没有选择死亡，他们没有杂志，不容置疑他们很多人根本没读过一条评论。死者并不都是在大热天死去的，下雨时死去的也非常多，躺在雨水里的死者被雨冲刷干净，也把埋葬时的泥土泡软了。有时雨不停地下，土地变得一片泥泞并被冲走，那你就得再次掩埋他们。如果是在冬季的山上，你们必须把他埋进雪里，等开春积雪融化时还

---

① 马韦尔（Andrew Marvell, 1921－1678），英国玄学诗派的代表诗人之一。此处海明威引用的是马韦尔1650年作的《贺拉斯体颂歌——克伦威尔自爱尔兰归来书怀》诗中的第二节前两行，只是采用其诗韵（dust-bust; rust-lust）而已。

② 艾略特（T. S. Eliot, 1888－1965），英国诗人、剧作家、文学评论家。开创了英美现代文学和新批评派评论。

必须由其他人来掩埋他们。作为埋葬地山上是很漂亮的，山地中的战斗也是最漂亮的。在一个叫波科尔的地方的一场战斗中，他们把一名被狙击而爆头的将军埋葬了。这位将军在高高的山地上，在雪地的壕沟里死去，雪地上全是血，这件事说明那些作家写出的《将军死在床上》是不正确的。他头戴一顶登山帽，帽子上别着一支羽毛，额头有一个小指头那么大的窟窿，后脑还有一个窟窿。如果你的拳头够小，你想把拳头放进后脑的窟窿里，那也是能放进的。他是一名非常优秀的将军，在卡波莱托战役中，他指挥巴伐利亚阿尔卑斯军团的部队，在部队前头进军，当进入乌迪内①时，他被意大利后卫部队射杀，死在了参谋的车内。要是要求在这种事上叙述得准确些的话，那这种书的书名全称应叫作《将军一般死在床上》。"

老太太："什么时候开始说故事？"

"现在，夫人，立刻就说。你马上就能听到了。"

"还有在山里的时候也是这样，雪下在山腰一侧，因山岭保护，炮火打不到急救站外的尸体。那些尸体就被他们背进泥土还未冻硬时在山腰挖出的洞里。在这个洞里，有个脑袋开裂得像花盆一样的人，头部只剩黏膜还连着，细致包扎的绷带都湿透了、冻硬了。一块铁片把这个人的整个头部都打坏了，而他就在里面躺了两天一夜。抬担架的人请医生进去检查他。他们每次进出搬运尸体时都会看到他，即便不冲他看也能听到他在喘气。医生眼睛通红，眼皮浮肿，因为催泪弹放出的毒气搞得他几乎不能睁眼。他看了他两次，白天看了一次，晚上打着手电看了一次。对戈雅来说，这一幕没准也能成为一幅好画，我指的是打手电来看的。在第二次检查后，医生相信了抬担架的人的话，那个士兵还

---

① 乌迪内，意大利东北部的一座城市。

没死。"

"你们想让我做什么呢？"他问。

他们什么也没想让医生做，但是不久后，他们请求准许把他抬出去放到重伤员那里。

"不，不，不！"忙碌中的医生说，"怎么了？你们怕他吗？"

"我们不想听他在死人堆里面一直哼哼。"

"别听就是了。如果你们从那儿把他抬出去，不久后还得把他抬进来。"

"这个我们不介意，医生上尉。"

"不行。"医生说道，"不行！你难道没听见我的话吗？"

"多给他些吗啡不行吗？"在旁边等着包扎手臂伤口的一位炮兵军官问道。

"你觉得我就这么用吗啡吗？你想让我不用吗啡动手术吗？你有手枪，你去给他一枪。"

"他已经被射伤了。"那位军官说，"如果你们有个医生中枪你就不是这个态度了。"

"那就太谢谢你了。"手里挥动着镊子的医生说，"我谢你一千次。瞅瞅这双眼睛！"他用镊子指了指，"你认为这双眼睛怎么样？"

"催泪毒气。如果这是催泪毒气那我们称之为走运。"

"因为你从前线逃回来了。"医生说，"因为你跑回这里来想把你的催泪毒气排光。你是用洋葱擦眼睛。"

"你疯了你。我不会搭理你的侮辱的。你是个疯子。"

抬担架的人进来了。

"医生上尉，"其中一个说。

"从这儿消失！"医生说。

他们出去了。

"我要给那可怜的哥儿们一枪。"炮兵军官说，"我是个人道的人，我不会就让他在那遭罪。"

"那你就去送他一程吧。"医生说，"朝他开枪。担负这个后果。我会写个炮兵中尉在急救站枪杀伤员的报告，打他啊！去打他啊！"

"你是个畜生。"

"我的任务是医治伤员，不是枪杀伤员。那是炮兵部队的先生们干的事。"

"你为什么不能治一治他呢？"

"我已经检查完了，所有我能做的都做完了。"

"为什么不用缆车把他送下去？"

"你问我这么多问题，你是谁啊？你是我的上级吗？这个急救站是你做主吗？出于礼貌你回答我啊。"

炮兵中尉什么也没说。屋里没有其他军官在，站的全是士兵。

"你回答啊。"用镊子夹着一根针的医生说，"给我个答复啊。"

"你他妈的！"炮兵中尉说。

"嚯，"医生说，"嚯，你这么说话，行！行！咱们等着瞧。"

炮兵中尉站起身来，朝他走过去。

"你他妈的。"他说，"你他妈的！去你妈的！去你妹的！"

医生冲他脸上泼去一盘碘酒。中尉一边闭上眼睛走过来，一边伸手掏手枪。医生很快跳到他身后，绊倒了他。医生踹了倒在地上的中尉几脚，还用戴橡胶手套的手捡起了手枪。中尉坐起身来，用那只好手捂着眼睛。

"我要杀了你！"他说，"我一旦能睁眼就要杀了你。"

"我才是这里的头儿。"医生说，"你承认我是这里的头儿之后，都可以得到宽恕了。我手里拿着你的枪，所以你杀不了我。中士！副官！副官！"

"副官在缆车那里!"中士说。

"这位军官的眼睛里进了碘酒。用酒精和水把他的眼睛冲洗一下。端个脸盆来,我要洗洗手。我还得继续给这位军官包扎。"

"你少碰我。"

"摁住他。他发疯了。"

其中一名抬担架的人又进来了。

"医生上尉。"

"你还要怎么样?"

"停尸间的那个人——"

"从这儿滚出去。"

"医生上尉,他已经死了。我觉得你听到会高兴的。"

"看到了吗,可怜的中尉?正在打仗的时候我们还没事找事吵。"

"你他妈的。"炮兵中尉说。他还是看不到东西,"我的眼睛被你弄瞎了。"

"没关系。"医生说,"你的眼睛会好起来的。没事。没事找事吵。"

"哟!哟!哟!"突然,中尉连连叫嚷,"我的眼睛被你弄瞎了!我的眼睛被你弄瞎了!"

"摁住他。"医生说,"他的眼睛开始更痛了,死死摁住了他。"

老太太:"结束了吗?我记得你说过这个故事跟约翰·格林利夫·威梯埃的《雪封》很像的。"

"夫人,我又错了。我们定了太高的目标了,以至我们错失了目标。"

老太太:"你知道,我越是了解你就越不喜欢你。"

"夫人,去了解一位作家一直都是一种错误。"

第十三章

　　所有的斗牛表演都是以公牛的勇气、单纯和缺少经验为基础的。有很多方法可以斗胆小的公牛，斗经验丰富的公牛，斗聪明的公牛，可是斗牛的本质，也就是理想中的斗牛，应该基于公牛拥有勇气，并且头脑中完全没有对于之前斗牛场表演时的记忆。如果一头胆小的公牛遭受痛击，它肯定不会向长矛手冲刺多于一次，因此一头胆小的公牛是不好斗的，它不会因遭受痛击，或因全力冲刺而放慢节奏。正常的斗牛计划也无法实施，因为在最后只剩三分之一时间时，它还是毫发无伤，速度依旧很快，而原本这时供公牛应该是放慢冲刺节奏的。谁也说不准胆小的公牛何时会冲刺，谁也弄不清。别说让公牛走向人来，它还想远离人呢，可你又不能盼望着它总这么耗着，此时只有技艺高超、勇气十足的斗牛士才敢接近公牛，然后树立起公牛的自信，激发它的天性，让它战胜自己。等到他挑逗公牛冲刺了几回后，再用穆莱塔控制它，把它晃得恍惚失魂的，只有这么做才可能表演全部的精彩斗牛。

　　胆小的公牛会把斗牛的程序搅乱，因为它会违反公牛和人在竞技时应该经历的三个阶段的规则，这三个阶段组成了所有斗牛的程序。每一个步骤的斗牛都是公牛所经历的某一个阶段的结果，也是该阶段的一种纠正方式。它越是发挥正常，它的状态中含有夸大的成分就越少，斗牛表演也就会越精彩。

　　公牛在斗牛三个阶段里的不同情况，西班牙语将之称为 levantado、parado 和 aplomado。第一次亮相的公牛会把头扬得很高，不会只朝着一个目标冲击，总体上讲，因为对自己的实力十分自信，所以它上场后想把自己的敌人消灭干净，此时的公牛称作 levantado，或崇高。也是同一斗牛士来说，公牛是最不具危险性的，斗牛士也能够在此时拿红披风做出许多招式，比如双膝跪地，引公牛来攻，先把红披风用左手展开，随后等公牛冲到红披风前，低下头想用牛角挑刺时，左手把红披风挥到右手边，可并不动右手。如此一来，公牛原本能朝跪着的人的左侧冲，现在却被红披风转动引导而掉转头冲到了右侧。这一招称作 cambio de rodillas，意为换膝。想要在公牛从 levantado（高傲）转到 parado（迟缓）时，使用这招是不可能的，甚至会是自杀动作，因为它已遭受了痛击，它渐渐对自己的实力感到失望而会在冲刺时瞄得更精准。

待公牛进入 parado 即迟缓的阶段时，它会感觉陷入绝境并会减慢速度了。在这个阶段，有风吹草动它不会猛冲强刺了，它已经对自己的实力感到失望了，场中一切好像都在向它挑衅，它都没法毁坏或赶跑了。它刚开始的那股激烈劲儿平复了下去，它认得它的敌人，或能看到它的敌人拿出代替了自己的引诱物，公牛也会集中精神发起冲刺想要杀死或是摧毁他。可是它现在十分谨慎地搜寻目标，还会快速启动冲刺，可以用冲锋的骑兵转变成了防御的步兵来形容此时的场景。骑兵发起冲锋时全凭借冲击之力，换句话说，凭着推力和全面推进的冲击，至于能对个人造成何种影响就得看机缘了，但步兵在防守时，每个人也许都在瞄着单个目标射击。公牛处于 parado 阶段即减缓冲刺的阶段，而它只有在仍有力量并能控制意愿的时候，才会被调动起来，让斗牛士完成非常精彩的表演。一名斗牛士对于各种各样的技巧都能够尝试和做完，这种技巧指的是斗牛士主动尝试的所有动作，并不是在他出于防御目的时被迫或偶尔才做出的动作。一头没遭受痛击却挫伤锐气的公牛，依旧会充满力量、充满自信，对斗牛士的手法也不重视，不会特别关注或不断地对各种招式进行冲刺。因此面对一头还处在 levantado 即高傲阶段的公牛，是不可能随意施展招数的。这就像打牌一样，一个人要是没有钱财能用来冒险，会把打牌看得毫不重要，因此他就不去遵守规则也能打赢牌。另一个人或者是因为使劲学习或者是因为之前输过才熟悉了规则，如今他连性命、钱财都赌上了，他特别看重这手牌，特别看重规则，认为必须熟知规则才行。他极度认真，可以说是倾尽心力，与这两种人打牌，会有不同的情况。斗牛士只有能让公牛淋漓尽致地表演，才能执行斗牛规则。公牛想的只是破坏，而不是表演。

公牛经历的第三个阶段，也是最后一个正常阶段就是 aplomado，即沉着。当它处在 aplomado 阶段时，它身体沉重得像铅似的，已经显得很迟缓了，此时的它已经呼吸困难了，尽管体能还是没怎么减少，可是它已经失去了速度。它的头颅不再高高扬起，它如果被挑逗也会冲刺，可是无论谁想要调动着它行动，都必须靠得越来越近。这种状况下的公牛，它对毫无把握的目标是不会冲刺的。因为从开始到那时为止，它的全部意图，不管是对观众还是对它自己，统统没有实现，很显然它是被击败了，可在此时，它的危险性依然是极高的。

公牛一般是处于 aplomado 阶段时被杀死了，特别是在现代斗牛里。公牛体能的消耗、它的沉重和疲惫程度，取决于它攻击长矛手和它因此遭受长矛手何种痛击，还有它追赶了多少次红披风，还有短标枪把它的精力削减至何种程度，以及剑杀手用穆莱塔对它做出的很多招式对它造成的影响。

为了达到实用的结果，这些所有已经进行完的阶段都已把公牛头部的姿态校正了，把公牛的速度减缓了，把它会冲某一侧挑刺的偏好调教过来了。要是这些都很好地做完了，那公牛就进入了一场斗牛的最终阶段。此时，它脖子粗壮的肌肉已经疲惫了，抬着的脑袋不高也不低，速度比刚开始斗牛时减弱了一半还多，双眼只盯着出现在自己面前的东西，往一边挑刺，尤其是它右角挑刺的偏好已经被校正好了时。

在斗牛时，公牛要经历的就是这三个主要阶段。如果能合理地引得公牛疲劳的话，这些是它自然变得疲劳的过程。如果斗牛没有被合理引导，那在刺杀的时刻降临时，公牛也许会徘徊不定，脑袋乱刺，整个儿都在防御姿态，斗牛士没办法把它控制在一个地点。作为一头优秀的斗牛，它那不可缺失的进攻精神就会白白浪费了，因此它不想进攻时，斗牛士要想和它做精彩的表演是根本不可能的。公牛在斗牛时也许会变成一头残废的牛，要是长矛手把长矛尖头插进牛肩胛骨里，或把长矛插进公牛脊柱骨中间的深处，而没有插到颈部的肌肉中，牛的脊柱骨就会因之受创，公牛会变成残废。要是短标枪手在长矛手刺的伤口处再把短标枪刺进去，由于短标枪扎得非常深，致使短标枪枪柄立在牛背上，而没有按规矩只用尖钩把牛皮钩住，挂在公牛脊背的某侧，也许公牛就会在短标枪手的手中致残。公牛致残的情况也会在它被短标枪手运用红披风调动时所完成的种种出色的技艺时出现。公牛要是被他们挑逗得接二连三地转身，会扭伤脊椎骨，腿上的筋和肌肉紧绷着，位于公牛后腿间的阴囊还会被他们抓弄，公牛因猛地转身、扭脖子而致残，没有用正规的方法就能让公牛自己用尽全力直率地攻击，让它疲劳。公牛的力量就会被他们破坏掉，公牛的勇敢精神也会严重受挫。可斗牛时要是正规去斗，公牛就会经历三个阶段，关于每个阶段的状态则因公牛各不相同的力量与特征而有所变化。因而进行到斗牛的最终时刻，尽管它变得迟钝可受伤不多，剑杀手在此时就会亲自挥动穆莱塔调动公牛，让它的疲劳达到合适的程度，再刺死它。

一定要把公牛弄迟钝的第一个原因是，这么做能够让它按规矩被穆莱塔引着跑，人可以调整、斟酌手法，主动按自己的构思增加危险性。换句话说，让自己处在进攻地位，而不只是被动防御、应对公牛攻击。第二个理由是这么做就能按规定办法用剑刺死公牛。用正规办法使公牛变得迟钝，同时公牛也不会上一直剧烈抖动的红披风的当，进而丢掉勇猛精神，伤害肌肉结构。想做到这一点，唯一的办法就是让它向马冲刺，因为冲刺那个目标它自己会拼尽全力，进而感到疲劳，其勇猛精神也未曾浪费掉，并不只是一直被耍被骗。要是一头公牛成功地朝马冲刺，并刺死或刺伤了一匹或几匹马，那它就会认为冲刺是有作用的。如果坚持这样冲刺，那自己的角又确定能捅到什么东西了，它进入斗牛阶段就能自信十足。斗牛士面对这种公牛时的表演可说是展现出艺术的高度，就跟风琴手在一个为他充好气的管风琴上演奏一样。管风琴要是难以应付的话，我们还能选汽笛风琴。我觉得这两样是音乐家使用现有的力量进行演奏的唯一乐器，他仅需在他选择的方向把这力量放掉，自己不用运用程度不一样的力来创造音乐。所以管风琴和汽笛风琴的演奏者能够拿来跟斗牛士进行比较。不积极进攻的公牛就好像没充气的管风琴、没有蒸汽的汽笛风琴。想要形容和这种公牛表演时，斗牛士的杰出明快的演技，那能够与其相对比的就只有演奏时自己还得给管风琴充气或自己还得给汽笛风琴烧蒸汽的风琴演奏者了。

任何一头公牛除了要在斗牛场上经历正常的身体和精神准备阶段外，还要在全部斗牛历程中经历状态和精神的波动。我最想看的，也就是最经常在公牛脑子里浮现的事，就是 querencia 的变动。一个 querencia 就是公牛在斗牛场内下意识地想达到的位置，是公牛总想去的位置，是个自然的位置，这个位置是人人皆知的、固定的。可是一个随机位置的意义就远不止如此了，那个位置是公牛和人竞技的过程中产生的，这个位置被公牛当作了自己的根本立足之地，这个位置往往并不是一开始就出现的，而是公牛在斗牛表演进行过程中在它的脑子里逐渐产生的。它感觉站在这个位置自己就像背靠着一堵墙一样。公牛如果站在这个位置，它会非常危险，想刺死它几乎不可能。如果斗牛士为了刺杀而进入公牛的这一位置，而没有把公牛赶出来刺杀，那他绝对会被公牛掀翻。这种观点的依据是，公牛要是待在它那个位置里，它完全是在防御着，它刺出来的角是回击而不是攻击，是反击而不是积极攻击。如果有相同的眼力和相同的攻击速度，回击通常都能把进攻击退，因为看到攻击来了，它就能躲开或挡掉。通常肯定是进攻者首先暴露了自己，不然要是反击与攻击的速度相同，那反击一定会起作用，因为进攻者必须尝试打开缺口，而缺口已经展现在了反击者的面前。在拳击界，基恩·腾尼①就是反击的代表，那些防御最久、被痛击最少的拳击手，也全是反击专家。就像拳击手回击对手的出拳一样，公牛处在它的 querencia 的时候，看见斗牛士挥剑就会用牛角回击。因为斗牛士没有先把公牛从它的位置赶出来再挥剑刺杀，所以很多人丢掉了性命，或者受了重伤。

　　所有的公牛跑进斗牛场中那条通道的门口，围栏挡板是它们在斗牛场中的自然的位置。选第一个位置是因为公牛熟悉那儿，那是它们最后一个熟知的位置；选第二个位置是因为它们背靠在那里会感觉踏实，它们认为站在那里就能够避免后背受到攻击。人们都知道这些位置，通常斗牛士都能利用这些位置。斗牛士心里清楚，在一个招式或一连串招式结束时，公牛也许很轻易就跑

①　基恩·腾尼（Gene Tunney，1898－1978），美国职业拳击运动员，世界重量级拳击冠军（1926－1928）。

向那自然的位置，它根本不会或不太会留心挡道的东西。所以，在公牛跑向那位置的半途中，斗牛士就能摆出一个早准备好的像雕像一样十分漂亮的姿势。这种招式非常有观赏性：斗牛士两脚合拢，直立在那儿纹丝不动，似乎看着根本不把公牛的冲刺当回事，偏要让公牛硕大的身体从胸前冲过，有时候公牛牛角差一点就从胸前擦过。但是，这种招式对于熟知斗牛的人来说只不过是个花招，一点实用价值都没有。这场景看着好像危险，但并非如此，实际上公牛一心只想赶到它的位置，人只是站在它的行进路线旁边而已。公牛此时在掌控着方向、速度和目标，所以，在真正的斗牛爱好者看来，这花招是不值一提的。因为真正的斗牛，并不是在杂技场里耍牛，人应该能逼着公牛按人的意愿冲刺，让公牛转弯，而不是直来直去，需要掌控公牛冲刺的方向，不应在公牛冲击时，只是在它冲过身旁时才摆个样子。西班牙人常说：torear es parar，templar y mandar。这句话的意思是，斗牛士在真正斗牛时应该站着不动，一手拿红披风，一边用手腕、手臂的摆动来调教公牛的速度，以此操控、指引公牛的冲击路线。有关其他的斗法，例如在公牛奔跑的正常路线的那个方向上摆出华丽的造型，不管动作多么华丽，那也不算真正的斗牛，因为那是牲畜在操控人，而并非人在操控牲畜。

在斗牛时，公牛头脑中可能浮现的位置通常就是它曾经高傲过的位置，比如它曾在那里杀死过一匹马，一头勇猛的公牛最常去的位置就是这种地方，如果在酷热天气时还会有一个十分常见的位置，那就是斗牛场内的任意一处洒过水的，阴凉的沙地。通常那会是地下管道出口的位置，比赛间隙时会从这里接一根皮管，朝场地上洒些水，把飞扬的尘土压下来，站在那里公牛会感到脚下阴凉。因为公牛能嗅到上一场比赛里马被杀死的带血腥味的位置，它会把那里当作自己的活动位置。没准还会是它刺倒过斗牛士的位置，也说不清有什么原因，也许就是因为站在那个位置它会感觉心里踏实。公牛在比赛的时候脑海里就已经有了找个地点的想法，这任何人都可以看出来。刚开始公牛会试探试探，然后会加大决心，最后，除非斗牛士已经留意到它的意图，并且有意阻拦它跑到自己已选中的地点，否则的话公牛就会一路跑向那里，站立在那个地点，背靠或者侧靠着围栏，绝对不踏出这个地方，这时就轮到斗牛士挥汗如雨了。他一定要把公牛赶离这个地点，可是这时的公牛完全是在防御，一点也不上红披风的当，还会用牛角挑红披风，绝对不进攻。接近公牛，让它觉得有把握把人掀翻，这是仅有的让它离开这个地点的办法，同时，把红披风快速地挥舞起来，或是把红披风扔到公牛鼻子下的地上，然后一点一点扯它，引诱公牛一步步远离它的地点。这种表演一点观赏价值都没有，可是很凶险，而且随着规定给斗牛士的十五分钟时间慢慢地流逝，每过一分钟他都会愈加愤怒，短标枪手的任务也会越发危险，公牛则更加不肯挪动了。可是，失去耐心的斗牛士最后若是说："好吧，它若是想死在那里那就满足它的愿望吧。"之后拔剑刺杀。若是如此，那说不定就是他最后的记忆了，不管他是否被刺伤，最后都会从空中摔落在地。那是由于公牛看见他过来会时刻紧密关注着，会挑刺红披风，会反击刺过来的剑，并且每次都是向人进攻。若是红披风、穆莱塔都无法引公牛离开它的地点，那有时候就要用烧着了的短标枪，从围栏后面插入公牛的屁股，让火在里面烧着，随后就会发出"噼里啪啦"的爆炸声，散发出黑火药和纸板燃烧的气味。我以前看见过一头公牛，它的屁股上插着噼啪直响的短标枪，由于被爆炸声吓到了，它就跑出了那个地点，也许就离开了二十英尺，随后又立即返回了原地点，它对斗牛士各种让它离开的办法压根视若无睹。万一碰到这种情况，剑杀手有权利使用对人伤害最小的方法杀死公牛。剑杀手可以先让短标枪手用红披风将公牛的注意力转移，之后自己从公牛头部经过绕半个圈到公牛的一侧，举剑向公牛刺去。他还可以用其他方法杀死公牛。可是，假如公牛很勇敢的话，剑杀手就得冒着生命危险去这么做。如此做的窍门就是迅速刺杀，而不是漂亮，由于一头公牛若是清楚如何使用牛角、不会因人的伎俩而离开它的地点，那么人在靠近它时的危险程度就好比靠近一条响尾蛇，没法与它表演斗牛。人根本就不应当让公牛守在这么一个牢固的地点上。在公牛最后稳妥地站在它选定的地点之前，人就应当动手将它赶至场中央，打破它那种背靠围栏有安全感的状态，将它引到斗牛场其他的地方。差不多在十年前，我看了一场斗牛，在那回斗牛赛中，六头公牛，每一头都有自己坚固的防御地点，不管用什么办法也不离开，它们最后也全都死在了那个地点上。那场参赛的斗牛是来自潘普洛纳的勇猛公牛。这种牛个头大，皮毛是红褐色的，四肢挺拔，又高又长，宽阔的肩，脖子上的肌肉很是粗壮，有让人心惊肉跳的牛角。它们是我见过的最漂亮的公牛，它们一进入斗牛场就全部选择防御。但你不能因这个说它们胆小，因为它们这是在负责地、尽心竭力地、特别聪明地护卫自己的生命，登场没多长时间它们就确立了自己的地点，站在那里纹丝不动。这场斗牛一直进行到夜幕低垂，没出现过一个出色或极具艺术性的时刻。整个下午，公牛护卫自己不被人进犯，人则在非常危险和困难的条件下试着杀死公牛。那场斗牛的竞技差不多可以与优秀的帕斯申德勒①战役相提并论，虽然把这商业性的比赛和一次战役相比并不恰当。当时现场还有一些第一次观看斗牛的朋友，我以前把斗牛的美、斗牛的艺术性等很多方面的知识详尽地给他们讲明。由于在库兹咖啡馆喝了两

---

①　比利时的一处地名。第一次世界大战时在此地发生过一次残酷的战斗，最终德国被英国和加拿大的联军击败。

三杯苦艾酒，因此话匣子打开之后，我就口若悬河了很久。分别前，他们每个都摩拳擦掌地想去看一场斗牛，尤其是这场斗牛。可是斗牛落幕后，没有一个人跟我说话，他们中有两个人看完后还很难过，其中包括一名我之前还希望他可以对斗牛有好印象的人。不过我自己倒看得兴致勃勃，对并不是胆小而仍旧坚持防御的公牛的心思，我知道得更多了。斗牛时这种情况是极少见的，之前整整一个赛季也没有在这一场中让我知道得多，假如下次还有机会看这种斗牛，我仍然会去。我还期盼到时上场的斗牛士没有一个是我喜欢的，其中也没有我的朋友。

任意舞动红披风，投放短标枪失手，因长矛着力点地点不对而损伤到脊椎骨或肩胛骨，都可能造成公牛自然疲乏过程中发生的破坏性的变化。除此以外，若是剑杀手故意向长矛手传达用错误方法使用长矛的命令，也会使公牛受伤，那它继续参加斗牛赛就不适宜了。会伤害公牛的方法主要有三种，可以毁坏它的能力，分别是：过度使用红披风，用长矛挑开大口子让公牛鲜血直流；以及长矛刺得太深使脊柱受损；或者刺得太偏伤及肩胛骨端部。这些都是剑杀手的帮手服从他的命令，有意去伤害公牛造成的，剑杀手只要碰见让他害怕的公牛，他们就会如此。也许是因为公牛个头太大，速度又快，又或是体格太健壮让他们恐惧了。倘若由于这三种情况而恐惧，他们就会吩咐短标枪手和长矛手先对公牛造成伤害，这种吩咐通常是没有必要的，其实长矛手理所当然地就会伤害公牛。除非剑杀手觉得心里非常有把握，想让公牛保留实力，自己可以与它斗几招，以显示自己的不一般的能力，为脸面增光的时候，他才会对帮手说："帮我细心照顾这头公牛。别让它累着了！"只是一般在斗牛开始前，长矛手和短标枪手都心里都有数，他们要拼尽全力把公牛弄伤，即使与剑杀手给的指示相悖都能够不予理会。纵然这些指示往往都是言辞激烈，信口谩骂地说的，但那也只是说给观众们听的。

公牛不仅身体上会被蓄意伤害，还会有难以估量的心理创伤。身体上的蓄意伤害使公牛没办法配合斗牛士做出色的表演，这么做的唯一目的就是让剑杀手杀死公牛，让它尽量死得快些，而短标枪手拙笨的手法会造成难以估量的心理创伤，面对公牛，短标枪手拿着短标枪，他们这时的责任是尽力把短标枪扔出去，挂在公牛的脊背上。短标枪手因胆小造成投掷短标枪的失误率是百分之八十，这也许会延误时机。公牛此时的心理被搅乱了，被破坏了，开始变得紧张、暴躁，斗牛的程序也被破坏了。有些公牛因为有了追逐不带武器、不骑马的人的经验，也就把这么一个小心保存的经验不足的优点弄没了。

像这样投掷短标枪常常失误的，一般都是些四十岁到五十岁之间的人。剑杀手的小组成员中留这么一个短标枪手，是用来作剑杀手的亲信的。由于他的成熟老成且正直坦率，再加上十分熟悉公牛，他才会被留下。他可以代表剑杀手去筛选公牛并抽签，同时还是剑杀手在碰见技术问题时的亲信顾问。但是，鉴于他已年过四十了，两条腿都迟钝了，其他人都不敢相信在公牛追赶时，他这两条腿还能发挥作用，保住自己的老命。因此，一头难以对付的公牛假如由他来投掷两把短标枪，这位上年纪的短标枪手就显得十分小心谨慎了，到底是慎重还是胆小谁也说不好。倘若投掷短标枪有了失误，那就把他自己熟练、周到地舞动红披风技艺时产生的影响全都破坏了。可若是不让这些谨慎、年长、慈祥但两腿蹒跚的老人投短标枪，而只让他们留在队中，舞动他们的红披风，发挥他们脑袋里的经验，那么斗牛表演也能变得更加出色。

在斗牛比赛中，投掷短标枪的阶段是最损耗体力的一步。倘若有别人替某人先与公牛有过一番较量了，那他就能站着等公牛向他跑来。即使他是一个连从斗牛场的两头都跑不完的人，也可以掷出一对或两对的短标枪。不过投掷短标枪需要有稳定牢固的技术，自己要主动先找公牛角逐一番，之后再按规定刺入短标枪，那对灵便的腿脚和强壮的体迫都是有要求的。换言之，一个剑杀手能够不投放短标枪，但他却能按照规则使用红披风和穆莱塔去斗牛，纵然在牛角戳伤两条腿而行走不便，无法跑到场地对面了，而且身体也许已经到了肺结核的晚期，但仍然可以刺杀得非常好，因为，一名剑杀手绝对不能随意乱跑。只有在投掷短标枪时，想要公牛配合完成这一切动作，他应当拥有一些能力，乃至还可以让公牛配合着完成把剑刺入它体内的动作。有人问四十多岁的加利奥，都会有哪些锻炼，他回答说他会抽哈瓦那雪茄。

"兄弟，我锻炼身体做什么？我要力气有用吗？公牛锻炼得可多了，它的力气多的是！我已经四十多岁了，可每年参赛的公牛都是四岁半到五岁。"

他是一名出色的斗牛士，是第一个承认恐惧的斗牛士，在加利奥之前，承认恐惧都会被人们看作是非常可耻的，可是加利奥觉得恐惧时，他会抛掉手中的穆莱塔和剑，惊慌地越过围栏。一名剑杀手是一定不能临阵脱逃的，但若是一头公牛用古怪的样子盯着他，好像能把他的底细看透似的，那他说不定就会逃跑。若是公牛用不同寻常的眼光盯着他，他就拒绝刺杀，这样做的他是第一个。在他被他们投进监狱里时，他说那样做是最好的："我们斗牛士的生活都很倒霉。如今我是头一回过这么舒坦的日子，他们会谅解我的。"

现在他已经快到知命之年了，可还在举行告别表演，他的告别表演比帕蒂的都多。他在塞维利亚举行了首次正式的、最后的告别表演。他特别感动，他要把自己斗牛生涯结束时刺杀的最后一头公牛送给某人时，他决定把这最后一头公牛送给他的老友塞尼奥·富勒诺。他拿下帽子，露出一颗黑乎乎、光溜溜闪着光的秃头，他说："我幼时的好友，我早年斗牛时期的保护人，最有名的业余斗牛爱好者，富勒诺，我要把我作为斗牛士一生最后要杀死的一头公牛，献给您。"只是他刚刚说完，就看到了另一位老朋友，一名作曲家的容貌。他沿着木板围栏走过去，面对老朋友，抬起了头，两眼湿润，说："啊，好朋友，您是西班牙音乐领域的伟大荣耀，我要把它，我作为斗牛士，最后要刺杀的一头公牛献给您。"可就在他转头走开时，他又看到了木板围栏处不远的地方坐着的安达卢西亚最出色的公牛杀手之一，老阿尔加贝诺。他停下脚步，转过脸说道："我的老伙伴，刺杀公牛您是轻而易举，您是我清楚的最出色的公牛杀手，我要把我斗牛生涯的最后一头公牛献给您。请您留意我的动作，看看能否不辱没您的名声。"说完后他就让人钦佩地转过身来，向那头站立不动盯着他看的公牛走去，经过一番仔仔细细地察看后，他对弟弟何塞利托说："何塞，换你上场。你来替我和它比试。我很讨厌它看人的那种样子。"

就这样，他在头一回也是最出色的一回告别表演上，作为一名斗牛士，他一辈子最后刺杀的一头公牛是由他的弟弟何塞利托替他完成的。

我最后一次见他是在巴伦西亚，他离开西班牙去南美之前。他那样子就像只老蝴蝶，一只十分老的蝴蝶。与已经四十三岁的他相比，我见过的斗牛士，不管年龄大小，都没有比他都更加洒脱，更加英俊，更加合心。他那种英俊并不是很上相的英俊，相片上的加利奥一向都不好看。这也不是年轻人的那种洒脱，而是一种经久不衰的东西。你看他在与一头褐色的孔查·西拉大公牛较量时，就跟弹古钢琴一样灵动。此刻你看着他，心中清楚，如果一头公牛真杀死了他，而你还亲眼看到了，那不用再看更多的表演，你对斗牛的了解会达到更深的程度。何塞利托的死证明了一件事——谁也不能在斗牛场上安然无恙，他的死是身体肥胖造成的。由于贝尔蒙特专门搞悲剧，因此他的死，要怪也只能怪他自己，你见到的新手斗牛士的死都是因为经济情况，而在斗牛领域，你的好朋友也可以了解职业病造成的死亡。加利奥在斗牛场上死去既不是什么嘲弄，也不是悲剧，因为其中不存在高尚的成分，加利奥太胆小，对他来说高尚压根谈不上。对于死的观念他从不认同，就连何塞利托死后，加利奥也没去小教堂同他的遗体告别。杀死加利奥并不是件有趣的事，而且证明了斗牛的错误，并不是在道德上，而是在审美上。加利奥为斗牛做了一些事情，同样他也为所有赞赏他的人做了一些事情。他也许是拉了斗牛的后腿，可格里塔比他更过分。不容置疑，假如贝尔蒙特是现代风格的斗牛之父的话，那加利奥就是现代斗牛之祖。他不会同卡冈乔那样不要自尊，他只是勇气不足，头脑简单罢了。不过，他作为斗牛士是十分了不起的，特别有把握的。他越过木板围栏是因为发现危险后的惊慌所致，绝对不是一定要这样。在惊慌之中的加利奥与公牛间的距离仍然会比大多数斗牛士可能发生悲剧时还要近，他美丽而优秀的斗牛动作特别灵巧；可与存留于埃斯科里亚尔①的精美的古代墨西哥羽制工艺品相提并论。若是把鹰颈部的羽毛拽乱了，再也不能恢复了，你清楚那是什么罪吗？那就是同杀死加利奥一样的罪行。

---

① 埃斯科里亚尔，是西班牙首都马德里附近的一个大理石建筑群，始建于十六世纪，内有教堂、陵墓等。

第十四章

斗牛士所追求的完美，就是他期待公牛从斗牛场的牛栏登上斗牛场中之后，始终都是笔直向前进攻的，而且每次进攻完之后，还会主动转过身来再次笔直地向前冲去，就像跑在轨道上向前直冲一样。斗牛士总会期盼这种公牛的出现，只是，三四十头这种公牛里说不定也就能发现一头。斗牛士将它们叫作双程型公牛、往返型公牛，又叫作 carile，即轨道型公牛。而那些压根就不可以控制难以应付的公牛也没学会如何纠正公牛的缺陷的斗牛士，在斗平常公牛时，只是防御罢了。若想让他们使出精湛的技艺，只有遇见向前直线冲击的公牛才可以。这些斗牛士从来没有经过斗牛培训的时期，他们始终都没有学会斗牛，只是在斗牛时，公牛的攻击正符合他们意愿，并在马德里出名过一次，又或是在外省斗过几次牛，才成为了剑杀手。他们有技术，有特色，但是他们没有 metier①。由于自信是产生勇气的源泉，因此他们一般会因使用这门技艺不到家而被吓倒。他们的胆小也并不是生来就有的，不然他们也就不会做斗牛士了。他们胆小的原因是处在不了解、缺乏经验，或没经过斗牛培训的情况下，一定要面对很难应付的公牛，而且在他们斗的十头牛里，可能适宜他们心意以及清楚该怎样去斗的公牛一头也没有。因此，大多数时候，他们只守不攻，没有经验，害怕犹豫，斗法令人生厌，让人看着很不满意。你若是看到他们斗的是符合自己心意的公牛，你会觉得他

---

① 法语，意为：特长。

们很出色，很非凡，又大胆，手法又精湛。他们有时沉着冷静地应对着公牛，与公牛靠得那么近，几乎令人难以置信。可若是你每天都去看他们登场，万一遇到一头有些挑战性的公牛，那就展示不出一次合格的表演。你也就会怀念曾经训练有方的斗牛士时代，蔑视那些所说的天才和骗子。

现代斗牛技艺的主要问题是，它已经变得太绝对了。如今要离公牛更近，动作要缓慢，斗牛士彻底不能防守，身体又不许移动，才能完成这一动作。只有找一头基本上全部符合自己要求的公牛，才能完成这一动作。能不异常完成的办法只有两个：一个是只有何塞利托和贝尔蒙特这种有天分的斗牛士才能应付这种公牛。因为他们有技术来掌控、来操纵，他们能将自己卓绝的反应能力化作防御，他们一有机会就会使用自己的技巧。另一个就是只能等一头完全符合条件的公牛或按自己要求挑选出的公牛来配合完成这一动作。

也许除了三个人以外，现在的斗牛士都得期待他们想要的公牛，或是用尽办法去拒绝很难斗的公牛，或者是选一头非常符合自己条件的公牛。

我还记得在一九二三年，潘普洛纳举行过一场斗牛赛，参赛的公牛来自比利亚尔。它们和我曾经见过的公牛都一样的勇敢、敏捷、凶残，也不停地进攻，绝不停下防御，这种公牛是很适合斗牛的。它们身躯庞大，却不沉重，而且牛角也都特别粗壮。但是斗牛士对比利亚尔培养出的这种优良品种并不喜欢。是好品种，可他们认为所有优点都好过头了。之后这种牛到了另一个人手里，那人为了让斗牛士都喜欢，着手改良牛的特点。一九二七年，我见到了改良后的首批公牛。这种牛像比利亚尔牛的模样，可体格稍小，牛角也没原来粗壮，而且保存了十分勇敢的特点，一年过后牛的体格又变小了些，牛角又缩小了，勇敢程度也被削弱了。去年时，这种牛的体格又变小了，牛角没什么变化，却丢掉了牛的勇猛。改良会造成缺点，正确地说是造成欠缺，让斗牛士喜欢接受这种公牛牛种，以达到和萨拉曼卡固定培养的公牛竞争的目的。这样一来，之前参赛的品种优良的公牛消亡了，绝迹了。

你欣赏斗牛若有很长一段时间之后，就会看到很多各具特色的斗牛了。若是于你来讲，斗牛还是有意义的话，那你迟早会被迫树立一个清楚的斗牛立场和主张。一种是你坚信有真正的公牛，纯正的斗牛，并期盼优秀的斗牛士学会如何斗牛后，可以更加优秀，例如马西亚尔·拉兰达，也期盼会出现一个可以同贝尔蒙特一样打破正统规定的杰出斗牛士。另一种是承认现代斗牛节的现状，这些斗牛士你全清楚，他们的主张你也明白。在生活中，每一回都可以为失败找到符合情理的借口。你会让自己换个角度，替斗牛士想想，假如斗牛士没有驾驭好公牛，结果出了意外，你便不会怪罪他们，你也会同他们一样等他们想要的公牛出现。如果你这么做了，你就是个罪人，与那些靠斗牛谋生，又将斗牛毁了的人没什么不同。因为那些人有你的钱财资助毁了斗牛，所以你的罪更严重。可是你有什么办法呢？你是不是不应当进斗牛场呢？不进斗牛场，就好比割掉鼻子，与自己赌气。你若是觉得斗牛好玩，你就有权利去看，你可以反对，可以表达，你也可以跟其他人说他们是多么蠢笨，即使在斗牛场中有很多反对声，也是用得着的，可是这些都没什么用处。但有一件事你可以做，那就是辨别是非，对新事物得敏感，可不能让新事物的出现含混了你的标准。纵然是很糟糕的斗牛表演，你也可以继续去观看，但是不能看了不好的斗牛表演还说斗得好。作为一名观众，你一定要有甄别能力，能清楚哪些是有好处和有价值的比赛，也是实质性的，而不是动作花哨的。假如斗牛士无法用花哨的动作来应付公牛，那对于他的技艺和刺杀，你一定要有甄别能力。偶尔一个斗牛士会强过他的观众，可这并不能长久。若是观众想要点把戏，不喜欢诚实，那他们立即就可以见到玩起把戏来的斗牛士。假如一名真正杰出的斗牛士入场了，而且他始终坚持真诚，既不耍弄把戏，也不故弄玄虚，那他入场后，在观众席里一定会有一批可为之竭尽所能的观众。假如这么说酷似一个基督教的活动计划，那就请准许我再说一句，我确定若是礼貌有加的反对一点作用都没有，那就把大小各异的垫子、面包、橘子、蔬菜，各种各样的小的死动物包括鱼都扔出去。倘若有必要，就把玻璃瓶扔出去，只要不扔到斗牛士的头上，偶尔还会在斗牛场放火，所有这些都是可行的。

批判家的见利忘义并不是西班牙斗牛的主要弊端之一，即使这些批判家在马德里日报上发表文章就能创造一个斗牛士，至少也是可以创造一个短期的出来。这并不是主因，因为这些批判家用来生活的经济来源是剑杀手给的钱，因而他们的看法跟剑杀手的看法完全一样。马德里的批判家们的看法不可以再发到马德里的通讯里。在编辑外地记者的报道时，他们不能只赞美斗牛士，只恭维斗牛场上人的技术，不能歪曲事实，因为看马德里斗牛报道的读者，同样也是斗牛场大看台上的核心观众，他们亲自欣赏过斗牛。可是在他们的所有解说中，他们对公牛和斗牛士的所有议论，都受到了剑杀手的影响，全部被送红包的剑杀手的看法决定了，斗牛场内保管剑的人承担替剑杀手送红包的任务，那是一个信封，里面装着一百或二百比塞塔的钞票或更多的钱，还带着一张名片。保管剑的人把红包送到马德里每家报社的评论员手里，信封里的钱由报纸和评论员影响力的不同决定。最诚实和最正直的评论家也不会拒绝红包，但剑杀手并没期盼批判家将他的失败曲解成胜利，也不希望他们在报道中只说好事不说坏事。剑杀手送红包不过是想向他们表示尊重，你要记在心里，这是个讲究尊重的国家。可是由于剑杀手送的钱是这些批判家的重要生活来源，因此他们心里就把剑杀手的看法和利益记了下来。这一立场很好明白，而且还是完全合理的公正立场，因为冒着生命危险去拼的并不是看台上的观众而是剑杀手，可若是观众对剑杀手是否违反斗牛规则，实行斗牛标准毫不在意，对不阻止作弊，而且看斗牛不付账，那不用多久，职业斗牛很快就没有了，剑杀手也会随其消亡。

斗牛节可否顺利举办，公牛在一定程度上有着关键性作用。若是大家，也就是所有花钱买票的观众，都期待看到身躯庞大的好公牛，可以让比赛显得庄严的公牛。四到五岁的公牛，基本上是成熟的，有充足的体力的。能够完成比赛的三部分的并不是都得是身躯庞大、肥胖的公牛或牛角粗壮的公牛。只要它无缺陷、成熟就好，假如观众有这种要求，那公牛喂养人就一定要在牧场上把公牛养到一定个头时才能卖出去。而对斗牛士来说，必定得接受送来的任何公牛，并学会与它们较量。一些斗牛士因为技艺不熟造成跟这些牛比赛失败而遭淘汰，那时可能有笨拙的表演，只是斗牛节最后会因此而更完美。斗牛节的主要因素是公牛，一般酬劳最高的斗牛士想方设法想要毁坏的也是公牛，若是把公牛的个头、牛角改良得小一些，那参赛公牛的年龄也得尽量减少，只有那些排名靠前的斗牛士才有资格提条件。那些没本领的斗牛士和学艺的人，只能接受对著名斗牛士们不要的体格硕大的公牛，这就是剑杀手为什么死的会越来越多。那些能力平平、刚开始学习的人，还有那些技艺不精的人，在死在斗牛场上的人中占了很大比例。因为他们打算用斗牛明星的招式去斗，而且观众也要求他们这样做才造成了他们的死亡。可是，他们这么做是迫于无奈的，若他们想要以斗牛谋求生活的话。明星们不要的，或是那些明星们认为太危险、肯定不会斗得精彩而绝对会拒绝的公牛，如今被硬给了他们，让他们去应付。很多特别有后劲的斗牛新人被杀死、捅伤，便是因为如此。可是，斗牛士学艺有恰当的期限，学艺的人又很幸运的话，那最后，还是会有一些杰出的斗牛士产生的。一名年轻的斗牛士，若是开始训练斗牛时用的是一两岁的公牛，训练过程中又得到妥帖的保护，只用小公牛跟他较量，那在与体格硕大的公牛斗时可能毫无招架之力。这就像对准靶子射击和向一头危险的野兽开枪或冲同样对准你的敌人开火一样。但是，一名接受斗牛培训的人，若是已经先和一两岁的小公牛练习过，把非常纯正的斗法掌握了。之后他参与见习斗牛赛时，马德里斗牛场组织者并没有给他保护，在进行这些比赛时对付体格庞大的、别人不要的，有些还有缺点、特别危险的公牛，经历种种磨炼，因而技术日渐熟练，对公牛更加熟悉。如果牛角还没把他的豪情、他的胆子捅跑的话，那他将会得到一名斗牛士所需要的最完美的教育。

曼努埃尔·梅希亚斯，又叫比温尼达，是一位老成的斗牛士，他让他的三个儿子用一两岁的小公牛练习，把他们培养成了技术十分娴熟、全面的小斗牛士，即使西班牙国内的儿童斗牛法规定他们不可以入场表演，两个大孩子还是以只斗小公牛的神童斗牛士而扬名于墨西哥城、法国南部和南美的斗牛场。大儿子马诺洛长到十六岁时就成为了一名成熟的斗牛士，越过了儿童斗牛士只斗一两岁公牛的时期，也没有经历小斗牛士的各种磨炼，直接被培养成为正式剑杀手。这位父亲自认为只要儿子成为一名正式的剑杀手，就不会遇到体格庞大并且特别危险的公牛了，可若是还当一名见习剑杀手，那就必须面对了。他认为成了一名正式剑杀手就可以多赚些钱，假如在与成熟的公牛较量时，耗光了他的热情与胆子的话，那还不如活一天就尽力多挣一天大钱更好。

这孩子头一年没有成功。从斗年幼的公牛到斗成熟的公牛转换，公牛进攻速度的不同令他背负了更多的事情，总之，只要他的生活中不断出现死亡阴影，他的风格和孩子气的美姿就会消失。他有困难要解决，他心里有着自己的责任，想在场上表现一场出色的斗牛表演，这种明显有问题要解决的状态，人们马上就能看出来。但是，由于从四岁起他就开始接受训练了，心中十分清楚斗牛时应该如何表现每一个规定动作，他的斗牛基本功非常扎实。因此在第二年，成熟公牛的难题已经被他解决了，并在马德里连胜三场。去其他省份时，无论公牛是什么品种，体格怎样，多大年龄，他都可以对付，每到一地都可以成功。他并不会因看到公牛体格庞大而畏缩，他清楚怎样纠正公牛的毛病，怎样控制它们，在斗最大的公牛时，他也可以完成很多种招式。那些招式确实好看，是那些消极派的斗牛士遇到体格、力量、年龄和牛角都不达标的公牛时也许才能完成的招式，或者说他们碰见这种公牛才愿意尝试去做的招式。按规定杀死公牛是他未曾尝试做过的一件事，但所有其他招式都展示得很好。一九三〇年时，他被大肆宣扬成救星，可必须先测试一件事才能对他作出评价，那就是首次被牛角捅伤。所有剑杀手，在他们的职业生涯中，迟早都会被牛角捅伤，这是特别危险、特别痛苦、特别靠近于死亡的伤害，而一名剑杀手若是还未曾受到过第一次的创伤，那你对他的评价就不会是永久性的。因为不管他当下有多少的勇气，你不清楚第一回受伤会对他产生怎样的影响。可能一个人可以和公牛一样勇敢接受任何危险，但是以他的胆子，他依然不能冷静面对这样一种危险。斗牛一旦开始了，倘若一个斗牛士一定要鼓足勇气才可以平静下来，才可以将危险扔在一旁，才可以镇定地看着跑过来的公牛，那他也就成为不了一个成功的斗牛士了。看强行振作进行的斗牛是很不痛快的，这种斗牛没有观众想看。他们花钱想看的是公牛的悲剧，而不是人的悲剧。何塞利托刺死了一百五十七头公牛，却只被公牛戳伤了三回，可是第四回他死在了公牛角下。贝尔蒙特在他每个赛季老是受伤几回，可没有一回伤痛挫伤他的勇气，他的斗牛激情从没有减弱，他的反应能力也没受到影响。我期盼小比温尼达永远不会伤在牛角上，可若是本书出版时他已经被公牛捅伤了，而且并没有对他造成什么影响，那时才是谈论何塞利托继承者这个问题的恰当机会。照我的看法，我认为他不会是何塞利托的继承者。确实，他的风格是成熟的，而且除刺杀之外，一切技艺都是炉火纯青的。可归纳他所有的表现来说，我总觉得有种在剧院看戏的感觉。在许多地方，他的技艺是在玩把戏，他的把戏与过去看到过的比起来更加精巧，也更漂亮，看着十分舒缓快乐。但是我特别担忧，这种舒缓快乐会被头一回严重受伤吓跑，耍弄把戏将会愈加轻易被发现。老比温尼达头一回被牛角捅伤后，就跟帕尔玛一样失去勇气了。可是在培训斗牛士方面情况也许和培养公牛相似，他的勇气承继自母亲，遗传了父亲的风格。现在就确定他以后会丧失勇气是特别不好的，不过我上次看比温尼达斗牛时，这位大肆宣扬的救星的笑容十分牵强。若是让我作一个推断，我只能说，我不觉得这位救星最后可以成功。

　　马诺洛·比温尼达在一九三〇年是当地的斗牛救星，可在一九三一年，又有一位新的救星出现了：多明戈·洛佩斯·奥尔特加。为了宣传，他在巴塞罗那的登场表演，花了很多钱，那儿的批判家写道，奥尔特加的事业就是接着贝尔蒙特未完成的事业开始的。他把贝尔蒙特和何塞利托两人技艺的精华融为一体，回顾斗牛的所有历史，还从没出现过像奥尔特加这样的斗牛士，也未曾有过一个能够这样高明地把艺术家、操纵者、杀手集于一身的人。人们对奥尔特加的印象并没有像那些胡乱吹捧的文章里说的那样深刻。三十二岁的他以前在卡斯蒂利亚的村落里，尤其是托莱多周围的村落里斗了几年牛。他出生在一个不足五百人的小镇，那个地方位于托莱多和阿兰胡埃斯之间的干旱区域，名叫博罗克斯，他的外号就是博罗克斯乡巴佬。一九三〇年秋，他在马德里一个二等斗牛场特图安表现优异，斗牛场当时是由一个叫多明戈·冈萨雷斯，别名多明吉的前剑杀手指示、成立的。多明吉把他带去了巴塞罗那，在赛季结束以后，将那里的斗牛场租了下来，组织了一场斗牛赛，让奥尔特加与人称墨西哥屠夫的一名墨西哥斗牛士联合进行表演。说到斗小公牛，他们两人的成绩都很好，在巴塞罗那的那座斗牛场接连引发三次轰动。由于在冬天时，多明吉挖空心思安排了新闻和宣传活动疯狂宣扬，奥尔特加的形象被精心树立了起来，他终于在一九三一年巴塞罗那斗牛赛季进行之时成为一名正式剑杀手，在革命①爆发开始时我就来到了西班牙，还在咖啡馆发现他和政治是当时人们议论的热门话题。马德里的报纸每晚刊登的都是他在外省接连获胜的短评，可他还未在马德里的斗牛场表演过。多明吉为奥尔特加花了很多钱进行宣传，奥尔特加每晚都是晚报里的英雄人物。他在外省斗

---

① 一九三一年西班牙阿方索十三世（Alfonso XⅢ, 1881—1946）王朝被推翻，西班牙建立了共和国，阿方索十三世在一九三一年四月十四日流亡国外，至死未回本国。

牛，托莱多是其中离马德里最近的，可是我打听到在那儿看过他表演的、特别在行的业余斗牛爱好者对他的评价是毁誉参半的。可是大家都认同他的一些招式完成得的确很出色，不过那些对斗牛了解得很深的业余斗牛爱好者却说，他的技艺没法让人真心服气。五月三十日，我与刚结束在墨西哥一场宣传活动就来到马德里的锡尼·富兰克林结伴去阿兰胡埃斯看这位传说中斗牛士的表演。他简直糟透了，马尔西亚尔·拉兰达耍弄他就跟耍维森特·巴雷拉一样轻松。

奥尔特加在那天表现出他的沉稳和很好的缓慢舞动红披风的技艺，他把红披风放低，引导着公牛奔跑。他把阻拦公牛正常奔跑路线的技艺表现了出来，两手舞动穆莱塔，诱使公牛突然转身，十分有效地挫伤了它，他还用右手完成了一个漂亮的舞动红布的单手招式。直到真的靠近公牛的时候，他又做出一个侧身动作很是漂亮，随后站定，动作利索、手法精巧地挥剑杀死了公牛，却并不是像先前宣扬的那样要傲慢地做刺杀准备。除此以外，他只能算是无知、装模作样、只会用右手、傲慢和花架子，很明显，他看过报纸上是怎样宣扬自己的，而且还相信了。

从长相上看，除了动物园的猴子之外，再找不到比他的脸还丑的人了：他身材俊美、成熟，但是关节粗大，还带着像时尚演员那样的洋洋自得。希尼清楚假如是他上场会表演得更加出色的，因此在回家的路上，他坐在汽车里只说奥尔特加的错处。我想不带任何成见地对他作出评价，因为我知道不能用一场表演对斗牛士进行评判，因此他的优点和他的缺点我都牢记下来，并对他保持足够的清醒。

当天晚上，我们回到酒店时晚报已经到了，它再次刊登了关于奥尔特加又一次取得巨大成功的报道。实际上，在他斗最后一头公牛时，场上的观众已经发出一片的起哄声，而且开始讽刺他了。可是在《马德里先驱报》上我们看到的是，他取得巨大成功后割了公牛的耳朵，围绕着他的观众抬着他走出斗牛场。

我后来又在马德里看了一场，他作为正式剑杀手的正式表演。他的情况和在阿兰胡埃斯时一模一样，只不过他已经忘掉了快速刺杀公牛的窍门。他在马德里也有两场表演，可并没有表现出报纸上宣传的精湛技艺，另外，起初他不断给人一种畏缩的感觉。他在潘普洛纳的表演太糟了，让人憎恶。他表演一场的酬金是二万三千比塞塔，可他的表演却无可取之处，显得愚昧、俗气、无聊。

胡安尼托·金塔纳是业余斗牛爱好者之一，在北方很有名望，他写信到马德里与我谈及奥尔特加，他说奥尔特加到了潘普洛纳，他们都十分高兴，还跟我说要多少钱，他的经纪人才同意奥尔特加出场。他想看奥尔特加表演的心情非常迫切，而我说过的关于他在马德里及其周围地区让人失望的表演的话，只不过暂时让他觉得灰心罢了。但是我们就去看了一回，他就感觉特别灰心，当我们看了三回之后，胡安尼托连奥尔特加的名字也不想听了。

我在夏季，又看过他几场表演，可是他在场上的一切举止，能算好的不过仅有一次了。那是在托莱多，斗的公牛是仔细挑选的，牛都很小，也没有攻击性，因此他在场上的所有表演都得打些折扣。他表现好时，指的是说他运动不足，还有不一般的沉着。他最优雅的招式是双手舞动红披风，是为了阻拦公牛并逼它急速转身。只是，由于他玩这一招玩得最出色，因此他把这一招重复了一遍又一遍，对所有牛都这么做，不管公牛是否需要这样对待，造成公牛的体力不支，无法继续其他的项目了。他右手舞动穆莱塔，朝公牛欠身，招式特别优美，可是他没有把这一技艺和其他动作相连接，而且直到现在他都不太会用左手做出有用而正常的招式。对于在公牛的牛角之间迅速转身他特别擅长，可事实上，这无聊透了，而且他还总喜欢耗费时间做那些俗气的招式，以此来替换斗牛时的危险动作。当斗牛士清楚观众足够愚昧并不会拒绝他时，他就会如此做。他有足够的胆量、力气和体能，我的朋友都对我说，他在巴伦西亚表现得的确非常出色，还说假如他年纪再小一点，并且谦虚一些，若是可以学会使用自己的左手，那他肯定会成为一名优秀的剑杀手。他是可以同罗伯特·弗茨西蒙斯那样，抛开所有年龄标准而仍可以这么做，但是作为救星他是不够格的。原本我是不想用这么多文字描述他的，但是他刊登了上千条专栏，在宣传方面开销很大，而且有一些还写得很巧妙。我清楚假如我本人不在西班牙，只靠报纸上的报道了解斗牛的情况，我说不定真会正经对待他呢。

一名同何塞利托有同样优点的斗牛士，也因得了性病而失去了他的遗产。另一位因其他的斗牛职业病而死，第三位因尝试他的勇气，受到头一回牛角伤害而变得懦弱。在这两名新的救星中，奥尔特加没办法让我折服，比温尼达也不可以，可我期盼比温尼达更幸运些。他受过优良的培训，是个可爱而谦虚的孩子，而且他正处于艰难困苦的时候。

老太太："你老是一边期待人家运气好些，一边又说他们的不是，我觉得你的指责对他们来说太严厉了。小伙子，关于斗牛你说了这么多，写了这么长，可你自己依然不是一个斗牛士，这是怎么回事呢？倘若你非常喜欢斗牛，还觉得自己对它一清二楚，那你为什么不做这个工作呢？"

"太太，我试过最简单的部分，可失败了，我年纪太大，身体笨重，动作不灵活。而且我身材不行，该灵活的地方都很死板。在斗牛场里，我明显会成为公牛的目标或人形活靶子了。"

老太太："难道公牛不会狠狠伤害你吗？你为什么还可以活到现在？"

"太太，牛角尖都被裹好了，或者是被磨钝了的，否则我的肚子早就被捅烂了。"

老太太："原来你是与牛角被裹好的公牛较量啊。我还认为你挺厉害的呢！"

"太太，说斗牛有些夸大了。不是我在斗公牛，而是公牛把我掀翻了。"

老太太："那你以前斗过没裹牛角的公牛吗？它们是否让你受了重伤呢？"

"我以前在斗牛场应付过这种牛，虽然没被伤到，可因为我动作笨拙脚下打绊，撞上了牛鼻子，就死死抓住两只牛角，就像古画'万古磐石'① 里的人那样满怀热情，紧抓不放，最后也受了不少伤，观众们看到都大笑起来。"

老太太："那公牛会怎么对你呢？"

"假如它力气很大，就可以把我甩出很远。如果它甩不掉我，我就趴在它脑袋上，任它边跑边晃，等到别的业余斗牛士拽住牛尾巴。"

老太太："你说的这些是有人看见吗？还是你这个作家胡乱说的？"

"看见的人成千上万，但是说不定已经死了很多人了，因为他们不加以控制地大笑，造成五脏六腑的损伤。"

老太太："你不干斗牛的原因就是这个吗？"

---

① 即耶稣基督。

"我决定不干斗牛是因为我觉得我的身体不行，我的朋友们也都好心劝我，并且实际上随着年龄增长，想要高兴地走入斗牛场已经变得越来越不容易了，除非喝了几杯苦艾酒之后。酒增加了我的勇气，可也让我的反应有些走样了。"

老太太："如此一来，我看你已经不准备踏入斗牛场了，甚至连一个业余斗牛士都不算。"

"太太，没有什么决定是一成不变的，但是随着年龄的增加，我觉得我一定要越来越多地把注意力放在文学创作上。其他人对我说，由于有了威廉·福克纳先生①的出色作品，出版商现在什么都会出版了，甚至不会让你把作品中的文章删去。我希望把我年轻时在这个地方最好的妓院里度过的日子写出来，还有在那里结识的最英俊的朋友。我会把这个题材保存，直到我老了时再写，那时因为时间长了，我就可以把它看得很清楚。"

老太太："这位福克纳先生很擅长写这种地方吗？"

"尤其出色，太太。福克纳先生写得非常好。和这么多年来我读过的作家相比，他是写得最好的。"

老太太："那我有必要买一本他的书。"

"太太，看福克纳的书是个好决定，他出书很快。你刚买到他的书，他的下一本书又会出版了。"

老太太："假如他的作品同你说的一样，那怎样也不嫌多。"

"太太，你把我要说的话说出来了。"

---

① 威廉·福克纳（William Faulkner，1897–1962），美国小说家、美国"南方文学"流派的代表人物。《喧嚣与骚动》（1929年）是他的代表作。

第十五章

　　红披风原来在斗牛中，是用来抵挡危险的公牛的。当斗牛节正式固定下来后，公牛出场时红披风就被用来迫使它不断跑动，在长矛手摔下马时，把公牛引开，把它引到另一个对付它的进攻的长矛手面前，把它引到短标枪手投放标枪、剑杀手准备刺杀的位置，还有当斗牛士处境危险时扰乱它的注意力。斗牛的所有目的和高潮就是最后的举剑刺杀，就是水落石出之时，而红披风原则上来讲是个辅助工具，用来让公牛跑动和为了协助准备最后时刻的。

　　在现代斗牛里红披风已经变得越加重要了，运用起它来就会更加的危险，而之前的水落石出的时刻，也就是刺杀，反倒成了很难弄明白的事了。剑杀手们勇往直前，担负起从长矛手和他的马身旁引开公牛，以及在公牛攻击了人和马之后守护他们的任务。阻止袭击人和马的公牛并把它引入场内，之后把公牛稳定在也许会向下一位长矛手进攻的位置，斗牛的这一情景叫作 quite，即调走。在马和骑手的左面，剑杀手们站成一列，那个将公牛吸引住并把它从掀翻的人和马旁引走的剑杀手，做完 quite 招式后就站回到队伍后面。Quite 这个词读"击退"，最初设计它的目的仅仅是为了保护剑杀手，表演时要用尽全力做到快速、英勇和优美。只是，现在这个表演已经成为剑杀手工作内的事。公牛被他引入场后，他起码在公牛面前舞动四次红披风，他可任意选择舞动手法，但常常采用两手拿红披风的手法，而且要根据自己的本事尽量接近公牛去舞动、尽量做得从容、尽量表现出其中的危险性。现在想要判断一名斗牛士、决定他酬劳的多少，主要是以他从容、迟缓、挨近地舞动红披风的能力为根据的，并不是看他刺杀公牛的能力。胡安·贝尔蒙特运用红披风技艺得以圆满，穆莱塔的舞动日渐重要，对使用手法的要求也日渐增加，也能够说这些是他发明的。当代斗牛发生的主要变化包括：所有斗牛士在引开公牛时都该拥有，舞动红披风完成一整套表演动作吸引公牛来进攻的本事；还有要表现出对使用红披风和穆莱塔技艺精湛，可在刺杀方面有不足的斗牛士的体谅。

　　实际上，如今调离的手法与过去的刺杀几乎一样，都成为水落石出的决定性时刻了。危险是如此真切，只有人才可以掌控和选择，这么明确显眼，稍有欺骗或耍手腕的危险场景就可以看得十分清楚。因此我们可以说，在现代斗牛调离的环节中，斗牛士们也需要不断改进自己的创新。如何用熟练的方法，如何慢慢地移动，怎样靠近的招式，让牛角贴着腰间擦过，怎样使用手腕之力，控制舞动中的红披风，引诱公牛，减慢公牛的攻击速度。当体格硕大的狂暴公牛擦过人的身边时，我们能够看到从容的斗牛士在察看着，牛角偶尔也许真擦到了他的大腿，同一时刻公牛的肩胛已碰到了他的胸口。可他并未动手阻拦公牛，对于随着牛角而来的死亡威胁也视若无睹，不想办法应付，他只是慢慢移动双手，目测和公牛间的距离。现在舞动红披风的很多手法比过去全部的红披风技艺更出色，也让人更加兴奋。斗牛士要找一头直往前冲的公牛，目的也正是想找一头可以让他们展示出自己这一套本事的牲畜，让牛角可以愈加贴近人，近到真可以碰到人。当代的红披风动作，特别出色、特别危险、还尤其能表现出傲慢无比的模样。也正由于这一特点，才会使斗牛广泛传播，它在经历了所有都在衰落，只有舞动红披风表现真实时刻如此一个时期后，逐渐繁荣了起来。如今剑杀手们舞动红披风斗牛的手法是闻所未闻、见所未见的。贝尔蒙特创造的贴近公牛活动地区，把红披风很低地放下，只靠臂力的手法已经被那些技艺非凡的人使用了，而且比贝尔蒙特完成得更出色，假如他们遇见一头符合要求的公牛就会做得比贝尔蒙特还要优秀。仅看使用红披风的话，一点也看不出斗牛衰落的迹象。只是显现出持续在完善与提升，并无复兴之说。

很多舞动红披风的手法，例如 gaonera，mariposa，farol，还有一些老旧的，例如 cambios de rodillas，galleos，以及 serpentinas，等等。我并不准备像描述双手拿红披风那样——详细说明，因为若是只在纸上写它们的使用手法，而不是亲自去看，不可能让你像看照片那样一眼就看清楚的。快速摄影技术发展到现在，如果一些事物可以立即用照片表达并进行研究，那还想用文字去描述，就太无知了。但能把双手提红披风看作全部红披风技术的试金石。无论是斗牛的危险性，它的优雅，还是地道的手法，都用这个技艺表现得淋漓尽致。公牛从斗牛士身边擦过的时候，也正是他双手提红披风表演技艺的时候，而斗牛表演的最大优点，就取决于斗牛士可以让公牛在进攻时整个身体从他身边擦过所采取的动作。红披风的技艺几乎都是同一个原则，不过是展示方式不同而已，否则的话就是多少掺了虚假的手法。在这方面的一个例外就是 mariposa，即蝶式手法的调离，是马尔西亚·拉兰达发明的。在照片上就可以把这个手法看个清楚明白，大家看完后会觉得这是穆莱塔的精华，而并不是红披风的主要特点。这个手法的精巧在慢慢舞动红布时才可以看见，还表现在可以把叠好的红披风比作蝴蝶的翅膀，当红披风飞舞着远离公牛的时候，并不是突然往回拉，而是顺势收回，而人在用这个动作时需要持续变换地点，从这一边转回另一边。若是可以把这个动作使用好，每一次转动红披风的动作就同穆莱塔纳图拉尔式[①]有相似的优点，同时也具有必要的危险性。我见过的做得特别好的只有马尔西亚·拉兰达，其余人都不行。那些模仿着做的人，特别是巴伦西亚那位肌肉僵化、两腿紧张、长了鹰钩鼻的维森特·巴雷拉，他们做个蝴蝶般的招式就像按了下电钮，红披风被迅速从公牛鼻子底下抽走。他们能快速完成这一动作的理由，令人特别信服：若是做这个招式不快一点，人就有死亡的危险。

起初的调离一般采用打开红披风的手法来完成。在红披风全部打开的情况下，把一端向公牛面前伸去，打开的红披风引着公牛奔跑，之后斗牛士做一个动作让公牛转身立好，而他自己则把红披风扛在肩上离开了。可以把这些动作完成得特别出色，而且还会有很多不同的展现手法，红披风还可以在跪着时打开来使用，红披风在空中舞动起来就像一条蛇，因此还叫作 serpentinas式。还有许多其他的特别的展现手法，拉斐尔·艾尔·加利奥能把这些运用得很好。可是所有把红披风打开的展现手法都有一个原则，就是让公牛随着红披风其中的一端跑动，最后掌控红披风另一端的斗牛士，在红披风的一端展示一个招式，让公牛转过身来。这一手法的优点是不会让公牛被双手提红披风动作操控时那样十分剧烈地转身，因此公牛可以保留很好的体能在最后一部分发起进攻。

现在的剑杀手们会在单独与公牛竞技时完成舞动红披风的招式，这对公牛而言肯定是极具毁灭性的。斗牛的目的若是还与起初时一样的话，即想让公牛处在最有利于斗牛士的刺杀状态，可若是剑杀手老是频频使用双手舞动红披风这一招，那就不能原谅了。但是，随着斗牛的兴盛或是衰落，现在的刺杀部分仅占整个

---

① 详见"术语释义汇编"natural 条。

斗牛过程的三分之一，并非是斗牛的最终目标，占了三分之二的重要部分是舞动红披风和穆莱塔，因此斗牛士的类型已经有变化了。假如想碰见既是一名出色的杀手又是一名舞动红披风或穆莱塔的行家的剑杀手，那机会很小。这就与你想找一名既是出色的拳击手又是杰出的画家的人一样，特别特别困难。想做一名舞动红披风的行家，把红披风运用到极致，那必须拥有美学意识，可这样一来，只会妨碍一名出色的杀手的发挥。出色的杀手必须要喜欢刺杀。他必须具有非凡的胆量和本事，把两个有区别的动作用两只手同时做完。这要比用一只手拍头，同时用另一只手反复摸肚子更难，他的荣誉感一定要是淳朴和可支配全部的，因为杀死公牛有很多手段，而不用正面冲突。但是斗牛士首先应当是喜欢刺杀的，但大多数有艺术性的斗牛士，早至拉斐尔·艾尔·加利奥，晚至奇奎洛，似乎都认为要杀死公牛是十分可惜的。他们是职业斗牛士，而不是剑杀手，他们这些人能够熟练、灵活地舞动红披风和穆莱塔。可他们讨厌刺杀，恐惧刺杀，他们完成的刺杀有九成是特别糟糕的。他们技艺的持续除旧更新使斗牛技艺受益良多，而胡安·贝尔蒙特作为斗牛大师之一，也学会了刺杀，而且表现很好。即使他始终不是一名出色的杀手，但是他身上天生就有的杀手气质却有发展的价值，而且拥有想把所有事做得特别完善的自豪感。即使在很长时间里，他都表现得很不自然，可只有他的刺杀技术还是可以过得去的，他最后成了一个有能力的杀手。只是，贝尔蒙特脸上经常带有一股杀气，而那些在他之后成长起来的，讲究斗牛艺术美的人的脸上看不到一点恶狠狠的样子。再加上，他们不能踏踏实实地去刺杀，若是他们一定要按纯正的办法刺杀公牛，就会被驱逐出斗牛界。因此，大家开始期待他们不要留意最后公牛是否纠正得利于刺杀，而是把红披风和穆莱塔的技艺最大限度地展示出来，斗牛结构因此而发生了改变。

"太太，关于斗牛的事写了这么多，你不觉得无聊吗?"

老太太："不会的，先生。我不能说这些都让我觉得乏味，可是你写的东西我一次只能看一些。"

"我清楚读技术性的文字是有些难度，这就像那些机械玩具的简单却不容易懂的说明书似的。"

老太太："我是不会说你的书很糟的，先生。"

"谢谢! 我把这当成是你的鼓励，可是，我不能把你的兴趣调动起来吗?"

老太太："兴趣还在，只是偶尔会感到厌倦了。"

"那就让你开心起来吧。"

老太太："你始终在让我开心。"

"感谢你，太太，可是我想说的是在作品或聊天方面。"

老太太："嗯，先生，既然我们今天结束的早了，为什么不给我讲个故事听呢?"

"太太，你有什么想听的吗?"

老太太："先生，什么都可以，除了死人的故事。我听到死人就感觉厌烦了。"

"啊，太太，死人都感到厌烦了。"

老太太："我听得绝对比他们觉得更厌更烦了，我还可以说说我的希望。你也写过像福克纳先生那样故事吗?"

"太太，写过几个，可是故事讲不好你不会开心的。"

老太太："那就讲得有趣些。"

"太太，那我就给你讲一两个故事，看看我是否能做到既简短又不乏味。你想先听我讲什么故事呢?"

老太太："你有那种真实的，有凄惨人生的人的故事吗?"

"有几个，可是，一般来说这种故事缺少戏剧性，和讲所有其他不寻常的故事一样。因为讲不寻常的故事结局会特别相似，正常情况下会发生什么事就很难估计了。"

老太太："不管如何，我都想听一个故事。我最近都在读命运很凄惨的人的故事，我觉得都十分有趣。"

"好吧，这是个很短的故事，可若是写得好的话，这会是个十分凄惨的故事，但我不打算把这个故事写下来，而是很迅速地讲一遍。当时，我在巴黎的英美报业协会，正吃午饭，当时我就坐在讲这个故事的人身边。他是一个傻子，我的一个朋友，是一个可怜的记者，和他一块儿会说很多无聊的话，当时他住在一家旅馆，就他的薪金来说住那里太过奢侈。那时他还有活干，在吃午饭时他对我说，夜里压根就没睡好，因为旅馆隔壁的人吵了整整一夜。大约在凌晨的两点时，他的房门被敲响，有人请求进入他的屋中。记者把门打开，一个黑头发，只穿着睡衣和一件新晨衣，约莫二十岁的年轻人，边哭边往屋中走。由于他哭得太厉害，弄不明白他说的话，记者的第一印象，这个年轻人仿佛很艰难才避开了一件可怕的事。这个年轻人好像是那天跟朋友一起坐联运火车来巴黎的。那个朋友的年纪比他大，他们刚认识不久，虽然并没有相处多长时间，他们却已经成为非常要好的朋友了，而且他已经应了朋友的邀请来国外玩耍。他的朋友是个有钱人，但他不是，不过在那晚之前，他们的友情都还是特别好的。可现在他在世上的所有希望都毁灭了。他的钱丢了，他也不想去欧洲各国游历了，说到这里他又开始流泪了，而且怎么也不愿回他们的房间了。他态度十分坚定，他真想杀了自己。就在这时，敲门声传来，第二个人也是很好看、五官端正的美国青年，这个朋友同样穿着新的价值不菲的晨衣，走进了屋中。记者问他发生了什么，他回答说没事，他的朋友是玩得太累了。这时第一位朋友的抽泣声又传来了，而且说不管怎样再也不去那间房了。他说，他要自尽，他是真想自尽。在他指天发誓地对年纪稍大的朋友一再保证以后，记者端来两杯兑苏打水的白兰地给他们，还好心劝他们不要闹了。他小睡片刻后，最后还是回去了。记者说，他没弄明白他们会吵架的原因，可心里觉得肯定有特别可疑的事发生。不管怎样，他自己还是睡着了，之后他又被隔壁的声音吵醒了，听着好像是在打架。有个人在说，'我当时不知道事情是那样的啊，我当时不知道事情是那样的！我不要！我不要！'记者形容，之后就传出了一声绝望的叫声。他敲了敲墙壁，隔壁安静了，但他还可以听到其中一个人的哭声。他觉得是当晚哭的那一个人。"

"有什么可以帮忙的吗？"记者问，"用不用我去叫些人？你们发生了什么事？"

除了那个抽泣声，没人回应。随后另一位朋友说："这里没你的事。"

听到他的话，记者特别生气，他要去服务台投诉他们两个人，让他们离开旅馆，若是他们接着吵架，他会把他们赶走。事实上他只是让他们别闹了，然后又回去睡觉了。他仍然没睡好，因为那位朋友哭了很久，不过最后不哭了。第二天清晨，他在和平咖啡馆外看到他俩在吃早饭，一边看着巴黎版的《纽约先驱报》，一边兴奋地说笑。过了一两天，当他们俩坐在一辆敞篷出租车里，记者指给我看过，从那以后我经常在双雕像咖啡馆的露台上看到他们俩。

老太太："这是所有的故事？不是我们以前的那种结尾有个大结局的故事？"

"啊，太太，我已经很多年都不给故事写大结局了。你真会因为没有大结局而难过吗？"

老太太："直白地说，先生，我宁可选有大结局的故事。"

"好吧，太太，那我就给它个结局。我最后一次看见他们，是在双雕像咖啡馆的露台上，他们的穿着和以前一样昂贵，一样正派，唯一不同的就是其中年龄偏小的那个，也就是死也不愿意回自己房间的那个，头发染成了红棕色。"

老太太："这个大结局听起来太无趣了。"

"太太，这就是个特别乏味的故事，倘若大结局太有趣的话会打破平衡的。你还想听故事吗？"

老太太："先生，谢谢。今天一个就好了。"

第十六章

你知道吗？原先的公牛是可以被长矛手刺三十、四十、五十甚至七十次，可现在呢，能被刺到七次的公牛已经是令人惊叹的牲畜了。那时的情况是这样的，斗牛士必须得是像我们上小学时的中学橄榄球队队员那样的人。时移世易，如今在中学橄榄球队里，已经没有优秀的运动员在玩球了，只有一些孩子在玩。同样的，要是你坐在咖啡馆里和年纪大些的人一起待着，你就会明白，现今技巧超群的斗牛士也已经没有了。如今的斗牛士都是些没有自尊，没有技术，没有素质的孩子，跟如今玩橄榄球的那些孩子如出一辙。在中学的各种球队里，橄榄球已经沦为了一项软弱的运动，现在玩球的孩子们和原来那些球技高超、成熟、老练的运动员无法相比。那时的运动员身穿紧身短上衣，手肘上缝着粗帆布片，护肩里散发出一阵阵酸臭的汗味儿，把皮头盔抱在手里，厚毛头布的裤子上满是泥巴，穿着皮料底子的鞋，在黄昏下，踩在人行道旁的泥土里，把他们的脚印留在上面。那都是很久很久的事了。

当时的资料表明，当年总会出现些巨大的牲畜，确实有公牛挨过不少刺杀，但是那时的长矛跟现在不一样。在最起初的时期，长矛顶端只有一个非常小的三角尖铁，还是包裹起来的，包得非常严实，能刺进牛皮的只有那个短小的矛尖。骑马的长矛手面对公牛，等待公牛的冲刺，随后把长矛冲公牛刺过去。斗牛士用长矛把公牛抵住，调转马头来到左侧，躲开了公牛的攻击，让它从身旁冲了过去。现今的一头公牛，都能承受这种长矛的多次挑刺，因为尖铁刺得很浅，长矛手的挑刺，仅仅算是他向公牛打招呼罢了，并非想要看准时机刺杀和痛击公牛。

说到长矛手手里的长矛，它可是被多次改造过的，成了如今的样子①因为长矛的造型是让公牛致命与否的决定性因素，同时还决定了公牛在体能和勇猛都未受损失的情况下，可能向长矛冲刺的次数，所以公牛饲养人和长矛手之间一直对长矛的形状存在争议。

现在使用的长矛很厉害，即使是简单的被挑刺到后，它的破坏力是会很大。等公牛来到马的面前时长矛手才能挑刺，又叫刺射，所以它的破坏力会更大。当人把全身的力量都用在长矛杆上，让长矛尖头扎进公牛颈部肌肉或肩胛骨间突起的位置时，公牛还在使劲要把马顶飞。如果所有的长矛手都能够有少数几个人的那种高超的技术，那在投射前就无须让公牛靠近马。但是长矛手这个行业报酬少得可怜，最终还可能摔得个脑震荡，因此他们连用正确姿势刺杀公牛都不会的。其实一名真正的长矛手做完这些事既不会弃马，自己也不会掉下马来，但他们却全得凭运气，也许长矛刺的正是地方，也许跟公牛掀翻人和马要使出的那股力气一样地用力，让公牛颈部肌肉疲惫，才能做完。马被裹上了防护垫，反而让长矛手的任务难上加难，危险性更高。要是马没有使用防护垫，马肚子就会被牛直接刺到，马也会被牛顶飞起来，或者有时它还因为用角刺伤了马而自鸣得意，这时长矛手拿长矛就可以把它挡在一边。要是马裹着防护垫，公牛就一直撞击马，它的角就不会再刺其他地方，最终它会把人和马统统掀翻在地。虽然给马包裹防护垫，但最终还出现了斗牛的另一个弊病。只要斗牛场上马不会被公牛杀死，那些提供马匹的人就还是会继续送

---

① 参看"术语释义汇编"wara条。

它们回来。这些马对公牛十分恐惧，嗅到公牛气味会变得惊恐不已，根本不能控制它们。新的政府法规规定，对这种马长矛手可以拒绝接受，并应该给它们做记号，这样就能避免再用它们了，或再被养马人送到斗牛场了。但是，因为长矛手报酬非常少，想要打破这个规矩，只需塞一些小费就行了。长矛手的固定收入少不了小费这一块儿，只要他收了小费，也就从提供马匹的人那儿把按政府规定他有权利、有责任拒绝的马收了下来。

收下小费就代表着要承担起斗牛中每一件可怕的事的责任。条例都清楚规定了斗牛场上使用的马的体形大小、体格健壮程度和健康状况，要是使用符合规定的马，长矛手也受过良好的训练，除非是偶然状况，或是马在障碍赛中因违反骑士的心意而死掉，否则马是不会死掉的。为保护自己而履行这些法规就是长矛手的事了，因为最关心这些的是他们自己，但是，和他所面临的危险相比，报酬实在太少。因此，为了那些额外收入，即便会面临更大困难、更大危险的马，他还是愿意收下。每场斗牛赛，提供马的人都要准备好三十六匹马送过来。无论他的马结局怎样，他收到都是一个固定钱数，因此他尽可能弄些便宜的马过来，因为他内心最关心的事就是在场上用他的马用得越少越好。

最终，事情是这么解决的：在斗牛的前一天，或是在斗牛当天的上午，长矛手来斗牛场的牛栏挑选和检测他们要用的马。牛栏的石墙上挂着一块铁牌，上面标着合乎规定的马匹必须达到的最低肩高。长矛手把大马鞍装在马背上，翻身上马，检查它对马嚼子和踢马刺有何反应；随后驾马后退，转身，跑向石墙，并抬手把长矛顶在墙上，检查马的四肢是不是站得牢靠。然后他跳下马，跟送马的人说："我可不想只为一千元钱就骑这匹糟糕的老马去送死。"

"那匹马怎么了？"提供马的人问，"你找半天也不见得能找到这么一匹好马。"

"是找不到！"长矛手说。

"它怎么了？那是一匹俊美的小马。"

"它不好好咬马嚼子。"长矛手说，"它不会后退，还有，它太矮小了。"

"它个头正好，你看，大小正合适。"

"个头合适干什么？"

"个头正合适骑啊。"

"我可骑不了！"长矛手边说边转身就要走。

"你不会找到比这匹还好的马了。"

"我相信是这样。"长矛手说。

"你真正的理由是什么啊？"

"它有马鼻疽病。"

"胡说八道。那不是马鼻疽病，那只是些头皮屑而已。"

"那玩意儿会杀死它的，你应该给它喷些药。"长矛手说。

"你真正的理由到底是什么啊？"

"我有老婆和三个孩子。为了区区一千块钱我可不会骑这匹马。"

"识相的人！"提供马的人说。他们开始压低嗓音说话，他掏出十五个比塞塔交给了长矛手。

"好吧。"长矛手说，"给这小马做个标记。"

如此一来，你就会在下午时看到长矛手骑着这匹小马。要是小马被捅破了肚皮，它也不会被穿着红上衣的斗牛场勤务工宰掉，只见他一路小跑把马牵进放马出来的那个门里，好好包扎一下它，这样一来负责提供马的人又能够把马送进斗牛场。斗牛场勤务工已经拿到小费了，或者已经获得收取小费的允诺了。只要马受伤后不被宽容而体面地宰掉，而是被活着牵出斗牛场，那么，他们会这样处理每一匹马。

我认识几个非常好的长矛手，他们诚实、公正、勇敢，但日子都很难过。你也许能懂得那些我遇见过的提供马的人，尽管他们之中会有几个好人。如果你能够容忍他们，那你可能也会容忍全部的斗牛场勤务工。我发觉身处斗牛圈中的人，只有他们才会变得冷漠无情，才是斗牛场上仅有的既活跃又没危险的人。我就遇到过几个勤杂工，尤其是其中的父子两人，我们都想枪毙了他俩。如果我们能够有一个机会，你想开枪打人，那就开枪打他俩。在杀掉几个警察、意大利政治家、政府官员、麻省法官、我年轻时的两三个朋友之前，我确定我会先瞄准那两个斗牛场勤务工，并且打光一梭子子弹。我不会写出具体姓名来加以详细描写，因为我要是真的撂倒了他们，那这就变成有所预谋的行凶证据了。我看到的所有卑鄙的劣行，他们的劣行占了大部分。如果你遇到了没有根据的暴行，通常都是警察干的，我去过的全部国家，看到的警察，特别是我自己祖国的警察，他们都是一样。按常理说，这两名潘普洛纳和圣塞巴斯蒂安的穿红上衣的勤务工应该去做警察，做特别行动队的警察。但是他们却把自己的才能在斗牛场里，发挥得淋漓尽致。他们的腰带上插着一把宽头尖刀，受重伤的马会被这把刀宰掉。当然只要那匹马能站得住、能走向牛栏，他们就根本不会杀死它。因为他们不会宰了马，不会让它们活活被制成动物标本，而是让它们能够重返斗牛场，这不仅仅是它们可以赚钱的问题。我看到直至接受到观众的压力之前，他们都拒绝杀一匹没希望站起来或是再回到斗牛场的马。这仅仅是在享受行使他们权力的快感，一种尽可能拖延时间不去做出仁慈行为的快感。大部分的斗牛场勤务工都是可怜兮兮的人，干着可怜兮兮的事，领着可怜兮兮的报酬，即便不应同情，也该给予可怜。如果他们怀着忐忑不安的心理救下了一两匹本该宰掉的马，那他们很难高兴起来，而他们得到的报酬就跟捡烟屁股的差不多了。可是那两位我刚提到的人，他们个头胖胖的、营养很好，而且很高傲的模样。有一次在西班牙北部，一个斗牛场里发生了暴乱，我趁着观众起哄之际，把花一个半比塞塔租的一个皮坐垫扔了出去，刚好擦过了那个小子的脑袋一侧。我每次都会带一瓶西班牙雪莉酒进斗牛场，因为我期待着整个斗牛场里发生暴乱。在那些官员们不会注意到飞来的一只酒瓶时，我就要把这空酒瓶扔向那两个人其中之一。人们同那些执法官员们交涉之后，已经不对法律能解决什么弊端抱有希望了，这时最有效的直接干预的手段就是酒瓶子。即便不能扔酒瓶子，你总还是能喝上几口的。

现在的斗牛，长矛手抵住公牛、保护马的周全而拿长矛刺杀的那一下可以说是很漂亮的。但是这种精彩是经历了很长时期也不容易见到长矛这么一刺的。如今唯一能给长矛手的期待是他能正确运用长矛，也就是把长矛尖头刺进公牛颈后到两肩之间突起的肌肉。还有，长矛手也应能抵住公牛，阻止它靠近，他不能靠扭动或转动长矛使公牛身上出现更大的创伤，导致公牛流血过多而衰弱，以此降低剑杀手面临的危险。

长矛刺得糟糕的情况就是剑杀手采用左挑右刺的刺法，但就是刺不中突起的肉；要不在脖子挑开一个不小的口子；要不长矛手刺出长矛之后没能把公牛阻挡住。很快马的腹部已经被牛角捅到了，随后他把公牛身上扎着的长矛又推、又刺、又绞，看上去好像他在保护马，可事实上他是在不怀好意地弄伤公牛。

要是长矛手骑的是自己的马，并且付给他们的报酬非常可观，那他们就能够好好保护马，骑马斗牛也会变成最有技术含量、最精彩的表演，而不是违反意愿的劣行。以我的角度来说，要是真的要把马杀掉，那马还是越差越好。以长矛手的角度来说，用现在的长矛使法来斗牛，那一匹阔蹄老马比一匹体格强健的纯种马要好使得多。想在斗牛场上用一匹好使的马就必须选一匹老马，或者选一匹非常疲惫的马。长矛手骑马从斗牛场到城中他的住处，又从住处回到斗牛场。为了让马四肢疲惫，马成为长矛手的代步工具。在其他省份，上午时，斗牛场勤务工会骑着马做疲惫的准备。如今马的作用有两个，一个是作为公牛攻击的目标，把它的颈部肌肉用疲劳；另一个是带人，人骑着它承受公牛的冲击，同时举起长矛，抵住公牛，让它的颈部肌肉感到疲惫。长矛手的任务并非刺伤公牛，削弱它的精力，而是把公牛弄得疲惫不堪。公牛身上如果有长矛造成的伤口，那并不是最终目的，而只是附带的小事。如果把它看作目的，就应该被谴责。

尽量用最糟的马来达到这个目的，换句话说，这种马派不上其他用场了，可若是它四蹄矫健，还听驾驭，那这糟糕的马是最理想的。在斗牛场之外，我曾看到过别人宰掉了正值身强体健的纯种马，那景象非常悲惨，任谁看到都心痛不已。斗牛场作为马的死亡交易场所，这些马越差越好。

我也曾说过，让长矛手各自骑着自己的马，整个场面就会截然不同。我宁愿看着他们故意把十二匹糟糕的老马杀掉，也不想看到一匹好马意外被杀。

那位老夫人离开了。我们最终把她从本书中删除掉了。对于那些马也已经说得足够了，是否把总基调提高一下？何不谈些格调更高的东西呢？

阿尔德斯·赫胥黎先生①在写一篇标题为《额角太低》的小

① 阿尔德斯·赫胥黎（Aldous Huxley，1894—1963），英国作家，著有诗歌、小说、剧本、文学评论等不同类型的作品. 1937年移居美国。

品，他在文章中说："在这个作家所写的某本书中，海明威先生曾勇敢地提到十八世纪前的欧洲大画家的一幅画，只用一个短语就极具表现力地（这里赫胥黎先生带着称赞之意）提到曼特尼亚①所创作的基督像中的'让人痛苦的钉子窟窿'，仅仅是一个短语，再无其他。随后作者为自己的鲁莽感到惊恐，就急忙地、惭愧地搪塞了过去，（就像一不小心说漏了嘴而提到抽水马桶的盖斯凯尔夫人②，赶紧把那话题搪塞过去一样），接下来就聊起低级的东西来。"

"在从前不是很远的某个时候，那些愚昧和没受教育的人，渴望别人把他们看成是智慧的和有文化的人。如今渴望的方向已经发生了变化。现今，智慧的和有文化的人倒是在隐瞒曾接受过教育的事实，拼命装傻……"

毋庸置疑，赫胥黎先生获胜，那是当然。对此你可能会有话说，还是让我来说几句实话吧。在读到赫胥黎先生书中此处时，我找到他提到的那卷书，但根本找不到他提到的那句话。可能书里面有，但我既无耐性，也没兴趣去找它，找也白找，因为书都已经出版了。听上去那句话很像审阅草稿时应删掉的那一类词句，我认为这不仅仅是装成具有文化外貌或不想把文化外貌展示出来的问题。在创作一部小说的时候，作家应塑造鲜活的人，是人而不是一个人物。人物是蠢笨的模仿，如果作家能写生动的人，那即便他的书中不会有杰出的人物，但他的书很可能作为一个整体，一个实体和一本小说，就会传承下去。要是作家创作了一个评说十八世纪前的名画家、音乐、现代绘画、文学以及科学

---

① 曼特尼亚（Andrea Msntegna，1431—1506），意大利文艺复兴初期巴杜亚画派画家，仰视透视法与天顶画装饰画风开创者。

② 盖斯凯尔夫人（Mrs Gaskell，1810—1865），英国小说家，长篇小说《玛丽·巴登》等是她的代表作，描写了工人阶级的生活与斗争。

的作品，那在他们的作品中，就应该对此类主题加以评论。要是他们不评说此类主题，而是作家让他们评说此类主题，那他就是个骗子。他要是自己去评说这类主题，以此炫耀自己多么博学，那就是卖弄。无论他能写出一个怎样精彩的词语或比喻，他要是把它放在并不是十分需要和缺它不可的位置，那他就会因想达到自吹自擂的目的而使自己的作品遭到损害。散文是一种建筑，而非内部装饰，要知道巴洛克风格已经结束。可能作家把自己心中所想写成小品文的售价不高。要知道，文学不是作家硬要把心中所想的通过生硬构思出的人物表达出来的作品。小说中的人，并不需要用高超技巧虚构出来的人物，而必须是由作家业已吸收和消化的经验，由他的知识，由他的头脑，由他的内心，由作者的全部身心所创造出来的鲜活的人。要是他有运气还能严肃地把他们全部展现出来，那他们将会是多于一维的了，他们也将存在很长时间。一个好的作家涉猎广泛。一个非常伟大的作家好像是带着知识出生的。但实际上不是，他只是生下来就具有比别人学知识学得更快的能力，也不会有意识地运用这些知识，他只是有接受或丢弃那些现在已变成知识的天赋。不是所有的东西都能掌握得非常快的，我们拥有的也正是时间，所以得花许多时间学习它。因为得花费一生的时间去了解这些最最简单的东西，因此，每个人从生活里学到的新东西就显得十分珍贵，那也是他离开时唯一的遗产。每一部原创的小说都为后来的作家增加知识与学习作出贡献。可是后继的作家想要积累某些经验，也必须永远是自己原创的，这样才能吸收成为他自己的东西。要是一名散文作家足够懂得他写的内容，他可能会把他懂的东西略去。他要是十分真实地写作的话，读者依然能够强烈地感觉到那些东西，就好像作家已经写出来了一样。一座移动着的冰山显得高贵，是由它那浮出水面的八分之一决定的。一个作家采用省略的办法，如果他不懂的话，那这只能留一些空缺在自己作品里。要是因为一个作家不尊重写作的庄严性，并且迫切想让人们知道他接受过正统教育，是有文化的，或是有良好教养的，那么他仅仅是一个装腔作势的人而已。还得牢记一点，一个严肃的作家和一个板着脸的作家是不能混为一谈的。一个严肃的作家也许会是一只秃鹫或一只兀鹰，甚至是一只鹦鹉，可一个板着脸的作家只能是一只讨厌的猫头鹰。

第十七章

对第一次观看斗牛的观众来说，斗牛场上任何一阶段的表演都没有投掷短标枪那么吸引人。不了解斗牛的人，真的会被舞动的红披风搞得眼花缭乱的，他会因公牛捅到了马而感到震惊。无论观众在这一阶段受到怎样的影响，他也许总是会把目光放在那匹马上，而不会把注意力放在斗牛士完成的引开动作上。观众也看不明白穆莱塔的运用，他们搞不懂哪个招式难度大，并且因为所有东西都是第一次看到的，所以这招和那招的区别他们几乎是分不出来。在他们看来，穆莱塔只是一种新奇的东西，只一瞬间刺杀公牛的动作就做完了。除非观众练就了一双火眼金睛，否则斗牛士做完的各种动作他们是没办法分解看清的，也看不出来到底发生了什么。除此之外，通常剑杀手刺杀公牛时，毫无气魄和诚意，因为他可能轻视刺杀进而把其重要性降低，这样的话，观众就体会不到正确刺杀公牛的兴奋，看不到鲜活的画面了。可是观众看斗牛士投掷短标枪是能看得非常清晰的，对于斗牛士投掷短标枪的每一个动作，也很容易了解。并且，只要斗牛士技艺纯熟，观众差不多都能看得有滋有味。观众所看到的短标枪是登场时一个人拿着的尖头带倒钩的两根小细棍，会看到第一个人没拿着红披风走向公牛。这个人负责吸引公牛的注意力，我描述的是一种最简单的投掷短标枪的办法，他向冲过来的公牛跑了过去。就在公牛低头来刺人，要和人相撞的时候，那人并起双腿，抬高双手，把标枪直刺进公牛低着的脖子上。

观众大概也只能分得清楚这一种场景。

"为什么公牛不冲着人去呢？"有人在看完第一次斗牛，甚至看了很多次斗牛后都会这么问。答案是，在小于公牛身长的距离内它没办法转身。因此如果公牛冲刺过来时，人只要过了牛角，他就安全了。他只需选一条与公牛跑动路线里某个夹角的路线，预判合拢双脚与公牛相碰的时机，以便在公牛低下头时把短标枪扎进去，随后绕过牛角。这称为 poder – a – poder 地对付它们，意思就是力量对力量的方法。斗牛士从某个位置投掷标枪也行，那就是跑一个四分之一圈的弧线并和公牛冲刺路线相交，采用 al-cuarteo 法投掷标枪，这是最常见的方法。或者他站好不动，等着公牛冲过来也行，那是最精彩的投掷方法。还有一种 al cambio 的投掷办法，那就是当公牛冲刺，跑到人面前即将低头刺人的时候，人抬起右脚朝左一晃身子，公牛就会被人身体晃动所迷惑而向右冲，到这时人立刻往回一晃身体，右脚着地，把短标枪刺进去。当然，可以使用向左虚晃这个手法，也可以向右虚晃，我上面描写的是公牛冲过人的左侧时的情况。

还有一种叫作 al quiebro 的变化方法。使用这种方法时人不抬脚，两脚站好，只晃动上半身迷惑公牛，让它冲向一个错误的方向。可这个方法我从未见人用过。我看到斗牛评论家们很多次谈到的用 al quiebro 时的短标枪投刺，可是我从未见到过人在不抬起左脚或右脚的情况下，能把一支短标枪刺进去的。

无论是用哪种手法投刺短标枪，这时的场上有两个手持红披风的人，分别站在不同的位置。通常来讲，一个是剑杀手，站在场地中央；另一个站在公牛后面的位置，可以是剑杀手，也可以是短标枪手。这么安排是为了无论人使用什么招式刺入标枪并躲开公牛牛角，公牛转过身来要追他的时候，在它调转身体想追人之前，就让它看到一块红披风。无论使用什么招式投刺短标枪，手持红披风的两个或三个人在斗牛场上每人的位置都要明确。这种办法，叫 cuarteo 或四分之一圈、力量对力量法，当然还有据此演变的方法。在使用这两种方法时，无论是人还是公牛，都是在跑动中的。使用 cambio 还有据它演变出的招式时，人则站定不动，等待公牛冲刺。可是，无论使用哪种招式，都是人尝试展现精彩表演的惯用手法。剑杀手往往是在手持短标枪时做完这些招式的，需要看投刺短标枪的具体情况来观察效果如何。斗牛士要是做完这一表演时动作漂亮、清楚、果断、易如反掌，且投刺部位准确，效果肯定会好的。斗牛士应该把几支短标枪都插在公牛后颈部的同一部位上，就是颈部肌肉高高突起的部位，不能分散，并且插进地方是不会对用剑刺杀产生影响的部位，更不能再被长矛手用长矛捅出的伤口上再插入短标枪。正确投刺的短标枪只是把牛皮钩住了，插入短标枪后，因为短标枪本身的重量，它会在公牛颈部两侧倒挂着。否则，短标枪柄就在颈部直立起来，如此一来，就无法让公牛配合运用穆莱塔技艺进行出色的表演了。钩住牛皮的短标枪原本只有一种不能持久的尖刺的感觉，可是投刺失误会导致伤口持续疼痛，公牛因此变得焦躁，不好判断，难以对付。谈到斗牛，不会有一种招式的目的是为了让公牛觉得疼痛的。让公牛觉得疼痛是个别现象，并不是目的。所有斗牛士施展的招式有两个目的，一是展示技艺绝伦的场面；二是要让公牛疲劳，减缓它的速度，为让剑刺杀做好准备。我觉得在斗牛场上公牛遭受的都是为投刺短标枪所致承受的疼痛，虽然包括一些没有意义的痛苦。但是，美国人和英国人正喜欢看到斗牛的这一场景。我觉得这是因为这一个场景的斗牛是最简单明了、最容易看懂的部分。如果斗牛的整个过程都跟投刺短标枪一样容易看懂、欣赏和理解，其危险之处也容易看到，那西班牙之外的其他社会对于斗牛的态度就会十分不同了。之前我阅读美国报纸和大众杂志，发现他们对斗牛的态度已经改变很多了。事实上，影响它的是有些想重现，或非常想重现斗牛的小说的期望。并且，在人们的态度如此改变之后，布鲁克林区一个警察的儿子就变成了一个技巧纯熟、令人欢迎的斗牛士。

除了上面描述的三种投刺短标枪的方法以外，别的方法至少还有十种，不过一些已经过时了。比如，某人准备投刺短标枪，一只手先拿一把椅子挑逗公牛，等公牛冲刺过来时，他就坐在椅子上，然后再站在椅子上起来，做个假动作引诱公牛冲到一边，然后插进短标枪，随后又坐在椅子上。现在差不多已经看不到这种方法了，其他一些投刺短标枪的方法也没人用了，这些都是某些斗牛士自己设计出来的。除他们之外，其他人做得都不行，因此这些方法都被淘汰了。

当公牛已经背靠木板围栏找到了它的地点时，就不能在公牛的出击路线跑动相交的位置，使用四分之一圈的方法或半圈的方法投刺短标枪。因为穿过牛角后，人就会被夹在公牛与木板围栏之间的位置。碰到这种地点的公牛必须使用斜刺法，又叫 al sesgo。因为公牛背靠木板围栏，所以使用此法的时候，必须有一个手持红披风的人站在通道上把公牛的注意力吸引过去，准备投刺短标枪的人要以某种角度行进，从公牛另一侧的木板围栏旁，尽量不停地跑着绕过公牛的脑袋，投刺短标枪。如果公牛从身后追赶，通常他只能跳到木板围栏外面。场子远端还有一个手持红披风的人，一旦公牛转身就吸引它过去，但是遇着斗牛士使用这一手段的公牛，往往很善于追逐人，并不会轻易被迷惑受骗，所以，那个手持红披风的人一般是没什么大用的。

要是公牛不愿意攻击，或是公牛专攻击红披风后面的人的时候，或是一头近视的公牛，投刺时，就要使用 media-vuelta（半转身）的方法来对付。要是投刺时采取这一方法，短标枪手要跑到紧靠公牛背后的位置，随后吸引公牛的注意力，当公牛转过身体找人，并低头挑刺已经跑起来的人时，就能投刺短标枪了。

这仅仅是一种应急的手段，因为这么做违反了人在斗牛时，无论做完什么针对公牛的招式，都必须从正面靠近公牛的原则。

有时你还会看到公牛身上插着两支短标枪后还在奔跑和晃

动，这就是另一种称为二次投刺法的招式，这种奔跑与人有意挑起的出击截然不同。此时，人就利用公牛奔跑，运用半圈或四分之一圈的跑动路线堵住公牛，再投刺一对短标枪。

剑杀手感觉面对的是一头能够配合他展示精湛技艺的公牛，他通常就会亲自投刺短标枪。以前只有在观众要求时，剑杀手才会亲自投刺短标枪。现在，剑杀手只要体格强健，而且下苦功练好了投刺短标枪的技术，都会投刺短标枪露一手的。要是一名剑杀手独自与公牛较量，为最终刺杀做准备，那在这第三阶段的斗牛表演的每一个招式上，他都有机会展现自己的特点和风格。为了吸引公牛过去，他有时顺着弯弯曲曲的路线倒退着跑，这种突然改变方向的跑动，是徒步的人防御公牛的方法。看着似乎在戏弄公牛，实际上他在引公牛到他想要的地点上。随后他摆好姿势挑逗公牛，一步步缓慢地走向公牛，然后在公牛冲刺时，或是等公牛冲过来，或是迎面跑上去。对于一个短标枪手来说，即便他的技术强过他的队长，但对他的要求，除了该在什么地方向公牛投刺短标枪以外，就是必须快速稳妥地投刺短标枪。如此一来，就能够尽快地把公牛尽可能以最棒的状态转交给他的队长，即剑杀手，把最后一阶段的斗牛做完。大部分短标枪手都善于从某一侧投刺短标枪，几乎没人能易如反掌地从任意一侧进行投刺。基于这点考虑，一名剑杀手通常会带上一名善于右侧投刺的短标枪手和一名善于左侧投刺的短标枪手。

曼努埃尔·加西亚·梅艾拉是我所看到过的最优秀的短标枪手。他和何塞利托、墨西哥人鲁道夫·高纳都是当今技术最棒的短标枪手。一件奇特的事情是，墨西哥的全部斗牛士都有顶级的投刺短标枪技术。在前几年的每个赛季，都会有三到六个没什么名气的墨西哥见习斗牛士来西班牙，无论他们哪一个都是能表现得跟西班牙最优秀的短标枪手一样，甚至比他们更杰出。他们准备刺杀公牛和刺杀时的方法和技巧都各具特点，人们也会因他们无法想象的冒险招式而担惊受怕。这些就是墨西哥式斗牛的标志与特征，尽管在其他方面都是印第安人式的冷漠。

有史以来凭借技术成为最优秀的斗牛士之一的叫鲁道夫·高纳。他是处于迪亚斯政权统治时期①的斗牛士，在墨西哥的革命正进行得如火如荼时，斗牛活动取消了，那时他只能在西班牙斗牛。他依照着何塞利托和贝尔蒙特的动作改变了他自己刚开始时的风格，在一九一五年那个赛季里，几乎是在相同的情况下，他们两人进行竞争。在一九一六年仍在相同环境下，他跟他们竞争，但从那之后的一次牛角创伤，还有婚姻的坎坷，断送了他在西班牙的大好前途。同是斗牛士，何塞利托和贝尔蒙特的技术日渐纯熟，而他的表现则越来越差。他和年轻的他们没法比速度、新的技术、信心。再加上家庭经济情况差，这些都让他难以负担，所以他回到了墨西哥。他在国内的技术比全部其他的斗牛士都要高，他是当代墨西哥所有雅致人士的典范。大部分西班牙最年轻的斗牛士都没见过何塞利托和贝尔蒙特，他们只是会看到很多模仿他们招式的人，可高纳的表演所有墨西哥人都看过。在墨西哥，他还收锡尼·富兰克林为徒，富兰克林在西班牙第一次把他的红披风技法展示出来时，当地人都看不懂，十分惊诧。他们正是高纳训练出来的，深受高纳的影响。在墨西哥又一个和平时期里，现今涌现许多斗牛士，如果他们没有全被公牛杀死的话，那他们是能够变成技艺精湛的斗牛士的。在战争时期，斗牛术不能十分繁荣，可是由于墨西哥处在和平时期，所以现在那里的斗牛术比西班牙更加繁荣。因为西班牙公牛体格、脾气和力量都有差异，所以，初到西班牙时，年轻的墨西哥人对这种公牛并不能应付。通常正在展示最出色的技术时，公牛就把他们掀翻、刺伤了，并不是因为他们的技艺有怎样的缺陷，而是因为和墨西哥国

---

① 迪亚斯（Porfirio Diaz, 1830—1915），曾两次当选墨西哥总统（1877—1880；1884—1911），实行独裁统治，在1922年的墨西哥革命（1910－1917）中被推翻。

内的公牛相比，他们在这里斗的公牛更易被惹怒、更强壮、更不好判断。一个优秀的斗牛士早晚都会被刺伤的，无一例外。可要是斗牛士被刺伤得太早、太频繁、太年轻，那他就决不会变成公牛想要留下他性命的斗牛士。

　　在你要判断如何投刺一对短标枪的时候，有一件事要注意，斗牛士投出短标枪的时候，他会把双手举很高，因为他双手举得越高，他就会让公牛靠他越近。还得注意圆弧的范围，换句话说，在公牛冲刺时，观察斗牛士在跑动路线上的四分之一圈的大小，圈越大越安全。要是能真正出色地投刺一对短标枪的话，斗牛士就会在举起双手的时候，合拢双腿。要是用的是"虚晃法"和"躲闪法"，你要观察他会等待多久，并留意他一条腿落地以前，能让公牛靠得多近。从木板围栏边朝公牛投刺短标枪时，还得依据现场情况看会有何种效果。这都取决于从木板围栏后面抛出的吸引公牛注意力的红披风能不能把公牛骗走。要是在斗牛场的中央表演，斗牛士在走向公牛时，他身体两侧很近处各有一名手持红披风的人。这两个人的责任只是在公牛追击投刺完短标枪的斗牛士时，上前去把它吸引开。贴近木板围栏投刺短标枪时，可能就得在刺中短标枪后，"呼啦啦"地舞动红披风，这样就能保护到处在进退维谷境地的人。可是，每次投刺时红披风就"呼啦啦"地舞动只能让大家知道，这仅仅是蒙人的花招罢了。

　　现在投刺短标枪用得最纯熟的剑杀手有很令人喜爱的马诺洛·梅希亚斯、赫苏斯·索洛萨诺、绰号"墨西哥食肉狂"的何塞·冈萨雷斯、绰号"阿尔米里塔二世"的费尔明·埃斯比诺萨和埃尔维托·加尔西亚。而投刺短标枪非常有影响力的人有安东尼奥·马尔克斯、弗里克斯·罗德里克斯和马西亚尔·拉兰达。有时候拉兰达也能很出色地投刺短标枪，可是在投刺时，他跑在公牛面前的四分之一圈的弧度过大了。马尔克斯在调动操控公牛方面有困难，并且在木板围栏旁投刺短标枪时，为了使公牛不敢靠近木板围栏，他差不多总会骗它去用牛角冲刺木板围栏，他在投刺时，手下会有一人隔着木板围栏"呼啦啦"地舞动红披风吸引公牛，以便他逃避公牛的冲刺。弗里克斯·罗德里克斯是一名技艺高超的短标枪手，可他的病刚刚才好，体能还没恢复得很好，投刺时不会很精彩。只要他体力恢复好了，就是一个短标枪高手了。短标枪高手还有福斯托·巴拉赫斯、绰号"萨拉里第二世"的胡里安·赛斯，还有胡安·埃斯比诺萨（"阿尔米里塔"），可他们的水平都在下降。可能到了本书出版的时候，萨拉里早就不斗牛了。依格那西奥·桑切斯·梅赫斯是个非常优秀的短标枪手，他也以剑杀手之名从斗牛场退役了，可他风格呆板，不好看。有几个年轻的墨西哥人的技术都和这些剑杀手一样优秀，但是等这本书出版时，可能这些剑杀手早已去世了，或倒下了，或闻名于世了。

在我看来，在剑杀手手下做一名短标枪手的人里，投刺技术最棒的有：别名"马加里塔斯"的路易斯·苏亚雷斯、别名"梅里亚"的华金·曼萨纳雷斯、安东尼奥·杜亚尔特、别名"拉斐里利奥"的拉斐尔·巴雷拉、马里亚诺·卡拉托、绰号"卜姆比塔四世"的安东尼奥·加尔西亚，能出色运用红披风的有别名"雷拉"的曼奴埃尔·阿基拉和比温尼达的可靠帮手别名"博尼"的博尼法西奥·佩里亚。依我之见，能最出色地运用红披风的帮手是别名"布朗克特"的恩里克·贝伦格特。有优秀技术的短标枪手通常都想当个剑杀手，可尝试了很多次剑术后，都没有成功，只能在斗牛队里找个职位挣钱谋生。和聘用他们的剑杀手相比，他们通常对公牛更加了解，而且更有特点和风度。可是，他们处在听命于人的状态，所以为了避免在场上抢主子的风头，避免让观众的注意力从斗牛队长那儿转移到自己身上，必须得加倍小心。真正能够在斗牛表演中赚大钱的人只有剑杀手。这也情有可原，因为是他承担着责任，是他冒着最大的危险，说不定会死的也是他。可是，出色的长矛手只能得到二百五十比塞塔的报酬，而短标枪手只能得到二百五十到三百比塞塔的报酬，剑杀手要是能得到一万多比塞塔的话，那相比之下，出色的长矛手的报酬低得实在太荒谬了。要是他们技术马虎，那必定会变成剑杀手的累赘，无论给他们多少钱，无论他们多么技艺精湛，和剑杀手一比，他们顶多也就算是个打短工的人罢了。短标枪手与长矛手的技术炉火纯青的话十分抢手，并且他们每几个人在一个赛季中都进行八十多场表演，可是却有很多出色、能干的人连生存都很困难。所以他们就自发组成了联合团体，剑杀手必须支付给他们一个基本工资，工资的多少还取决于剑杀手水平，剑杀手可以依据他上场定的不同价格把他们分成三个档次。可是，跟上场的机会相比，短标枪手人数仍然是非常的多，所以剑杀手给多少钱都能雇到短标枪手，如果他非常吝啬，他只需让短标枪手在写好报酬数目的纸条上签个字，等到付款的时候纸上写多少钱就出多少。虽然这个行业收入非常低，这些人一直都还一边挣扎在饥饿的边缘上谋生，一边还幻想着他们可以靠公牛，靠斗牛士的自豪感谋生。

有些短标枪手是瘦削的，棕色的肤色，很年轻，有勇气，技术出色，自信满满。比他们的剑杀手更像个男子汉，可能也骗过了他的情人，她们看着好像他过的生活还挺好，还享受着生活。你见到的短标枪手，有的已经是有家庭的令人尊敬的父亲了。对公牛很熟悉，虽然有些胖，可是两腿仍能跑得非常快，他们这些小本经营的商人做的就是公牛的生意。有时他们是凶猛、愚蠢的，可还是勇敢和有能力的，只要能把双腿站定，他们就像一名球员一样。有的短标枪手尽管勇敢但缺乏技术，生存困难，或是太老了，虽然有智慧，可腿力已经没了。在斗牛场上，他们既有威望，又有正确操控公牛的技术，因此深受年轻剑杀手的喜欢。

布朗克特这个人身材十分矮小，特别严肃可敬，一张灰白的脸上长了一个鹰钩鼻。依我所见，他十分了解斗牛，他用一块红披风调教一头公牛的缺陷时，好像施展了魔法一样。他曾经做过何塞利托、格拉内洛和利特里的可靠帮手，但这三人都被公牛杀死了。在危急时刻，他的红披风总能发挥作用，可是他的红披风在他们三人被杀死的时候也没有起什么作用。布朗克特因突发心脏病而死，当他走出斗牛场到旅馆的房间里时，突发心脏病，他都没来得及换衣服洗澡，就死了。

在现今斗牛场上的短标枪手中，也许马加里塔斯投刺短标枪的技术算是最漂亮的了。提到运用红披风，没人能跟布朗克特的风格一样，他只用一只手就展示出了和加利奥用双手挥动红披风的细腻手法相同的效果，但是，他不会抢主人的风头，表现出了一名帮手应该有的谦虚态度。斗牛场上好像风平浪静的时刻，我在关注着布朗克特在关心什么、该怎样行动时，才懂得了和一头公牛较量的过程中，没有注意的细节中所蕴含的深意。

你想进行一场对话吗？聊些什么呢？一些绘画？一些能让赫胥黎先生高兴的东西？一些能让这本书值得购买的东西？好吧，我们能够在这一章的结尾加一些对话。就聊聊德国评论家朱利厄斯·梅厄-格拉夫来西班牙时的事吧。他想来欣赏一下戈雅和贝拉斯克斯的画作，为了记录两人绘画时欣喜忘形的心情并发表评论，但是到这儿之后他更加喜欢艾尔·格列柯①的画作了。他还不满意仅仅是更喜欢格列柯的画作，他还一定要只喜欢格列柯一个人的画作。因此他写了一本书来论证戈雅和贝拉斯克斯都是多么糟糕的画家，目的就是为了要赞颂格列柯，而画家纷纷用耶稣被钉死在十字架上的题材，他就是这样来评价这些画家的。

现在如果想再做这样愚蠢的事可就太难了，因为三人里只有格列柯一个人信奉耶稣，只有他一个人对被钉死在十字架上的耶

---

① 艾尔·格列柯（EI Greco, 1541－1614），西班牙画家，大多以宗教和肖像为主题作画，《奥尔加斯伯爵下葬》等是他的代表作品。

稣有兴趣。你只能通过看画家是怎样画他自己相信或在意的事物，或他讨厌的事物，以此来对他进行评价。所以，如果用一个几乎是全裸着的、被钉死在十字架上的人的画像，来评判相信服装和绘画本身的重要性的贝拉斯克斯，那是很愚蠢的。他肯定认为在这同一个姿势之前，已经有很多杰作了，并且他对十字架上的几乎全裸的人没有兴趣。

戈雅跟司汤达很像，这两位积极的反教会人士一旦看到神父跃入眼帘内心都会涌起一股创作激情。戈雅创作的耶稣被钉死在十字架上的画是冷嘲式的浪漫主义木板油画，能把它当成像斗牛海报一样的宣传耶稣被钉死在十字架上的画。经政府同意，下午五点在马德里大刑场将有精心挑选出的六名耶稣被钉死在十字架上。主持仪式的是以下大名鼎鼎、备受信赖、著名的施刑人，每个人都有一大群帮手，有钉钉子的人，有拿锤子的人，有拿十字架的人，有拿铲子的人，等等。

很显然格列柯是个信奉宗教的人，他喜欢画宗教题材的画。因为在当时，他的精湛艺术并不仅仅为请他画肖像画的贵族生动地描绘了面貌，同时他也能够根据自己所愿，深入其精神范畴，以至能有意或无意地比照他心中不分男女的面貌和身形，把圣徒、使徒、耶稣和圣母创作出来。

有一回我在巴黎和一位姑娘交谈，那时她正在写一部有关格列柯的传记体小说。我就问她："你想把他当作一个同性恋来写吗？"

"不是。"她回答，"为什么我要那么写？"

"他的画你看过吗？"

"当然了。"

"你是否在别处看到过比他的作品更古典的画呢？你是否觉得那仅仅是碰巧的，或者觉得那些人都特奇怪？据我所知，只有圣塞巴斯蒂安，才会被普遍地描绘成那种类型的圣徒。他们全被格列柯画成了那种模样。我说的你也别全信，自己去看看那些画吧。"

"我根本就没那样想过。"

"如果你正在写他的传记，那就好好想想吧！"我说。

"现在已经太迟了。"她说，"我都写完了。"

贝拉斯克斯相信画中的服饰、狗、矮人，也相信绘画本身。戈雅不相信服饰，可他相信黑色和灰色，尘土和光，平原上隆起的高地，马德里四周的郊野，运动，自己的睾丸，画本身，蚀刻版画，还有他亲眼所见的、感觉的、触摸的、用的、嗅到的、享受的、喝的、骑的、承受的、吐出来的、睡过的、怀疑的、注意的、爱过的、恨过的、渴望过的、恐惧的、厌恶的、仰慕的、讨厌的，还有毁掉的东西。显然，没有任何一个画家有能力把这全部都画出来，可是他尝试过。艾尔·格列柯相信托莱多城，相信城的地点和构造，住在城中的某些人，相信蓝色、灰色、绿色、黄色、红色，相信圣灵，相信圣徒们的友谊和联合，相信绘画本身，死后重生，生后即死，还有同性恋。要是他是个同性恋，为了大家的利益，他应该弥补纪德①小说中人物的小心翼翼、表现欲强、唠叨不停、憔悴的老少女傲慢的精神；弥补背叛了整整一代人的王尔德②的戏剧人物的慵懒、自负、堕落；弥补惠特曼诗中人物的还有全部装模作样的贵族们的那种险恶的、多愁善感的人性的焦躁。Viva El Greco El Rey de los Maric6nes③。

---

① 纪德（Andrd Gide，1869—1951），法国作家，《蔑视道德的人》是他的代表作。

② 王尔德（Oscar Wilde，1854—1900），爱尔兰作家、诗人。英国唯美主义主要代 表，主要作品有喜剧《少奶奶的扇子》、长篇小说《道林·格雷的肖像》等。

③ 西班牙语，翻译为：万岁，同性恋男人之王艾尔·格列柯。

第十八章

运用穆莱塔的本领是最终决定斗牛士在这一行业中的排名高低的条件，因为这个阶段是所有现代斗牛流程里最难操控的，也是一名剑杀手可以拥有最大自由来展现他本领的时刻。名声正是靠运用穆莱塔的时刻树立起来的。假设一头适合的公牛，一名剑杀手能得到多少报酬，全凭他运用穆莱塔完成圆满、有想象力、有艺术性和令人激动的表演时的本领来决定的。在马德里，挑逗一头勇猛的公牛，让它在最佳状态进入斗牛最终阶段，但下面可能因为斗牛士的技术不够，不能利用公牛的勇猛和激情施展出精彩的动作，葬送了斗牛士在职业上取得成功的希望。现在奇怪的是，斗牛士们并非依据他们的实际表演进行分类、分等级，发放报酬，因为他们的表演可能会被公牛打乱，他们也许会得病，他们可能被牛角刺伤后就无法完全复原了，或者他们也许需要请假休息。他们的分类、分等级，发放报酬是在最有利的情况下能展现出什么水平来决定的。要是观众知道剑杀手可以运用穆莱塔展现出一连串的招式，并能感觉到这些招式中显露的勇猛、技术、悟性，特别是还有美感，还有浓浓的感情，那么，他们对平淡无奇、胆怯、惹祸的招式就能够原谅，因为早晚他们都会有希望看到斗牛的一系列动作的。在运用这一系列动作的过程中，能令人沉醉，令人有永恒的感觉，能让他着迷。换句话说，虽然是暂时的着迷，但却好比灵魂离开躯体一样的深刻。随着斗牛士使用这一系列的动作，他全神贯注投入其中，所有在斗牛场的人们也都被感化了，情绪更激动了，斗牛士利用公牛让观众的情绪也一步步高涨起来。因为观众的反应也会让斗牛士自己受到感染，那个时候的观众沉醉和着迷得越来越深。但在这深入的沉醉和着迷之时，他们对死表现出秩序井然的、某种形式的、激烈的、持续深入的轻蔑。等到斗牛结束，这场表演的主角公牛得到的是死亡，那种沉醉和着迷就像所有激烈的感情一样，还会令你感到空虚、失落和悲伤。

一名斗牛士处于职业的巅峰时期就是能用穆莱塔做出精妙的一系列招式。但是，如果一名斗牛士在条件有利于自己时，都没法做出精彩的一系列招式，他运用穆莱塔的艺术技巧与本领不足，即便他是勇猛、公正、纯熟的，也熟知自己的技术的，那他由始至终都只能算一个在斗牛场里打短工的人，而且他获得的钱也只能和打短工的人一样多。

一个人，一头牲畜，还有挂在一根棍子上的一块红布，能够导致情感和精神上的剧烈波动，创造出一种纯粹古典之美，这真是令人难以置信。但是，你要是确实看到了真正的东西，那你就会明白的。因为这种经历你也许可以碰到，也许一辈子也碰不到。要是你不愿意相信它是真的，想把这全部看成无聊的东西，那你去看一场看不到奇妙事情发生的斗牛，就能够证明你自己是对的。没有出现奇妙的事情的斗牛有不少，这种斗牛只要你想看就能看到，你都能够从中得到满意的证明。但是，你要是不看那么多场斗牛，那你就肯定无法笃定地说在斗牛场里你会看到运用穆莱塔的精妙的一系列招式。可如果这精妙的一系列招式真被你看到了，最终再来完美的一刺，那你就能懂了，并且你还将把很多很多的事情忘到九霄云外去，只记住眼前的。

从技术角度讲，穆莱塔的作用是保护人免遭公牛的攻击，校正公牛脑袋的高低位置，调教公牛总向某一侧冲刺的毛病，让公牛疲惫，然后让它在某一个地点站定，准备刺杀，让公牛在刺杀时有个目标可以冲击。而不会在剑杀手向公牛挥剑刺去时，自己的身体被牛当作攻击的目标。

原则上来说，应该左手持穆莱塔，右手持剑，用左手拿穆莱塔做完的动作会比用右手这样做更有价值。因为要是用右手或双手来拿穆莱塔，剑就会挑开它，也会有比较大的目标挑逗公牛来攻，也许它在冲得距人身体较远时会再冲击一次，斗牛士也就有更充裕的时间准备下一个招式。

最厉害的穆莱塔招式，叫纳图拉尔式，是做起来最危险，看上去最精彩的招式。做这个招式时，人面对公牛，右手持剑，左手持穆莱塔自然垂放于身体左侧，此刻呈褶皱形状的红布从支撑的短棍上垂下来。从照片中可以看到，人手里握着支撑红布的短棍，一边向公牛走去，一边用红布挑逗公牛，在公牛攻击时人只需随着它的冲刺而转身，并在公牛牛角前挥动左臂。人的身体顺着公牛冲刺的弧线的方向，牛角就处于人对面，人双脚站定，这时在公牛面前他手持红布缓慢地挥动手臂，在原地同公牛完成四分之一圈的转身。要是公牛此刻止步不前，人还能再挑逗它一回，再和它做一个四分之一圈的转动，如此这般，一次一次地反复做。我看到过把这个动作连续重复了六回的，看着似乎人拿穆莱塔施展魔法拴住了公牛。公牛在冲刺以后没准会止步不前的原因有两个，一个是做完每一个动作后，人最终都会抖动红布，让拖在地上的红布的一端发出"啪啪"的声音，一个是因为剑杀手让公牛转身时迫使它跑出一个冲刺弧线，公牛猛烈地扭动着脊柱骨。反之，要是在冲刺之后公牛不停下脚步，而是转身再次冲向人，这时人就能采用 pase de pecho，就是让牛从胸前擦过的办法，甩掉公牛。这个办法恰好同纳图拉尔式相反。采用 pase de pecho 时，公牛没有从正面冲击，人也没有在公牛面前缓慢挥动穆莱塔，公牛是在转身之后向人的身后或侧面攻击的，人就向前挥动红布，使公牛从人的胸前擦过，跟着挥动的褶皱的红布向前冲刺。擦身而过的动作在做完一连串纳图拉尔式招式之后使用，或者公牛突然转身冲向人时人为了保护自己而被迫这样做，而不是有意而为的策略，这一招式是令人最记忆深刻的。一名真的斗牛士完成一连串纳图拉尔式的招式，随后以擦胸而过结束，这种能力标志着其是一名真正的斗牛士。

第一，对于斗牛士来说需要勇气在有很多危险性不大的其他手法可选的前提下，用一个真正的纳图拉尔式挑逗公牛。左手拎着没挥动起来的穆莱塔顺势下垂，等待公牛冲刺，内心十分明白要是公牛没把不太吸引它的挥舞的东西当作目标的话，人就会被它当成目标了，必须用十分镇静的心态应对。第二，先于公牛冲刺挥动穆莱塔，让公牛绕着穆莱塔转，手臂要伸直了挥动，胳膊肘别弯曲，而且身体顺着公牛冲击弧线的方向移动，但不能移动双脚的位置，这需要具备极佳的本领。在没有公牛在场的客厅里，对着一面镜子想要把这一招式连续很好地做上四遍已经非常难得了，要是连做七遍就会感到头晕。很多斗牛士始终就没能把这一招式做得有模有样。必须把身体姿势保持好，不能歪扭，才能完成好这一招式，但此时公牛牛角距离人的腰部十分近，只需抬高一到二英寸就能刺到，而且必须运用手臂和手腕的转动来引导公牛的冲刺，让它一直绕着红布转，到了合适时机，手腕再猛地一抖让公牛停下，这样连续三遍、四遍或者五遍，目前只有斗牛士兼艺术大师才有本事做到这样。

运用右手就能展现纳图拉尔式，用剑挑开穆莱塔，人以两脚为轴旋转，让公牛随着一个人和穆莱塔画出的半圈转动，而并非随着缓缓挥动的手腕与手臂转动。很多靠右手做完的招式优点都很明显，可是在运用招式的时候，手里的剑横穿红布，同一只手拿着剑柄和红布的木杆，如此一来穆莱塔会被剑挑得更大了。与此同时，因为展开的红布更宽大，要是斗牛士想稍微远离公牛做完招式，他也可以做到。贴近公牛他能够做完招式，可是，如需要的话，他也能够稍微远离公牛来做完招式，这对于左手持穆莱塔的人来说就毫无必要了。

穆莱塔的主要技术除了纳图拉尔式和擦胸而过之外，还有一种 ayudados，就是双手同时握住剑和红布，剑横穿红布。这个招式分成 por alto 和 por bajo，依据穆莱塔掠过的是公牛的牛角还是从公牛的鼻子下面来进行分类。

公牛没全部穿过人的半程法，使用穆莱塔完成的全部技法都是为了一个简明的目标。想痛击一头体格强健、主动攻击的公牛，运用一连串纳图拉尔式招式是最佳方法。这样在让公牛转身并逼它疲于奔命的同时，还能逼它用左角去刺红布和人，借此把之后斗牛士上场刺杀时，要公牛冲刺的方向训练出来。一头公牛颈部肌肉要是疲劳度还不够，头还高高扬着，那斗牛士双手同时握住穆莱塔和剑柄，高举穆莱塔，采用 por alto 招式让公牛高扬着头从人身边冲刺红布擦身而过之后，就能使其颈部肌肉疲劳，也会使牛低下头。要是公牛因颈部肌肉太疲劳导致头低垂得厉害，斗牛士想调整牛头位置，避免刺杀之前它的头继续往下垂的话，他也能运用同一招式暂时让牛头再扬起来一些。por bajo 是用挥动和剧烈转动穆莱塔来完成的，有时则是缓缓抽动红布和轻甩其下半部，而应对四蹄仍非常有力或者难以固定于一处的公牛，则要快速来回抖动红布。斗牛士完成这一动作时站在不想冲向人的公牛面前，他的本领体现在他一直坚持站在公牛面前这一地点，坚决不会往后退得很远，与此同时，靠挥动穆莱塔来操控公牛，逼它猛然转身，让它非常快疲劳，把它稳在一个固定的地点。公牛冲刺过人，指的是公牛在一定距离之外用十足力气冲刺。这样，要是人原地不动，正确地挥动穆莱塔，公牛就会把人全部过掉。要是一头公牛不愿过掉人，那要不它就是一头胆怯的公牛，要不就是它上过斗牛场，对这一场景已经十分了解，所以它内心紧张，不想再次冲击了。技术纯熟的剑杀手只需靠近公牛使出几次挥动红布的招式，并留心不要做得太过头，避免让公牛猛地转身扭头，或扭伤四肢，就能让胆怯的公牛明白，它不会被穆莱塔伤到。就能使它相信，如果它攻击是不会被伤到的，这方法能树立公牛的自信心，让胆怯的公牛变成一头看上去勇猛的公牛。斗牛士同样可以运用精细、睿智的招式，让攻击能力丧失的公牛重振雄风，帮它从防御姿态再度转为进攻状态。斗牛士必须冒不小的危险才能做到这些，因为唯一能使公牛重树自信，迫使公牛由守转攻并制伏它的方法就是要竭尽所能靠近公牛挥动红布。就像贝尔蒙特说过的，只留给公牛立锥之地，并且，斗牛士在距公牛如此近的距离里挑逗公牛，万一判断失误，难不了会被公牛刺到，而且无须为挥动红布做些准备的时间。要是在此时他动作仍十分漂亮，你就能保证，这份漂亮完全是天生就有的特性，并不是摆造型。你可能有时间在两只牛角从远处袭来时摆姿势，可当牛角就近在眼前的时候，或者你把穆莱塔甩到公牛一边，然后再抽回它，用剑尖或挂着红布的短棍去扎它一下让它转过来，以此让它消耗体能。或者为了振奋不愿冲击的公牛，你只能在公牛颈部的一角找个安全的地方而左右闪躲，但这时你就没空摆姿势了。

拉斐尔·艾尔·加利奥首创并发展了一个大的斗牛流派，这个派别发展了十分漂亮的招式，最终形成了一个基本流派，而尽可能地抛弃了牛角从斗牛士肚子边擦过的技术。艾尔·加利奥是一名十分优秀、十分敏锐的艺术家，以至不会完全成为一名斗牛士。因此，他慢慢地、尽量不去参与斗牛过程中那些必须要和死亡打交道或者会造成死亡的阶段，无论是导致人的死亡还是公牛的死亡，特别是会导致人的死亡的那些阶段。他采用这种方式创制出了一种与公牛相配合的套路，他的动作因采用这种套路而显得优雅、新奇、真正有美感，代替并避免了他眼中的危险的古典斗牛风格。胡安·贝尔蒙特从加利奥的创新中汲取了自己所需的营养，把它与古典风格相结合并将其融会贯通成为自己全新的风格。加利奥和贝尔蒙特一样，是个敢于创新的人，而在技巧上，他显得更加漂亮。如果加利奥有贝尔蒙特的冷酷、焦躁、凶残的胆量，那就不可能找出一名更优秀的斗牛士了。有关以上所说二者合一的例子，你能碰见的表现得最近似的斗牛士就是他的兄弟何塞利托了，可是何塞利托的唯一缺点就是，对他来说有关斗牛的任何事都太简单，因此他很难因斗牛而充满激情。而很明显，相比之下贝尔蒙特较差的体质决定了他会一直充满激情地去斗牛，不仅让他面对的公牛激动，并且让他的斗牛小组里的任何一个人和大部分欣赏他表演的人都激动了起来。欣赏何塞利托斗牛就像你小时候看达达尼昂①的故事一样。因为他本领太大了，你总是不必为他担心。他本事太大，能力太强了，除非真正的危险出现，否则他是死不了的。如果说斗牛场上能使人的情绪受到最强烈的感染，就其本质上说，是斗牛士运用穆莱塔完成一连串招式的过程中所造成的，同时他又传达给观众的那种永恒的感觉。在斗牛场中他完成了一件艺术品，他戏弄死亡，一步一步把死亡向自己招来，你明白死亡就在牛角之间，因为你看见了在沙地上用帆布盖着的马的尸体，那就是证据。他把自己永不会死的这种感觉传达给别人，但是当你关注他时，这就变成你对自己的感觉了。等到你们彼此都有这种感觉的时候，他便用剑来进行证明。

要是你碰到的斗牛士觉得斗牛就跟何塞利托所感觉的那样十

---

① 达达尼昂是法国作家大仲马的名著《三个火枪手》一书中的主角之一。

分简单，那他就不会像贝尔蒙特一样把危险的感觉传达给别人。即便你看到公牛杀死了他，那也不是你被杀死的感觉，倒更像是诸神之死。加利奥就会有全然不同的表现，他会展示给你一幅吸引人眼球的场景。你看不到悲剧场景，而悲剧也不能取代这个场景。他展示的那场景就是精彩，那些模仿的人只会做样子。

加利奥的创新手法之一叫作 pase de la muerte（死亡式穿越）。他开头都是一连串的穆莱塔招式，而大部分斗牛士也是使用它作为差不多所有一整套连贯动作的第一招。看到公牛走向他时，能抑制住自己紧张心情的斗牛士都应该掌握这一技术，这样观众看到它也会有非常深刻的印象。剑杀手登场走向公牛，侧面站立，拿剑挑开穆莱塔，双手紧攥着提到齐腰高的位置来挑逗公牛，这跟玩棒球的人面对投球者手持球棒一样。要是公牛不冲击，剑杀手就会往前走两三步，双脚再并拢站定，展开穆莱塔。公牛冲击的时候人就像死掉了一样原地站着不动，直到公牛逼近穆莱塔，他才缓缓提起红布，公牛一般就会扬头向天朝着穆莱塔从他身边擦过，所以你只看到人笔直地纹丝不动地站着，公牛则按某种角度仰头朝天冲击，公牛会因冲力的惯性从人身旁冲出去很远。这种招式用起来既简单又安全，因为这一招式通常走的是公牛顺势冲过去的方向，公牛就像冲向一堆火一样从人身旁冲过。还由于它有别于纳图拉尔式，没有用一小块红布诱敌，斗牛士不需让公牛把全部注意力放在那上面，采用这一招式时展现在公牛面前的是一大块类似三角帆的红布，公牛看不到人，只能看到红布。其实公牛并未被操控，斗牛士只是利用了它的冲刺而已。

加利奥也是一位表演精彩招式的大师，有的招式在牛角之间做完，有的招式用双手来做完，从一只手把穆莱塔换到另一只手上，有时把红布转到身后，有些招式刚开始看着似乎是纳图拉尔式，可事实上随着人的旋转，红布把人包裹住了，公牛则会紧紧跟着一段在外飘动的红布；有时人会转身靠近公牛脖子，让公牛自己绕着走，有时人会跪着甩出红布，双手抓住红布按一种弧线挥舞，让公牛随之转个弯儿。表演全部这些招式都必须深度掌握公牛的心理，而且需要有十足信心安全地表演这些招式，具备了这种掌握和自信，这些招式观看起来才会十分精彩，同时加利奥表演起来是非常自豪的，尽管这些动作都是被真正的斗牛所拒绝的。

现今的斗牛士奇奎洛面对公牛时全部运用红布的能力颇具加利奥的风采。维森特·巴雷拉也掌握了这些能力，可是他脚法僵硬紧张，手法特别快。尽管他的风格和技术已经进步很大了，人还是感觉不到他身上有加利奥的纯正的美感，或者有奇奎洛的技术。这些杂耍一样的招式全都只适合那些不想朝人冲刺的公牛，或者适合用在一连串红布招式的第二阶段，用于展现剑杀手操控公牛的能力与创新之美。

如果碰到一头知道怎么过人的公牛非要在它面前表演红布招式，不管完成得有多么高效、多么漂亮或多么创意十足，都已把观众观看斗牛的重要部分夺走了。也就是人慢悠悠地擦过牛角旁，特别靠近，特别缓慢，就跟擦过它身边似的，并且如此一来也就相当于一连串本来真真正正具有危险性的红布招式被一系列姿势潇洒的技术所代替了，尽管这些用来装饰的一连串红布招式也很重要。

现在只有马西亚尔·拉兰达是一个能够用穆莱塔彻底操控公牛的斗牛士，无论公牛是勇猛的还是胆怯的，都能以最快的速度制伏它们，随后又把全部传统而危险的招式一如既往地频繁展现出来，其中包括作为正统斗牛基本方法的左手挥动红布的纳图拉尔式和擦身而过式，还能同时特别精彩地在公牛牛角前展现出鲜活、漂亮的本领。在他刚刚进入斗牛界时，他的技术是有缺陷的，他拿着红披风弯弯绕绕地跑动，展现出来的纳图拉尔式是非常僵硬、歪歪扭扭的，姿势很假，非常不自然。他持续地改进了技术后，现今对穆莱塔应用得已经是轻而易举，他的体格也变得更加强健了，并且因为他对公牛了如指掌，再加上他自己的聪明，所以无论斗牛场牛栏里是怎样的公牛，他都能够表演得恰如其分、吸引人的眼球。起先冷漠是他的特点，现今冷漠这个特点已经基本没了。他曾经受过三次重伤，可是他非但没因受重伤而削弱勇气，反倒因此增加了勇气，而他在一九二九、一九三〇还有一九三一年的三个赛季中也真正展示了一名优秀斗牛士的特质。

在公牛不惹祸，人可以克服紧张心情的前提下，奇奎洛和安东尼奥·马尔克斯这两人都能把完美精湛和纯正的一连串穆莱塔招式展现出来。弗里克斯·罗德里克斯和马诺洛·比温尼达都是使用穆莱塔的大师，都能够制伏一头顽固的公牛，都能将一头好对付的公牛的单纯和勇猛加以利用。但是，罗德里克斯的身体向来很差，比温尼达在他第一次受重伤之后，需要观察一下他控制紧张情绪和反应的本事到底是怎样的。在公牛完全过掉人的情况下把全部红布招式做完，维森特·巴雷拉是一个在这方面能用匪夷所思的技术巧妙地操控公牛的斗牛士，可是，他依然在改进运用红布的技术，他要是能够持之以恒，将会变成一名令人十分满意的表演者。成为一名优秀斗牛士的本领他都具备了。他有本领，有对斗牛的与生俱来的判断力和全面了解斗牛的本事，他反应能力超乎寻常，体格也很强健。可是，在很长一段时间里他都流露出极骄狂自大的情绪，后来他动不动就花钱买评论来粉饰自己的缺点，这样想正视自己的缺点并改正过来就非常困难了。他最在行的就是面对面斗牛时完成鲜活的招式，特别是一种模仿何塞利托的 ayudado por bajo 的招式，把剑和穆莱塔一同攥着，剑尖冲下，挥动剑和红布让公牛转身，朝上一抬剑和红布，招式有些可笑但也灵敏，就像人向前伸出双手，攥着一把合拢着的伞，搅拌着一大锅汤。

吉卜赛人华金·罗德里格斯，别名卡冈乔，他的斗牛方式没有变化，而且会胆怯。从他的风格、动作和惊恐心情来看，他是加利奥的接班人，可是加利奥对公牛的了如指掌还有对斗牛原则的精到了解他都肯定没能继承下来。卡冈乔外貌潇洒、庄严、沉稳而且温和，可是只要碰到一头公牛不给他时间合拢好双腿挥动红布，他马上就会显得惊慌失措起来，公牛通常的兴奋劲头如果显得有些怪异，这个吉卜赛人就会变得特别惊恐，远远伸出穆莱塔，尖头冲着公牛，一步都不敢跨近。他是这样一种斗牛士：如果正好碰到要斗一头会让他自信十足的公牛，他肯定能让你享受一个记忆深刻的下午的。但是，你如果连着七次观看他的表演，他一次次这样的表现就会使你十分厌恶斗牛。

卡冈乔的表弟弗朗西斯科·维加·德·洛斯雷耶斯，别名希塔尼利奥·德·特里亚那，有时候能十分纯熟地挥动红披风，并且，虽然他不如卡冈乔那样能优雅地运用穆莱塔，可是他运用穆莱塔时更加简练、更加勇猛，虽然从根本上讲他的技术还略显稚嫩。他表演一整套穆莱塔招式的时候，好像一直都找不到一个甩掉公牛的好主意，每次挥动红布的结果都无法让公牛冲得足够远，所以等他转过身来，就无法迅速切入，他总是在最不需要公牛靠近身旁的时候让公牛占据优势，所以很多次他都因这样蠢笨的行为而被公牛弄伤。他跟奇奎洛和马尔克斯一样，身体不好，不强健，可是，广大观众是毫无理由就因他身体状态原谅他这样一名报酬很高的斗牛表演者的，因为没有法律强制他在身体状况很差时不得不上场斗牛。可是，在谨慎判断斗牛士的斗牛技术时，斗牛士的身体状况也是必须考虑进去的因素之一，虽然他自己没权利用这个作借口，观众买票是来看斗牛的。希塔尼利奥在斗牛场上勇猛积极，公正洒脱，可是因为他对自己稍显稚嫩的技术显得过于自信，你在观看他表演时会认为他随时可能被公牛捅伤。

希塔尼利奥·德·特里亚那在一九三一年五月三十一日一个星期日的下午，在马德里被一头公牛杀死了。一年多之前，我曾看过他斗牛。在入场式上他一双修长的腿迈着轻快、漂亮的步子，黑黝黝的脸上气色也好过从前了。他在走到围栏边更换红披风时，朝见到的相识的人都一一点头微笑。他看上去很健康，皮肤黝黑。他曾经在一次汽车事故中身受重伤，受伤之后为了给他清洗血块，使用了漂白剂，所以头发也褪色了。现今他的发色又变得乌黑发亮了。他乌黑发亮的头发和黝黑的肤色因为身穿的一套银白色斗牛服显得更突出了。他好像觉得现在什么事都很满意。

对于红披风，他是满怀信心的，他的动作优雅而缓慢——这是贝尔蒙特的特点——是完成这一系列动作的变成了一个两腿修长、屁股瘦削、皮肤黝黑的吉卜赛人。下午的第三头公牛是他斗的第一头，他非常顺利地完成红披风的表演后站在一边看投刺短标枪；随后，在他拿着剑和穆莱塔上场之前，他冲短标枪手做了个手势让他再把公牛引得离围栏近一些。

"当心点，它有些朝左偏了。"管剑的人一边说着，一边把剑和红布交给了他。

"让它随意偏，我能制伏了它。"希塔尼利奥把剑从皮剑鞘里抽出来，从硬剑鞘中拔出的剑似乎变得柔软了，随后他迈开两条长腿向公牛走去。他让公牛进行了一次冲刺，之后用 pase de la muerte 式，也就是死亡穿越式将公牛送出了很远。公牛十分迅速地转过身，手持穆莱塔的希塔尼利奥也转过身来，他举起红布让公牛从自己左侧冲过，同时自己也纵身一跳，两腿劈开，双手依然抓着红布，但是牛头冲下，此时他的大腿已经被公牛左角捅到了。公牛用角把他挑飞，挑向木板围栏。公牛用角抵住他，再次把他从地上挑飞摔向木板围栏。他躺倒在地上，公牛用牛角从背部捅穿了躺倒在地的他。所有的事连三秒钟都不到就发生了，马西亚尔·拉兰达在他被公牛挑飞的一瞬间就拿着红披风狂奔过去，其他几位斗牛士也全展开红披风冲公牛舞动。马西亚尔跑到公牛脑袋边上用膝盖去顶牛鼻子，朝公牛的脸拍打着，想让它丢下人向外跑；同时马西亚尔飞快退向场内，公牛也冲红披风跑去。希塔尼利奥想挣扎着站起身来，可已经站不起来了。此时斗牛场勤务工抬着他冲医院跑去，只见他的头已歪到了一侧。他们抬着希塔尼利奥赶到医务室时，医生正在手术台上给一名被第一头公牛刺伤的短标枪手医治。医生看他没有大出血，股动脉也没被刺断，就帮短标枪手医治完后才开始治疗他。他的大腿两侧都被牛角刺伤，大腿两个伤口上的四头肌和外展肌已经全都被刺破，并且背部的伤情是牛角已经把骨盆刺穿了，刺断了坐骨神经并将之连根拔起了，就好像一只鸟从湿草地中叼出了一条蚯蚓。

他父亲赶到时，希塔尼利奥说："别哭，爸爸。那次的撞车事故多悬啊。别人都说我死定了，你还记得吗？这一次也会平安无事的。"不久后他说，"我知道我不能喝酒，但让他们用酒给我润润嘴吧，只把嘴润湿一点。"

有人去看斗牛时最喜欢看到牛伤到人，而不只是人杀死公牛，那就甘愿花钱看。那时说这些话的人倒是该到斗牛场里，到医务室里，然后到医院里去看看。希塔尼利奥熬过了炎热的六月、七月和八月的上半个月，最终因为脊柱尾部伤口引发的脊膜炎而死。他受伤的时候体重有一百二十八磅，但死的时候却仅剩六十三磅。并且在夏天时他的股动脉发生了三次程度不同的破裂，插在大腿伤口的引流管导致了溃疡，咳嗽还导致了破裂，他的身体因此越来越差。在他住院的时候，弗里克斯·罗德里克斯和巴伦西亚二世都差不多因同一种大腿创伤住了院，也都在希塔尼利奥死之前出了院，尽管他们的伤口都还没好利索，但都能重新斗牛了。希塔尼利奥被公牛甩到木板围栏的底部是他倒霉之处，因此，公牛牛角刺到他背部的时候，他的身体被硬物抵住了。如果他倒在场内的沙地上，导致他致命伤的这一次牛角冲刺就能把他挑到空中，而不是刺穿他的骨盆。在炎热的天气里希塔尼利奥因为神经痛导致精神错乱了，这时候那些说宁愿花钱看公牛捅死斗牛士的人，可以说是值回票价了。在外面的大街上你都能听到他痛苦的叫喊声。让他活着好像是一种犯罪，要是在他刚出斗牛场，在他还能控制自己，还有勇气的时候就死了，那对他来说也许是件比较幸运的事，那就不需要像如今这样，长期遭受令人崩溃的痛苦而导致的肉体和精神上的耻辱与日俱增的折磨。我认为，望着此时的一个人；听着他的呻吟，没准能让你更加对那些马、那些公牛和其他牲畜更加体贴。但是，如果是一匹马，只需把它两耳使劲往前一拽，让头后的脊椎上的皮紧绷起来，轻轻朝脊椎骨中间插进一把尖刀就能了结它的性命，使它纹丝不动躺倒在地。在斗牛士登场的十五分钟内就能杀死一头公牛，并且公牛都是在情绪亢奋时受伤的，如果公牛此时受的伤和人在情绪亢奋时受的伤一样，那么公牛的伤也痛不到哪儿去。但是，人一旦被看作有不灭的灵魂，并且在死亡好像变成了一个人可以送给某个人的最佳礼物的时期，医生可以维持他的生命，那马和公牛好像被照看得很好，可人却要冒最大的危险。

两个墨西哥人埃尔维托·加尔西亚和别名阿尔米里塔·奇柯的费尔明·埃斯比诺萨都是完全有能力运用好穆莱塔的艺术家。埃尔维托·加尔西亚能和最出色的斗牛士一较长短，并且他的技术充满力量与热情，和在斗牛场上让人失去激情的冷酷的印第安人特质不同。阿尔米里塔是冷酷的，这个具有印第安特质的人没下巴，棕色皮肤，矮小身材，还长着两排不整齐的牙齿，他作为一个斗牛士，体格健壮，身短腿长，是一名操控穆莱塔的真正艺术家。

尼卡诺尔·比利亚尔塔要是碰到一头直着往前冲刺并能让斗牛士双腿并拢的公牛，他就能更靠近公牛施展招式，也会显得更兴奋、更热情。他挺起肚子弯着腰，腰部蹭到了牛角，而且运用巨大的手腕力量操控红布，使公牛一次次随着他转身。公牛距他很近并从他身旁擦过，有时公牛的肩胛都能碰到他，牛角蹭到他的肚皮，相距非常近，回到旅馆你能在他的肚皮上发现一条条擦伤，那毫不夸张。我就曾经看到过他肚皮上的擦伤，但是我当时认为那没准是短标枪的枪柄的擦伤，因为他和擦身而过的公牛离得特别近，他的衬衣因被短标枪护着，并没沾到血迹；可是也许是牛角的扁平部位擦伤的，因为牛角距离特别近，我没想着离得太近去看。他真是靠一身胆量完成了一连串伟大的招式。胆量和充满魔力的手腕令你体谅了他僵硬丑陋的招式，你在他面对全部不给他机会合拢双腿的公牛时都能看到那种招式的模样。你在马德里能看到比利亚尔塔精彩的一系列红布招式；在马德里，所有的剑杀手都不如他引出的合作公牛多。他每次想引出一头顽固的公牛的时候你绝对能看到他像只螳螂似的蠢笨模样，可必须记住，他的蠢笨模样并非由于胆怯所致的，而是因为身材造成的。因为身材的原因，他必须紧紧合拢双腿才能把漂亮的姿态展示出来，所以，要是一名身材自然匀称的斗牛士身上展现出蠢笨的模样标志着他的惊恐的话，那在比利亚尔塔身上出现的蠢笨模样只能表明他面对的是一头他只能两腿劈开才能斗的公牛。但是，你要是可以看到他合拢双腿时的表演，看到他在公牛冲刺之下如同

风雨中的树那样弯着腰，看到他操控公牛绕着他一圈一圈地转
动，看到他在稳住公牛以后，激动地跪在公牛面前，嘴巴几乎触
得到牛角，那你就会对上帝赐给他的那个长脖子表示宽容，对他
宽大得像床单的红布表示宽容，对他电线杆似的长腿表示宽容，
因为他那所有奇特混合于一身的体形中暗含的胆量和自尊能比得
上十二名斗牛士。

　　卡耶塔诺·奥尔多内斯，也就是尼诺，可以两只手都把红布
运用得非常漂亮，他的表演非常优秀，关于穆莱塔的一连串招式
具备艺术和戏剧上的理念，可是，当他看到公牛牛角上挂着你的
住院单据（住院是免不了的）和死亡，住院是难免的，死亡也是
可能的，在公牛肩胛骨之间也挂着五千比塞塔之后，他就变成另
外一个人了。他想要钞票，可是在他发现想要获得这钞票必须在
牛角尖上付出些代价时，他就不想要靠近牛角去拿了。勇气所以
来的距离如此之短，仅仅从心脏到头部罢了，可是只要丢掉了勇
气，谁都弄不清它会跑多远了；可能在大出血时丢掉了勇气，或
是和女人温存时丢掉了勇气，但是，无论勇气跑哪里去，一件糟
糕的事就是丢掉了勇气仍继续在斗牛界混着。有时你经历了再次
受伤会再次重拾勇气，第一次受伤可能会把死亡的恐惧带来，而
第二次受伤也可能会驱散对死亡的恐惧；一个女人有时会把你的
勇气带走，而另一个女人有时也会把你的勇气还回来。斗牛士凭
借他们对斗牛的认识和防控危险的本事继续进行着斗牛，并盼望
着能够重拾勇气，勇气有时能回来，可大多数时候勇气再也回不
来了。

　　恩里克·托雷斯和维克多利亚诺·罗杰·巴伦西亚二世两个
人都是操控红披风的能手，不真正具备运用穆莱塔的能力，而正
是因此他们在斗牛行业中被限制住了。路易斯·富恩特斯·贝哈
拉诺和别名福尔图纳的迭戈·马斯克里安这两名十分勇猛的斗牛

士，他们风格单一，毫无特点，但他们特别深刻地掌握了自己的职业，能制伏顽固的公牛，随意找来一头公牛，他们都可以表演得不错。可是与贝哈拉诺相比，福尔图纳的类型很传统，贝哈拉诺的类型也可以说是糟糕的现代杂耍，可是要说他们的勇气、本领、运气和欠缺技艺，这两人倒是非常类似的。无论是斗普通的公牛还是斗顽固的公牛，他们俩都是值得去看的剑杀手。因为在类型独特的斗牛士有心无力之处，他们俩能展示出不错的斗牛表演，还带着许多看点和招式，偶尔也能展示出真实动情的一刻。在别名苏里托的安东尼奥·德·拉·哈巴、马丁·阿格洛，还有马诺洛·马丁内斯这三个最优秀的斗牛场杀手里，仅仅马丁内斯还能够运用穆莱塔做出几个叫人看得过去的招式来，但是如果他表演成功了，那并非由于他有真正能运用红布的能力，而完全是因为他的勇气和所冒的危险。

　　其余三十四名积极奋战在斗牛场上的正式剑杀手里，值得一提的屈指可数。一个是马拉加的吉卜赛人安德雷斯·梅里达，身材瘦长、面无表情，他是运用红披风和穆莱塔的天才，我只碰到过他这么一个斗牛士，可以在场上完全显得心不在焉，好像他正在想着远方的与斗牛毫无关系的事情。他也非常容易表现出完全的恐惧，无法用语言形容的恐惧，但是如果他对一头公牛有信心的话就能够展示出精彩的表演。在卡冈乔、希塔尼利奥·德·特里亚，还有梅里达这三名纯正的吉卜赛人里，我最喜欢梅里达。在我看来，他既有别的斗牛士的魅力，还有其他人所没有的特立独行的特点，再加上他心不在焉的模样，他是继加利奥之后全部吉卜赛斗牛士中最能引起人兴趣的一个。在所有吉卜赛人中，卡冈乔是最有本事的一个。希塔尼利奥·德·特里亚是最勇敢、最值得尊敬的斗牛士。去年夏天，几位从马拉加来的人跟我说，梅里达并非一个纯正的吉卜赛人。要是果真如此的话，他作为一个假吉卜赛人，比那些纯正的吉卜赛人更加优秀。

萨图里奥·托龙是一名杰出的短标枪手，十分勇猛。但他作为剑杀手时运用技巧的方法是最糟糕、最愚昧、最危险的。他干过短标枪手，在一九二九年拿起剑来做新斗牛士，而且碰到一个不错的赛季，仅仅是凭借勇气和运气取得了成功。

一九三〇年在潘普洛纳，马西亚尔·拉兰达宣布他晋升为正式剑杀手，他在前三次斗牛表演中已身受重伤。要是他能够提高自己的品位，去掉自己风格上一些小城镇人的粗野动作，那他想学会斗牛还是有可能的。可是一九三一年我通过关注他而明白，他的情况是没得救了，我只能希望他别被公牛杀掉了。

能称得上真正勇敢的有两名剑杀手，可是他们都因没有什么能力最终也无法在斗牛界占据任何地位，这两人就是别名卡尼赛里托的伯纳德·穆尼奥斯和别名苏里托的安东尼奥·德·拉·阿巴。另外一位真正勇敢的斗牛士，别名帕尔梅诺的胡里奥·加西亚，尽管身材较矮影响了他，可是能力比卡尼赛里托和苏里托强一些，他没准能取得一些成就。

除了多明戈·奥尔特加之外，新涌现出的杰出剑杀手之中还包括何塞·阿莫洛斯，他的类型是有独特的弹性，他好像是用橡皮筋做成的一样从公牛处往外伸长，除去他那独一无二的弹性特征，他只能算是二流水平；墨西哥的印第安人何塞·冈萨雷斯，人送外号"墨西哥的食肉动物"，风格勇猛奇特，往往会出其不意，说勇敢倒是很勇敢，可是这样一名杰出的短标枪手，一名有本领、勇猛并且十分充满激情的表演者，要是在与真正的公牛竞技时也像斗小公牛那样冒险，那他就不会活很久，并且因为广大观众已经习惯了他这样激情十足的状态，所以如果他不再这样冒险的话，几乎不用怀疑，他不能令人觉得新鲜了。所有新崛起的斗牛士中，最有前途的就是赫苏斯·索洛萨诺，你要是不知道他的教名的昵称叫赫苏斯，也可以称他为丘乔。他是一个墨西哥的非印第安人，一个优秀的斗牛士，勇敢、本领高强、聪明，他能自如地运用自己学会的各个方面的技术，他只对一个几乎可以忽视叫作 descabello 的技能不熟练，就是从公牛后脖子处刺它一剑，可是无论如何，他都是一个毫无个性的斗牛士。很难对这种个性的缺乏进行分析，可直到现在，他在不直接面对公牛的时候，看上去一直都处于惭愧、鬼鬼祟祟、有缺陷、弯着腰走路的状态。斗牛士们说，斗牛士因为害怕公牛，他自身的特性不在了，换句话说，无论他是高傲、目空一切，还是温和、优雅，恐惧都能把这些特点除掉。可是索洛萨诺好像没什么特点能够丢失了。但是，他要是同一头他很有信心的公牛竞技，他就能十分精彩地展示出他的所有技术。他模仿高纳的特点向公牛缓缓地步步紧逼过去，最精彩地投出一对短标枪。我观看的一九三一年全部赛季中的斗牛，就数他的红披风技术最高超、最缓慢，他的穆莱塔动作也是最令人激动的。他斗牛的消极部分是在他精彩地展示技术同公牛表演之后，只要远离公牛身边，他又马上弯着腰，面色铁青，模样十分冷酷。但是，有特点也好，没特点也罢，他是一个有知识、伟大艺术性和勇猛的十分优秀的斗牛士。

另两名新秀剑杀手是何塞·梅希亚斯和大卫·利希亚加。何塞·梅希亚斯别名佩普·比温尼达，马诺洛的弟弟。与哥哥相比，他更有勇气，更容易激动，有众多特殊的本领，还有特别可爱的特质。可是，他欠缺马诺洛的艺术才能和安全操控公牛的知识，虽然这些随着时间可以完善。墨西哥人大卫·利希亚加是一名年轻的斗牛士，有出色的穆莱塔技术，但运用起红披风来杂乱无章、毫无本领，短标枪技术也是平庸得很，对于一个墨西哥人来说这非常奇怪。一九三一年他在马德里只参加过两次斗牛赛：一次作为见习斗牛士，当天我正好去阿兰胡埃斯观看奥尔特加斗牛去了；另一次是在十月，那一次是他要被晋升为正式剑杀手，但我已经离开西班牙了。可是，在墨西哥城他深受欢迎，无论谁想将他弄个明白，也许都能在冬天的墨西哥看到他。

斗牛界永远都会出现新人。这本书出版之际也会涌现更新的新人。每一个赛季，在媒体的狂轰滥炸下，在马德里因为有一头对他们很友善的公牛，这些斗牛士靠着一个顺利的下午就茁壮成长了；但是和这些仅胜一场的斗牛士相比，昙花一现的斗牛士反而能看作是永恒的纪念了。从现在起的后五年内，他们吃了上顿没下顿，可是总会把一件上咖啡馆才穿的外套整理得十分干净，他们还会给你形容当年在马德里如何登场，说他们比贝尔蒙特更加优秀。没准这是真的。"那你最后一次斗牛表现如何？"你问道。"我刺杀时运气有些差。仅仅是有些不走运。"当年的天才回答。你说："那太丢人了。人总不能一直靠运气杀牛。"你在自己的脑海中看到那个天才，大汗淋漓，面色苍白，吓得要死，不敢抬眼看一下牛角，也不敢走近公牛面前，一对剑掉落于地，红披风环绕着他，怀着剑能刺中其要害的希望以一个角度冲向公牛，许多坐垫抛进场内，犍牛准备着进入场内。"刺杀时只是有些倒霉。"那都是两年前的事了，除了因夜里在床上被梦惊醒，冷汗满身，非常恐惧，还有饿得活不下去之外，他从此以后就再也不肯去斗牛了。因为每个人都知道他是个胆小鬼，是个废物，所以他可能被迫要对付谁也不想斗的公牛。因为他缺少训练，要是他鼓起勇气斗一下，公牛可能会杀了他。或者他又会"刺杀时有些倒霉"了。

斗牛士们总是尝试着练出他们自己的技艺，在西班牙国内仍然有七百六十多个没有成功的；技术高超的人因恐惧而无法成功，有胆量的人因为缺乏天赋而无法成功。如果不走运，有胆量的斗牛士会因此而丧命。一九三一年夏天，我看过一场五岁的公牛的很大很迅速的斗牛，还有三名学徒剑杀手。别名费尼托·德巴利亚多利德的阿方索·戈梅斯斗牛的时间最长，他早已过三十五岁，曾经也很帅气，可碌碌无为，但是自尊心很强，聪明而勇猛。他在马德里干斗牛这行已经十年了，可丝毫未曾引起广大观众的注意，因此也未能从见习斗牛士升为正式剑杀手。斗牛时间第二长的是别名阿尔卡拉雷诺二世的伊西多罗·托多，他三十七岁，身高刚过五英尺。他是一个矮胖、开朗的小个子，仅靠他斗牛的微薄收入，养着四个孩子、他寡居的妹妹和一个同居的女人。作为一名斗牛士，他全部拥有的就是非凡的勇气和矮小的个子。尽管他因矮小这个缺陷不能成为一名剑杀手，可是，他也因此在斗牛场上显得很吸引大家的好奇。斗牛时间第三长的斗牛士是十足的胆小鬼米格尔·卡西埃尔斯。但这是一个枯燥难听的故事，仅仅需要记住阿尔卡拉雷诺二世的非常难看的死法。当时我犯了个错误，我很后悔跟我儿子说了有关他死的事了。他看到我从斗牛场回到家里就缠着我给他讲斗牛的事。我真蠢，把所有看到的都告诉他了。他什么都没说，只是问我他被杀死是不是因为他太矮小了。他自己也很小。我说"是的他很矮小，可还因为他对运用穆莱塔不在行"。我没说他被杀死了，而说他只是受了伤。尽管这一点头脑也算不上很多，但我还是有的。随后有人进入房间，我看着锡尼·富兰克林走进来用西班牙语说："他死了。"

"你没说他死了。"孩子说。

"我不是很确定。"

"他死了，我不好受！"孩子说。

次日他说："我总是不停地想这个人，他因为很矮小才被杀死的。"

"别想它了。"我说，那是我这辈子第一次希望能收回自己说过的话，"老想着那事多无聊。"

"我不是故意去想它的，如果你没告诉我这件事就好了，因为我每次闭上眼睛都能看到。"

"没事多想想小不点！"我大声说。"小不点"是怀俄明的一匹马。所以有一段时间我们都非常注意不提到死亡。那时我眼睛很难受不便看书，我妻子就拿着达希尔·哈米特①写的迄今为止最血腥的一本书《罪责难逃》大声读给我听。每次哈米特先生想让一个角色或一群角色死的时候，我的妻子就用"哇呜哇呜"来取代刺杀、宰掉、爆头、鲜血四溅等有关死的词。没多久，孩子听了"哇呜哇呜"认为很好玩，十分喜欢，他说："你知道那人被哇呜哇呜了是因为他太矮小吗？现在我已经不去想他了。"我也明白没事了。

一九三二年有四名斗牛士被晋升为剑杀手，其中两位前景不错，需要提一下。一位被看作奇珍，一位可能会被看作天才的可以忽略他。两位前景不错的人，一位叫胡安尼托·马丁·卡洛，绰号"小孩子"，一位叫路易斯·戈梅斯，绰号"大学生"。"小孩子"当时二十岁，他在十二岁时就作为神童开始斗小公牛了。他风格优雅，非常高贵、可靠、聪慧，还有本领，他面容秀美，就像年轻女孩一样，可是登上斗牛场上他就变得盛气凌人，态度严肃，除了他那张女孩的面容之外并没有女孩的柔弱，肯定也不会显得软弱。尽管他聪明、有精彩的技术，但他还有冷酷、没有激情的缺点。他斗牛时间已经很长了，所以他好像具备了达到事业终点的剑杀手的那种谨慎和自我保护的办法，也不会跟小孩子一样，在任何情况下都想要去冒险。可他具备高超的艺术本领和聪慧，他的斗牛职业是十分值得去关注的。

"大学生"路易斯·戈梅斯是一个敏锐的，棕色皮肤的，帅

---

① 哈米特（Dashiell Hammett，1894－1961），美国"硬汉派"侦探小说的代表人物。

气的，体型很棒的年轻的医科学生，能够被看作标准的年轻剑杀手类型的模范。他运用红披风和穆莱塔展现出精彩、高超、标准的现代风格，他的刺杀动作迅速、技术纯熟。他在其他省份参加过三个赛季的夏天斗牛，冬天就回到马德里继续学医，他在去年秋天作为见习斗牛士在马德里第一次登场就获得了空前的胜利。一九三二年三月，他在圣约瑟城的斗牛中晋升为正式的巴伦西亚剑杀手。用我非常相信的斗牛爱好者的话说，他表现出色，十分有前途，可在运用穆莱塔的时候，他偶尔展示红布招式的勇气和期望把他的优势减弱了，他自己完全没注意到这些，而仅仅靠着他的运气和反应能力才能脱险。表面上看好像是他操控着公牛，而事实上是好运气救了他不止一次。可是谈到聪慧、勇猛和不错的风格，要是他第一次以正式剑杀手身份登场时运气不错的话，他作为剑杀手确实是真正的希望。

马德里保皇派日报《A．B．C．》的非常有号召力的斗牛评论家葛利高里奥·科洛查诺，他的儿子阿尔弗雷多·科洛查诺因何塞利托的妻舅伊格纳西奥·桑切斯·梅希亚斯的影响，并根据他父亲的要求被培养成了一名剑杀手。可是他父亲在梅希亚斯斗牛致死的那个赛季，曾经写过十分尖酸恶毒的文章批判斗牛。阿尔弗雷多这个年轻人皮肤黝黑、身体瘦弱、态度轻蔑并且傲慢自大，一张脸非常像波旁王族，还有些西班牙国王阿方索十三世小时候的模样。他曾在瑞士上学，在桑切斯·梅希亚斯、他的父亲还有那些讨好他父亲的人的帮助下，他同马德里和萨拉曼卡公牛饲养场培养的用于检测的小公牛和许多公牛进行过剑杀手训练。他做职业斗牛士大概三年，最初跟比温尼达的孩子们一起进行儿童斗牛表演，在最后一年变成了正式斗牛新手。因为他父亲的缘故，人们在马德里见他上场时表现出了十分强烈的厌恶。他感觉到了人们的愤恨，每一个敌人都是他父亲经常写的精妙的嘲讽文章所产生的，还有些人由于厌恶他是个中产阶级保皇派的儿子，觉得他抢走了那些需要面包谋生的孩子在斗牛场上获得面包谋生的机会。同时因人们厌恶情绪提高了他的知名度和人们的好奇心，他也从中得利了，并且他作为斗牛新手在马德里的三次上场，都表现出了一个男子汉的高傲和自大。他的表现证明他是一个杰出的短标枪手，熟练运用穆莱塔，同公牛竞技时能够观察到位，特别聪敏。可是他表演红披风很差劲，根本无法刺杀得当，甚至都没做出看得过去的刺杀。他于一九三二年在卡斯特利翁晋升成一名正式剑杀手，并参加了当年的第一次斗牛。我的朋友跟我说，自打我看他表演之后，他毫无改变，仅仅校正了自己双手持红披风的难看姿势，采用的办法是用红披风做出许多奇怪的招式来替换那无可取代的验证斗牛士冷静情绪和艺术才能的标准。他作为一个罕见的人物，人们对他的斗牛生涯将会十分关注，可是我觉得，除非他能掌握好刺杀本领，否则只要他作为他父亲的骄傲的新鲜劲完全耗光之后，观众很快就会对他兴趣全无。

维多里亚诺是一个年轻的斗牛新手，一九三一年九月他急不可待地想在马德里制造一个奇迹，一个伟大的下午。他是在马德里附近地区找来的，公牛也是精心挑选出来的体格不大的公牛，如此一来就能把事故的可能性降低到最小，也能够大肆渲染胜利，因为马德里的那些斗牛评论家来观看斗牛是花钱请来的。随后恰巧在赛季尾声的关键时刻让他第二次去马德里作为正式剑杀手上场表演，他的表现证明他的晋升太急切了，他也太不成熟了，没有扎实的职业基础，并且他还需更多的磨炼和经历，然后才有可能对付成熟的公牛。本赛季他的几个斗牛合同都是去年他在马德里失利之前签好的，可是，虽然他伟大的天赋本领有目共睹，但是，他仓促晋升为正式剑杀手好像是为了让人们迅速忘掉了他，而事实上，所有在他之前人们已经忘掉的其他天才又会加快其被遗忘的过程。跟平常一样，尽管责任不在表演者自身而是在发现他们的人身上，可我还是期望我的判断不是正确的，还期望他作为剑杀手进行斗牛的同时，奇迹般地掌握斗牛技术，可是因为这么干已经极大地愚弄了广大观众，所以即便剑杀手已经掌握了技术，观众也不会轻易原谅他了，而等到他足够成熟能令观众满意的时候，观众已经不愿意来看他了。

第十九章

正确地杀掉公牛的两种方式是用剑和穆莱塔，一是公牛不按要求紧随红布以致人被牛角捅伤的时候，一是剑杀手在斗牛的最精彩时刻主动耍出几个花招，你所看到的九成被杀死的公牛是用搞笑的模仿真正杀牛的招式杀死的。因为表演红披风和穆莱塔的大师，与一位公牛杀手所具备的素质，是很难同时出现在一个人身上的。一位优秀的公牛杀手必须热爱杀牛；除非他觉得这工作他去做最适合，如果他认识不到这件事的严肃性，而且觉得能把这件事做好了就是一种回报和奖赏，否则他就无法强制自己去真正杀牛。真正优秀的杀手，他的荣耀感、自豪感必须大大强于普通斗牛士。也就是说，他必须是个更加淳朴的人。除此之外，他必须因斗牛而快乐，不单把杀牛视作是手腕、眼睛的技术和灵敏性强于其他人的左手本领，这是他作为一个淳朴的人天生就有的那种形式最简单的自豪感，还有就是他在刺杀的那一瞬能够享受到精神上的乐趣。一部分人最大的享受之一就是杀得痛快利索，杀的方法又可以带给你一种美的感受和自豪感。因为另一部分没能从杀戮中取乐的人通常更加善于用言语表达，因此为我们供应了大部分的杰出作家，但有关真正体会到杀戮乐趣的描述却很少。像射击飞禽的杀戮趣味纯粹因美感而生；像艰难地追捕猎物的这种趣味就是出于自豪感，正由于举枪射击的一瞬间显得十分重要，因此在此时人的心才乱跳不止；除去上面这几个之外，杀戮最大的乐趣之一还在于杀死的时候引发的反抗死亡之情。你只要认同了关于死的定义，就能够很简单、很自然地遵守不杀人这一戒。可是，在一个人依然处于反抗死亡的情况时，他非常乐于让自己拥有一种庄重地给予死亡的本领。这是乐于杀戮的人身上最深刻的情感之一。这些事情完成得很自豪，而自豪肯定是异教的美德，是基督教的罪孽。可是，斗牛正因为自豪而生，优秀的剑杀手是因为具备真正的乐于杀戮的情感才产生的。

以上是一个人想变成杰出的杀手必须具备的精神品质。但只有这些还是不行的，除非他拥有——目光敏锐、手腕强劲、胆子大，还有左手能灵巧地挥动穆莱塔这些应具备的各种身体素质来完成一场完美的表演。他这些方面的素质必须十分优秀，否则他的真挚和自豪只能把他送进医院。西班牙现今还没出现一位真正优秀的公牛杀手。一些成功的剑杀手如果想杀牛，又碰上好运气，是能精彩地刺杀的，虽然特点不鲜明，可是通常他们并不想这么做，因为他们不需要为了迎合观众而这么干；从前有些剑杀手本来能够变成十分优秀的杀手，他们在最初的斗牛生涯时竭尽所能地刺杀公牛，可是，观众早就不爱看了他们运用红披风和穆莱塔方面的拙劣本领了，因此斗牛合同也不多，缺少提升刺剑技术的机会，甚至失去了继续练习的机会；有些剑杀手刚刚进入斗牛生涯时有很不错的刺杀本领，可是还没有经过时间的验证或检验。可是，没有哪个优秀的剑杀手能够在斗牛场上长久地刺杀得很棒、很容易，并且很自豪。几名重要的剑杀手的杀牛技术已经是纯熟自如并让人看得摸不着头脑了，结果只空留给人们遗憾，失去了原本应该是斗牛情绪最为激动之时的所有感召。现今的感情由红布来展示，偶尔也是由短标枪来表达的，而运用穆莱塔时展现的感情是最易被肯定的。至于你所能希望的最佳剑刺，则是在不把之前制造的效果破坏掉的前提下尽快刺杀公牛。我觉得我是在看完斗牛士用不同手法把五十多头牛刺杀完之后才发觉有一头公牛被精彩地杀掉。我并没有抱怨过那时的斗牛，那时的斗牛是非常有趣的，跟我已经看过的其他竞技相比要好得多；可是我一直觉得等到用剑刺杀时，斗牛的精彩场面已经完了，剩下的就没什么好玩的了。可要是我根本不懂杀牛，我还是会认为到了刺杀时的斗牛已经是没什么好玩的了，那些把斗牛中的杀牛说得或描述得非常有趣的人是骗子。我有自己的非常简单的立场观念。我心里清楚，必须杀掉公牛才能称为斗牛；看到用剑杀死公牛我也会很高兴，因为看到用剑去刺杀是很难得的；但是却像耍了一个花招把那公牛杀死了，因此我丝毫不为所动。我想到，这就是斗牛，虽然没有十分有意思的结局，可没准那也是斗牛的一个部分，我对此还不理解。无论如何，花两块钱可以买到的最有趣的东西非斗牛莫属了。然而，我还记得第一次看的那场斗牛，我还没看明白，甚至我还没能看明白发生了什么事，只见到那个新鲜的地方人山人海，一片嘈杂，不断有穿白上衣的卖啤酒的人在你面前穿行。朝底下的场内望去，眼前两根钢索晃动着，只能看到公牛肩上的一摊血，它奔跑时短标枪被撞得砰砰响，脊背中间有一道沙土，公牛头顶的牛角看着就跟硬实的木头一样，比你弯起的手臂还粗；在这熙熙攘攘的紧张氛围中，当斗牛士朝公牛刺入剑的时候，我还记得我经历了特别激动的时刻。

　　但是我心里依然搞不懂究竟发生了什么事，当我仔细观察第二头牛被杀的时候，那种激动之情就没了，我看出来那只是个花招。在我看完五十头公牛被刺杀后，心情又激动了一回。但是我在那个时候已经懂得刺杀公牛是什么情况了，并且我明白那是我第一次看到了符合规定的剑刺。

　　约距五码之外的斗牛士则并拢双腿站好，左手持穆莱塔，右手握剑，而公牛面对斗牛士。斗牛士左手举起红布，观察公牛的目光是不是盯着红布，随后他放下红布，将红布与剑合握于一手，侧身面对公牛，使劲一拧左手收拢红布，紧贴于穆莱塔的木棍上，在收拢的穆莱塔上竖起了剑，眼睛顺着剑瞄向公牛，斗牛士的头、剑身和左肩冲着公牛，而此刻左手抓住低垂的穆莱塔。你看到斗牛士此刻精神紧绷，走向公牛，随后看到的就是他已然过掉了公牛，一种情景是手中的剑翻滚着向空中飞去，另一种情景是红绒布包裹的剑柄，在公牛两肩之间，或者在颈部肌肉上露出剑柄和一截剑身，只看到人群或是赞赏地发出高呼或是大喊大叫责怪着斗牛士，那取决于斗牛士剑刺得如何以及剑刺进去的位置了。这种情景是我们看到的常用的杀死公牛的方式。

　　当然你能看到的刺杀公牛只有这些了，可是刺杀的技术性问题是这样的：以把剑插入公牛心脏不是杀得漂亮与否的依据。要是按规定刺入肩胛间的上部，剑身长度是不能触及公牛的心脏的。要是迅速进行刺杀，从肋骨顶部的脊椎骨穿过的剑就会把主动脉割断。如此一来，就算做完了一次纯熟的剑刺。斗牛士想做到这一点的话，除了有好运气外，刺入时剑尖绝不能碰到脊椎，也不能碰到肋骨，这样才行。如果公牛竖起头，谁都不能一边走向公牛一边用手伸到它的头上方，把剑刺进两肩之间。公牛的头一抬起来，剑身长度就不够从头部刺到两肩了。人必须让公牛低下脑袋暴露出那个部位，才能做到把剑从规定位置刺进去杀死公牛。即便暴露出那个部位，人想刺入剑去，还必须探身向前到公牛低下的头和颈部上方的地方。要是在剑刺入的时候公牛把头抬起而人没有摔向空中，那么肯定会发生以下两种情况的其中之一：一种是斗牛士右手持剑刺进公牛时，因为他左臂操控着穆莱塔，公牛肯定会擦着人的身体冲过去；一种是人肯定会与公牛擦身而过，这是由于人左手拿着穆莱塔控制了公牛，使它从人的身边冲过去，还有人探身从公牛头部上方把剑刺进去随后又从公牛身体一边撤出，他把穆莱塔放到低于身体的左前方。运用人和公牛同时行动的办法，能够把剑刺十分巧妙地做完。

正确刺杀公牛的两条技术原则：一是公牛必须走向人，又擦着人的身体过去，也就是挥动穆莱塔对公牛的挑逗、吸引、控制，使它冲过来并由人的身边冲过去，与此同时，剑插进公牛两肩之间；一是人必须让公牛来定位，它前蹄并排着踩在一条线上，后蹄站好，头不太高也不太低，并且斗牛士必须先举起并放下红布来试探一下公牛，观察红布是不是吸引了公牛的目光，随后他左手持穆莱塔在公牛面前一晃，要是穆莱塔吸引了公牛的目光，它就会冲向人的右边，他随后会迫近公牛，随着公牛冲过来，公牛会攻击人身边把它引离的红布而低下了头，剑杀手伸手把剑刺进去，并从公牛侧腹部抽身出来。要是人等着公牛朝他冲来，这就叫作 recibiendo，或叫迎击式刺杀。

要是人冲着牛进攻，这就叫作 volapié，就是进击式刺杀，也就是飞奔出去。人左肩冲着公牛，利剑横在胸前指向它，左手持红布紧贴下垂的穆莱塔，准备好进攻姿势，这称为侧身式刺杀。人运用这个招式进攻时只要红布没能调动公牛，距离公牛越近，那他想抽身出来躲避公牛的可能性就更小。左臂持穆莱塔横放胸前并为了摆脱公牛向右侧挥舞出去，这招称为横胸式。一旦人未能用出这一招，他绝对会被公牛挑飞。人如果没有挥动穆莱塔把公牛引出足够远的话，肯定会被公牛的角刺到。手腕的功力好才能做出好的横胸式，把穆莱塔贴紧的褶皱打开，并向一边挥动，同时手臂还有从一边朝外摆动的简单手势。斗牛士们都会说左手运用穆莱塔调动公牛，右手持剑刺杀，可是要说是用右手杀的公牛，倒不如说是用左手杀的更合适。要是剑没碰到骨头上，不用费什么力气就能把剑插进去。在穆莱塔的正确引领下，人要是随着剑探身向前，有时手上的剑就像是被公牛抽走了一样。但是剑如果碰在骨头上，那情况就跟把剑插到橡皮包的水泥墙上一样。

起初杀公牛采用的是迎击式，剑杀手去挑逗公牛，等待它最后的冲刺。对那些脚发沉、不愿冲刺的公牛，就拿绑在一个长棍上的新月形的刀把它后腿的肌腱砍断，然后在它不能走动时，把匕首插进颈椎骨中间。十八世纪末期，华金·罗德里格斯发明了进击式后，就不再使用这种令人难受的方式了。

采用迎击式杀牛，人就要一条腿前屈并挥动穆莱塔用以激怒公牛进攻，随后人双腿稍微叉开站定不动，等着公牛冲过来，直到随着把剑刺入，人和公牛的身影交于一处，很快双方遭遇引发震惊，而后这两个身影又立马分开，这一瞬间利剑把人和公牛连接了起来，剑好像在以英寸计地刺入进去：这是一种最高傲的处死方式，也是你可能看到的最精彩的斗牛场景之一。你也许永远都看不到这个场景，因为做到正确的进击式刺杀特别危险，与迎击式刺杀相比，危险还是小得多，也因为这样，现在的斗牛场上，只有在非常难得的条件下，斗牛士才会主动迎击公牛。在我看到过的一千五百多头公牛的刺杀中，正确地做完的也仅仅四回而已。可是你会看到尝试这么干的斗牛士，他恰恰遇到了迎击公牛的条件，而且能运用手臂和手腕甩掉公牛，不是跳到一旁，摆弄个花招，否则的话就不能算是迎击公牛。这个招式马艾拉用过，尼诺也在马德里用过一次，还假装用过几次，路易斯·弗雷格也用过。公牛在斗牛临近尾声的时候体力依然保持很好的几乎没有，而那时斗牛士还能迎击公牛的就更难得看到了。这种刺杀方式被逐渐淘汰的原因之一就是，如果公牛冲到斗牛士面前时不理会红布，那人的胸部就会留下牛角的创伤。用红披风斗牛时，第一次的创伤或挑伤往往出现在小腿或大腿底部。要是公牛用牛角挑飞了人，那第二处创伤会在哪个部位就全凭运气了。刺杀公牛时运用穆莱塔或采用进击式，创伤差不多都会出现在右大腿，因为那正是公牛头伸下去的时候牛角能触及的部位，但是已经躲避牛角的斗牛士手臂没准还会被牛角挑到，或者公牛在人还没有躲避它之前把头抬了起来，那种情况下甚至人的脖子都能被挑到。现在你差不多再也看不到斗牛士尝试这个方式，因为采用迎击式杀牛出现任何一点纰漏，牛角挥过来就会刺中胸口，所以除非有人遇到一头非常合适的公牛，而且做完了非常精彩的穆莱塔招式，那么他在最后想制造一个异常刺激的高潮场景，这时他会采用迎击式来杀牛，并且他已经用穆莱塔耗光了公牛的体能。要不是这样的话，那就是斗牛士欠缺正确迎击公牛的经验，匆匆完成了一连串的穆莱塔招式，或以斗牛士被刺伤来收尾。

要是能缓慢、紧贴着、及时恰当地使用进击式，那它就是很不错的刺杀牛的方式。我见到过胸口被挑伤的斗牛士，听到肋骨被撞折的声音时确实感觉十分恐怖，看到过一个人被牛角刺到并被挑飞转着圈；看到过人连同穆莱塔和剑被很高地甩飞出去，随后又跌落于地；看到过人被公牛甩起的头举得老高；看到过人依然挂在牛角上，开始并未被甩飞，下次被甩向天上后，又被另一只牛角接住，接着摔倒在地上，使劲爬起来，牙齿打没了，双手按着胸部的大伤口被抬了出去，斗牛服都来不及脱掉，伤口太大，无法治疗，没到一个小时就死在了医务室，那个人就是依希多罗·托多。我在他被甩到天上时看到了他的脸，他挂在牛角上时还有之后一段时间一直都有知觉，到了医务室尽管嘴中带血，听不清说什么，可死之前还在说话，因此对于斗牛士用迎击式杀牛时牛角会刺进胸部这种事件的看法我是知道的。

现在我们可以说真的生活在一个衰败的时代了，甚至看见剑杀手仅仅尝试着迎击一头公牛，都会觉得是一件伟大的事。据历史学家们记载，西班牙的剑杀手佩德罗·罗梅罗在一七七一年至一七七九年这段时期内，也就是美国革命期间，采用迎击式杀了五千六百头公牛，并活到了九十五岁，死时躺在自己的床上。但我们搞不清要是罗梅罗像胡安·贝尔蒙特那样贴近公牛完成运用红披风和穆莱塔的斗牛招式，那他一辈子能够挑战多少头公牛？我们也搞不清这五千头公牛中，他平静守候，把利剑插进高高耸起的两肩之间而挑战成功的有多少，他身子向旁边一跳，把剑插进公牛颈部而挑战失败的有多少。对所有已经去世的斗牛士，历史学家的评价都不低。好像在原先的斗牛士的所有传记中，他们都不曾有过不走运的日子或是广大观众曾对他们有很多的抱怨。在一八七三年之前，观众可能根本不会抱怨斗牛士们，因为那个时期之前人们写的斗牛著作我还没空去看，可是，自打那之后，同时期的那些编年史作家们一直都把斗牛视为处于衰败期。你现在常听到黄金时代，也就是拉加蒂霍和弗拉斯奎罗的时期，却有一个糟糕透顶的情景，就是人们有一个共同的观点：公牛要不就是身形和年龄小了太多太多，要不就是体形巨大、没有胆量。能称得上是公牛杀手的不是拉加蒂霍，而是弗拉斯奎罗，可是他对手下的斗牛队员们非常吝啬，无法相处；在马德里最后一场斗牛时人群把拉加蒂霍赶出了场。还有一名黄金时代的英雄格里塔，他所处的时期正值美西战争前后，可你从编年史里看到，当时公牛的个头和年龄都非常小；具备勇敢无畏精神的大型公牛在拉加蒂霍和弗拉斯奎罗的时期已经再也看不见了。书里写道，格里塔根本不配和拉加蒂霍相比较，比较他们两人简直是亵渎神灵，这种浮夸的蒙人伎俩让那些只写弗拉斯奎罗的真诚，绝口不提他的小气吝啬的人，即使进了坟墓里也会忐忑不安的；埃尔·埃斯巴特罗的死恰好证明他毫无能力；格里塔最终也从斗牛场隐退了，大家都因此长出了一口气；虽然伟大的格里塔隐退以后，斗牛场就变得十分惨淡了，可他的表演大家都已经看够了。但奇怪的是，公牛要不就是个头和年龄都变小了，要不就是即使个头大的公牛胆量也非常小。不错，马萨蒂尼现在还在杀公牛，可是他能力不够，也不采用迎击式杀牛，并且，他运用红披风时候有个毛病，一直都改不过来，幸运的是他从斗牛场隐退了。而当路易斯·马萨蒂尼离开后，公牛个头和年龄也都变小了，而体格大、胆量小的几头公牛是不适合进斗牛场，拉大车反而能用上。随着剑术大师的离去，随着最优秀的大师格里塔的去世，像里卡多·博比塔、马查基托和拉斐尔·埃尔·加利奥这样的新秀接管了斗牛场，他们这些人都是假冒的剑术大师。博比塔可以面带微笑地运用红披风操控公牛，可是他杀牛时无法跟马萨蒂尼比；吉卜赛人加利奥简直荒谬而愚笨；马查基托有勇无谋，他仅仅是靠运气活命的，并且与拉加蒂霍和萨尔瓦多·桑切斯时期的个头大还勇猛的公牛相比，他们的公牛无论个头体形还是年龄都要小得多。别名弗拉斯奎罗的萨尔瓦多·桑切斯，人们现在总会亲切地而不是羞辱地称他黑人，人们都喜欢他的待人和气。在斗牛场上的维森特·帕斯托真诚勇猛，可是他在刺杀公牛的时候怕得不行，靠近公牛之前也有些心虚。安东尼奥·弗恩特斯招式倒是优雅，是一名技术杰出的短标枪手，刺杀公牛也非常有气魄，现在的公牛身形和年龄都小得多，根本没法和从前相比较，就因为这样，他才登场表演——因为谁碰上这种公牛，都能用十分漂亮的招式进行表演。而拉加蒂霍、弗拉斯奎罗、勇猛的埃斯帕特罗、大师中的大师格里塔还有代表了剑术最高境界的堂路易斯·马萨蒂尼，他们原先可都是些完美无瑕的大师。我还想顺手写一下，创办了马德里斗牛场的堂因达莱西奥·莫斯克拉，他并不关注场上进行的斗牛表演，却只关注公牛的个头，统计数字表明，在那个时期，公牛始终是有史以来马德里参赛公牛中个头最大的。

安东尼奥·蒙特斯大概在这一时期在墨西哥死掉了，人们随即意识到他才是那个时期真正的斗牛士。蒙特斯态度庄重，技术精湛，让观众一直都有所收获，却被一头两肋深陷、颈部很长、身形较小的墨西哥公牛杀死了。公牛在剑刺出去后并未追随穆莱塔，而是抬起了头，蒙特斯想转过身去从牛角中抽身而退，这时公牛右角挑到他两片屁股的中间，并掀起了他挂在角上，全部牛角已经捅到他身上了，他好像坐在凳子上似的。身上插着剑的公牛顶着他走了四码远，随后倒在了地上。出事四天之后蒙特斯就死了。

随后何塞利托出来了，他刚出道时名叫帕索斯·拉戈斯，就是远跳的意思。当时，对博比塔、马查基托、弗恩特斯和维森特·帕斯托特别推崇的人都攻击他，但他是幸运的，因为博比塔这些人都已从斗牛场隐退了，他也就变得无人能敌了。格里塔说过，你要是想看一眼贝尔蒙特，那就得赶紧看，因为他的生涯不会很长的——没人可以如此近地靠近公牛。他发觉一步步地靠近公牛的时候，这些公牛比起格里塔杀死的庞然大物，真是太小儿科了。报纸上也认定何塞利托是十分出色的，可也指出，面对个头很小的公牛，他一直改不掉只朝一边即右侧投放短标枪的毛病；还说他杀牛时剑举得太高了，有些人说他是从帽子里抽出剑来的，有些人则说他把剑当作他鼻子的延长部分了，可以下这些事却是真实的：一九二〇年五月十五日，他最后一天在马德里表演斗牛，在割掉第一头公牛的耳朵，正斗第二头公牛的时候，人群开始冲他大喊大叫、吹口哨、扔坐垫，他的脸还被一个坐垫打中了，人群中还喊出："Que se vaya! Que se vaya!"（意思是"让他滚蛋，不要回来"）。第二天，也就是五月十六日，他在塔拉韦腊被公牛杀死了。他的下腹部被牛角捅了进去，把肠子挑了出来（他用双手都不能把肠子塞回肚子里去），医生们正在治疗时他已经因受牛角重创导致的外伤震荡而死亡了。死后躺在手术台上的他面部神情十分安详、平和，他的姐夫给他照完相后用手绢把他的双眼盖上。手术室外聚集着一群痛哭的吉卜赛人，并且人越聚越多。在外面徘徊的加利奥非常同情他，害怕进屋看到他兄弟的死。短标枪手阿拉门德罗说："如果它们连这个人都能杀死，那我跟你说，我们谁都无法幸免，谁都不行！"所以他马上在报纸上变成了斗牛史上最伟大的斗牛士，而且现在依然如此。那些曾经在他活着时攻击他的人说，他比格里塔、弗拉斯奎罗、拉加蒂霍更加伟大。贝尔蒙特隐退后比何塞更加有名，他在马艾拉死了之后又重回了斗牛场，此时人们发觉他利用原来的声名拼命敛财（那一年他确实是挑选了公牛的），再斗了一年，我发誓那是他斗得最精彩的一年，任何公牛他都斗，不管公牛的大小，他一路杀得顺心如意，他用从前一直无法真正学会的刺杀技术杀牛，所以报纸在全部赛季一直都在攻击他。他再次遭受了近乎致命的重创之后又一次从斗牛场隐退了，不过当今全都认定他是活着的斗牛士中最优秀的。对此你已经有些认识了，而我只有读完那个时代有关佩德罗·罗梅罗斗牛的全部评价之后，对他是十分怀疑，因为仅仅对这种靠文字，甚至书信往来所了解的并作出真实的判断，我还是不太确定。

从我读过的许多资料和全部同时期的评价来看，拉加蒂霍和弗拉斯奎罗的时代是真正地采用最大公牛参赛和马德里斗牛的黄金时代，从何塞利托到贝尔蒙特为止的这六十年间最最优秀的斗牛士就是他们。格里塔的时期并不是斗牛的黄金时期，但是采用年龄和个头都很小的公牛（我搜索过公牛的体重和照片）有他的贡献，可在他十二年的斗牛生涯中，作为真正的斗牛士的时间只有一年，那就是一八九四年。体形很大的公牛又在马查基托、博比塔、帕斯托和加利奥的时期再次上场了，可公牛的体形又在何塞利托和贝尔蒙特的黄金时期显著变小了，尽管他们也斗过很多回个头最大的公牛。现在那些对影响或控制挑选公牛没有影响力的斗牛士，他们公牛的个头和年龄都很小的。无论斗牛士怎样祷告，可毕尔巴鄂培育出来的公牛体形一直都是尽可能的最大，而七月里在巴伦西亚集市上安达卢西亚公牛饲养人送来的公牛一般都是体形最大、外观最棒的。贝尔蒙特和马西亚尔·拉兰达在巴伦西亚登场同斗牛场从古至今那头最大的公牛搏斗并大获全胜时，我就有幸在现场目睹。

我对迎击式刺牛在斗牛历史的刚开始就消失感到遗憾。这一技术是由于没人教授也没人练习才消失的，因为这一技术难度很高，只能训练懂得并掌握才行，上场临时要弄一下的话危险性太大，而观众对此并没要求。如果公牛可以保持适合被刺杀的状态进入斗牛的最终阶段，再加上如果这种技术进行了训练的话，完成它也不难。可是，无论哪种规定招式，很少有在观众心目中是实力相当的一位斗牛士来进行模仿的，而且即便实际操控出现失误也很少会死，除非观众要求斗牛士表演这一招式，否则这种规定招式肯定会在斗牛中绝迹。

想要正确做好进击式刺牛法，需要公牛四蹄稳固，并且它两个前蹄都只能并列站在一条直线上。要是两蹄有前有后，那么一个肩胛骨顶部就会向前移，利剑只能从两个肩胛骨之间的空当中穿过才能合拢。这个空当就跟两个手掌相对而放，两掌指尖契合，而两手腕分开一些似的。公牛一个肩胛骨顶部会随着一条腿的前进而前移，就像你用一只手腕向另一只手腕贴过去，空当就会合上一样。要是公牛两腿向外分开相距很远，那肩胛骨就会贴近导致这两者间的空当缩小，可要是两脚没有列排站在一条直线上，那这空当就整个儿封死了。剑尖要想插进公牛体内，必须从这一空当穿入，而剑要想插得更深，要避免碰到肋骨或脊柱才行。为使剑更容易插进公牛体内，往下深入主动脉方向，剑尖需要往下弯曲。人从正面切入刺杀公牛，那必然是左肩冲前，他要把剑插进两块肩胛骨之间，他就肯定会闯入公牛牛角的攻击范围之内——实际上他肯定要探身向前达到牛角上部才能把剑插进公牛体内。斗牛士要是左手将差不多垂到地上的穆莱塔横放胸前，直到他人已过掉了牛角，并从公牛一边抽身，如果仍未让公牛的头低下，那牛角就会刺到他。每回斗牛士按着斗牛规定杀牛时都会碰到这样极度危险的事，而斗牛士若想杀牛的同时不暴露自己，并避开这么一个极度危险的时刻，在公牛看到准备迫近的人，自己跑起来的时候，斗牛士应该右肩朝前代替左肩朝前，穿越公牛冲刺的路线，在不跑进公牛牛角攻击范围内的前提下用剑刺进公牛体内。非常明显，我刚才所说的杀牛方法是最差劲的办法。剑刺得越靠近公牛脖子的远端，即脖子一边的下部，斗牛士就越不容易把自己的身体暴露出来，杀死公牛的可能性越大，因为如此一来剑就能插进胸腔、插进肺里、割断颈静脉或其他血管，或者割断颈动脉或颈部的其他动脉，人既能用剑尖刺进这些部位，又毫无暴露自己的危险。

正因如此，必须从剑刺进去的部位还有斗牛士迫近并举剑刺杀公牛的方式来判断刺杀的好坏，而并不是依据当时导致的效果去判断。只那么一次手起剑落就刺死公牛并没什么好夸耀的，除非这一剑插进了两块肩胛骨之间，除非斗牛士是在迫近公牛时探身向前到了公牛牛角上部，而且没进入公牛牛角的攻击范围。

我很多次都在法国南部看到过的情形是这样，斗牛士只用剑一下就杀死了公牛并得到观众热烈鼓掌，这种情形不时也在西班牙很少举办斗牛的省份看到过，但是他这种刺杀仅仅是非常安全的偷袭刺杀。因为斗牛士仅仅是暗地里把剑插进公牛毫无任何防护的、容易被刺到的部位，而他却从来未进入公牛牛角的攻击范围。在斗牛场上两肩胛之间的部位是公牛自己可以保护的，因此才会要求斗牛士把剑插进它两肩胛之间的高处，人只有在按斗牛的规定靠近公牛，自己的身体进入公牛牛角攻击范围之内时，它才没办法保护自己的这个部位，这部位也就容易用剑刺杀了。偷袭刺杀就是朝着公牛没法防护的颈部和肋部刺剑。斗牛士需要冒着极大的危险才能把剑刺进高耸的两肩胛之间，当然想避免这么大的危险还需要特别的能力。要是斗牛士能够运用这一技术，把剑尽量稳妥地刺到位，尽管暴露了自己的身体，可还能凭借左手的技术保护自己，那他就能够被称为是一名出色的杀手。他运用自己的能力只是为了掩护他的刺杀招式，以利于他把剑多向正确的部位靠近一些，在不进入公牛牛角攻击范围的前提下杀死公牛，那他就算是一名刺杀公牛的高手。可是，不管他多么迅速、多么稳妥地刺杀公牛，他也算不上一名公牛杀手。

仅仅靠一些勇气，在近距离内向公牛直冲过去，努力把剑插进公牛两肩胛骨之间的高处的人并不是真正优秀的公牛杀手。真正优秀的公牛杀手是可以先迈左脚，在近距离时缓慢地冲向公牛的人，并且因为他左手技术十分娴熟，所以他左肩在前向公牛冲时，能放低公牛的头，而且在他探身向前到达公牛牛角上方把剑送入的过程中，能让公牛脑袋始终保持在同一低位，随后他顺着公牛一侧，一边插入剑，一边抽身出来。优秀的公牛杀手必须能既稳当又漂亮地做完这个招式，而要是他左肩朝前向公牛冲去时，他的剑因刺到椎骨，无法再深入，或者要是剑碰到肋骨，或擦着脊椎的边刺偏了，导致只送入三分之一深，那他这一剑仍然和顺利插进并杀死公牛的那一剑同样出色，因为尽管他这一剑不走运没插进去，但仍是冒着危险的结果。

只要刺得精准，即使剑只插进去三分之一多一些，也能把一头个子不很大的公牛杀死。公牛被半把剑插进身体，如果剑插进的方向正确，部位也高的话，能把任意一头公牛身上的主动脉割断。所以，很多斗牛士并没有用身体顶着手持的剑推到底，而仅仅是把剑推进去一半，因为他明白要是刺对了部位，半把剑就能解决问题了，而且他们内心十分明白，不把暴露在外的一英尺半全推进去，自己会更加安全。拉加蒂霍首创了这种只刺入半把剑的精巧技术，可是采用这种技术刺杀公牛会削弱激动人心的感觉，因为人和公牛身影合二为一的那一瞬是刺杀公牛的妙处所在，只看到人俯身顶着剑推进到底，死神用搏斗高潮时的激情、美感和艺术把这两个身影合二为一。技巧精妙地把半支剑插进公牛的方法肯定不会表现出这一瞬间。

现在剑杀手中刺剑技术，马西亚尔·拉兰达是最杰出的一个人。手举剑与眉同高，沿着剑身对准公牛，倒退一至几步，随后向前迈步，他把上翘的剑插进公牛体内，并精妙地躲开公牛牛角，然后松开手，剑差不多都能刺得十分准确，在任何情形下，他也能十分精彩地刺杀。我就看到过他十分完美地做完了进击式，即使斗牛的其余阶段他仅仅是让花钱来看斗牛的人觉得物有所值。他是依靠自己的能力把面前的公牛很快处理了，这样也不会破坏他能够很好地掌握红披风、短标枪和穆莱塔的记忆了。像我已经描述的一样，他用普通方式杀牛时，仅仅是糟糕地模仿杀牛罢了。读了很多有关拉兰达同一时期的评论文章后，我感觉抛开马西亚尔·拉兰达早年的表现不谈，他现今维持优势的情况、斗牛的哲理还有他杀牛的方式同高手拉加蒂霍的生涯中期十分类似，虽然拉兰达肯定比不得那个科尔多瓦人招式的优雅、风格和自如，可是没有任何人能像拉兰达那样占据斗牛场上的优势。我确信从现在起往后的十年中，人们会把一九二九、一九三〇、一九三一年视为马西亚尔·拉兰达的黄金时代。现今马西亚尔和其他伟大的斗牛士一样，招来了很多敌人，但他是当今斗牛场的唯一大师的事实不容置疑。

维森特·巴雷拉杀牛的方式还不如拉兰达，可他的刺杀方式不一样。他没运用纯熟的技术把半支剑插进正确部位，而是凭敏捷一刺，在牛颈任意部位插进一截剑去，如此一来就贴近了公牛一回，也就遵守了剑杀手至少要贴近公牛一次的规定，用后颈刺杀法杀死公牛了——他是现今仍活着的后颈刺杀法的高手。后颈刺杀法就是从公牛颈椎骨之间把剑尖推入，切断脊髓；通常这一招式被视为是善良的一击，用于一头已经只剩一口气，眼中斗牛士手中的穆莱塔已经变模糊的将死的公牛，如此一来，斗牛士给它一剑结果性命，也就不需要再次身处公牛两角之间杀死它了。巴雷拉根据法律和斗牛规定要求的每位剑杀手贴近公牛的那一次，仅仅用于试探自己刺剑的运气如何，自己根本不会暴露给公牛。无论这一剑效果怎么样，巴雷拉都会计划采用后颈刺杀法杀死那头活牛。他倚仗自己的腿脚技术，用穆莱塔欺骗公牛低下牛鼻子，把它后脑脊椎骨之间的部位暴露出来，同时他慢慢从身后举起剑来；高举过头顶，小心举着不让公牛发现，随后手腕用力攥紧剑尖朝下的剑，跟杂耍演员似的精确地把剑从上向下刺去，刺断公牛脊髓，公牛瞬间就被杀掉了，就像按一下按钮灯就马上灭了一样。巴雷拉杀牛的方式尽管没违反斗牛规定，可是它把斗牛的所有精神和传统都否定了。后颈刺杀法是用突袭的手段来完成致命一击，目的是为已经不能再自卫的公牛解除痛苦，在持剑刺杀公牛时人自己原本就应暴露在活生生的公牛之前，但是巴雷拉却采用后颈刺杀法把这些活蹦乱跳的公牛偷袭杀死了。他明白场上观众的心理，已经把这一技术练得非常娴熟了，而许多观众根据经验也明白，逼着他在杀牛时暴露出一丝头发都是天方夜谭，这导致人们开始对他滥用后颈刺杀法杀牛持容忍的态度，有时甚至会鼓掌叫好。因为他骗术高超，自信十足，并且面对公牛时脚步矫健，并有引导一头活蹦乱跳的公牛就像要死了一样低头的技术，所以人们在他用骗术进行刺杀时鼓掌叫好，斗牛场内观众心态有多低贱也因此可知了。

在第一批剑杀手中，除了卡冈乔，杀牛最差劲的一个就是马诺洛·比温尼达了。他们两人倒对刺杀时必须遵守的规定从不蒙混过关，并且往往是斜着跑动切入并刺杀公牛的，他们用剑刺杀时比起短标枪手投短标枪来，被公牛挑刺的危险反倒不大。我从未见过比温尼达能很好地杀掉一头公牛，只是在一九三一年，二十四次杀牛中有两次还不错。每次看到他胆怯地刺杀公牛时的模样都会感到很不好受。对于卡冈乔被迫杀牛时展现出来的胆怯，就不仅仅是让人看了不好受了。那并非是十九岁的孩子面对大公牛不知道怎样正确刺杀而被吓坏时流露出的大汗淋漓、口干舌燥的恐惧，也并非这孩子在必须冒险尝试杀牛并试图学会正确杀牛技术，所以看到牛角就怕得要命的恐惧。那是冷血的吉卜赛人式的对大众的欺骗，是斗牛场里最可耻的、最气人的和披着虚伪外衣赚钱的人的恐惧。卡冈乔这个人个子高，就凭这一点，他也能刺杀得很不错，很顺利。只要他想做，他无论何时都可以杀得很恰当，很精彩并且很有风格。可是，一旦卡冈乔觉得牛角会在他身上制造创伤，那他就根本不会去冒险。毫无疑问，即便是斗牛高手上场，刺杀公牛依然是危险的，所以，卡冈乔手持利剑，除非非常确信，清楚公牛天真而无攻击性会紧随红布，就像牛鼻子粘在红布上一样，否则他肯定不会移动身体进入公牛牛角的攻击范围内。要是卡冈乔弄明白了情况，心里有数了，清楚公牛不会带给自己什么危险，那他就会杀得有风格、优雅，并且绝对安全。如果他觉得稍有危险，他就不会把身体贴近牛角。他可笑的胆怯让看到的人发觉斗牛被最可恶地否定了；这种胆怯比尼诺的恐慌更糟糕，因为尼诺的恐慌是挥动不好红披风，而他的胆怯则是勇气全无，卡冈乔在有信心的时候，他每一个完成的动作都能被视为斗牛完美艺术已经达到顶峰的范例和证明。可是，他仅仅会在确定斗牛时自己不存在危险时才会表演，即便是对人有利的机会俯拾皆是时他还是感觉不够——他不会去挑战。他内心必须肯定不存在危险，不然的话他只是在离公牛两码远的地方挥动着红披风，摇晃着穆莱塔的尖头，在跑动时偷偷出手刺死公牛。他即使遇到对于技术一般但勇气十足的剑杀手来说不算凶狠，甚至没什么危险的公牛，也干得出这种事来。说实话他的勇气还比不上一只虱子，虽然他具备惊人的体质、知识和技术，可他要是下定决心不轻易贴近公牛行动，那与在拥挤的马路上穿行的人相比，斗牛场中的他反而显得更加的安全。一只虱子钻到你的衣服线缝里那也叫冒险？可能事实证明你仿佛处在战争状态，最后像消灭虱子一样被消灭了，或者你可以用拇指刀去猎杀一只虱子，但是卡冈乔不可能会像虱子一样被你消灭掉。如果有某种管理斗牛士的委员会，有权对剑杀手实施禁赛，就跟作假的拳击手要是他们的政治保护伞不稳固，执照有时也会被吊销了一样，那么，卡冈乔可能就会从斗牛场上被淘汰掉，也可能他因害怕委员会的威力，从而变成一名优秀的斗牛士。

在一九三一年，马诺洛·比温尼达表演过一次真正精彩的斗牛，那是在潘普洛纳的最后一天。那时他真正怕的是广大观众，而不是公牛，他怕观众对他原先的胆怯表演怒气犹存。他曾经在那场斗牛表演开始前请求省长派兵保护他，而省长的答复是，他进入斗牛场要是表演得精彩就根本不用军队保护。他在潘普洛纳的那些天每晚都打长途电话，电话里聊的是安达卢西亚的暴动农民把他父亲牧场里的树都砍光了；砍了树就烧成了炭，家里饲养的猪和鸡都被杀了，牲口也都被赶跑了。因为还没付完买牧场的钱，他是为了还牧场的欠款才去斗牛赚钱的，但是，在安达卢西亚暴动中，暴乱者破坏农业的计划把他家的牧场一点一点地摧毁了。他还是一个十九岁的青年，每晚在电话里都得听这世界被破坏的消息，心里十分焦躁。但是，潘普洛纳的孩子们和周围乡村来的农民们，为了看斗牛花了自己很难才攒下来的钱，可因为剑杀手的胆怯而没法得偿所愿，对斗牛招式没什么兴趣的他们看到剑杀手在场上恍惚不安的模样，是肯定不会去找经济原因的，随后他们都激烈地冲着马诺洛起哄要闹事，把他吓得变成了那个模样，最终在那个集市的最后一天，他因为害怕被暴民杀掉，使观众度过了一个精彩而特别享受的下午。

　　要是有一个惩罚规则可以禁止斗牛士从事这项牟利的经营活动，没准卡冈乔还能多来几次精彩的斗牛表演。他把自己冒着危险而观众毫无危险作为不竭尽全力的理由。但是一个是根据不同情况被给予报酬的，可另一个是要花钱的，所以卡冈乔不愿意冒险的时候就是观众抗议之时。确实，他被牛角捅伤过，每次都是由于意外情况受伤的，比如他在靠近一头他觉得很安全的公牛去完成红披风招式时，吹来一阵风把红披风吹起来了，他的身体也因此暴露出来。他总也逃不脱这样的事，除非他从医院回来后连一头绝对安全的公牛都不愿意靠近了，因为没人能保证他完成红披风招式时不会有风吹来，不能担保双腿不会被红披风绊倒，也无法保证他不会踩到红披风，甚至连公牛会不会抽风都说不准。我只会因为他这么一个斗牛士被公牛捅了而开心，可是捅了他也不能解决问题，因为他出医院之后会比之前的表现更加糟糕。但是他的合同就是源源不断，他一直都在赚观众的钱，因为大家都知道如果他想好好斗，他肯定能够做出一连串圆满、漂亮的招式的，并能以漂亮的刺杀作结，那是娴熟技艺的典范。

　　尼卡诺尔·比利亚尔塔是现今最出色的公牛杀手。他最初是倚仗自己身高摆弄刺杀杂耍，一边用巨大的穆莱塔把公牛的两只眼盖上，一边探身向前到公牛上部，而如今他的技术已经炉火纯青、无懈可击了，所以他在马德里时至少学会了运用左手手腕的魔力实实在在地刺杀公牛而肯定不仅仅是摆弄花招而已，因此，他面对每一头刺杀的公牛时差不多都靠得特别近，杀得成竹在胸、完美无缺、安全保险、令人激动。比利亚尔塔是我在这章开篇就提及的思想简朴的人的一个典型例子。在智商和谈吐方面，即便你十二岁的小妹妹是一个愚笨的孩子，他也比不上她。他不仅有种荣誉感，并且还觉得自己十分了得，那是你可以指望的。此外，他还有种几近疯狂的勇猛，那是冷静的勇猛所不能企及的。就我个人而言我不喜欢他，尽管你若把他高傲的疯狂不放在心上的话他仍算一个温和的人。可是，他一旦在马德里拿起剑和穆莱塔，就会变成现今西班牙最勇猛、最稳定、技术最扎实和激情最多的公牛杀手。

我看斗牛时，斗牛场上最杰出的剑客有别名巴雷利托的曼努埃尔·巴雷，我这一代人中最出色的公牛杀手应该有他，还有安东尼奥，别名苏里托的德·拉·阿巴、马丁·阿格罗、马诺洛·马丁内斯、路易斯·弗雷格。体形中等的巴雷利托思想淳朴，待人真诚，是一名技术扎实的公牛杀手。他和全部只有中等体形的公牛杀手一样，在和公牛的对决中没少受罪。一九二二年四月塞维利亚的集市上，那时他去年的创伤还没好全，他不能用他原来的方式杀牛，表演很差，集市期间人群自始至终都在起哄，叫骂声不绝于耳。他朝公牛刺进剑后就转身背对公牛，结果被公牛从身后捅成了重伤，肠子被刺穿了，伤口的部位接近直肠。这个伤口几乎跟锡尼·富兰克林一九三〇年春痊愈的那个伤口在相同的部位，还跟让安东尼奥·蒙特斯丢掉性命的那个伤部位相同。他，巴雷利托，受伤时是四月下旬，撑到五月十三日就死了。他们顺着斗牛场旁的通道抬着他去医务室的时候，一分钟之前还对他嘘声一片的人群此刻都在小声没完没了地私语，人们在斗牛士受重伤之后都会这样。此刻巴雷利托抬起头来冲人们说："你们现在看到了。我现在得到了。你们现在看到了。你们现在把你们想要的都得到了。我现在得到了。我现在得到了。你们现在看到了。我现在得到了。我现在得到了。我得到了……"
他被捅伤了，可是将近四个星期的时间这个牛角创伤才让他
丧命。

　　苏里托的父亲是一名长矛手，他父亲是最后一个也是最老练
的资深长矛手之一。苏里托来自科尔多瓦，肤色黝黑，非常瘦
削。他的脸色在平静的时候十分忧郁。他神情庄重，荣誉感非常
强。他的刺杀招式缓慢而优雅，有传统风格，他的荣誉感禁止自
己有看准时机利用强项或摆弄杂耍，或在进入公牛牛角攻击范围
时偏出直线的做法。一九二三年至一九二四年在他们这个级别
里，出现四位名噪一时的见习斗牛士，他是其中一位。尽管其余
三位自身都不能说完全成熟，可比他都还是要成熟些的。他们三
人晋升为剑杀手时，临近赛季尾声的时候，虽然他还没结束自己
的学艺期，可他也晋升为一名剑杀手了。学艺期是要等技艺纯熟
之后才能结束的。

　　这四个人都没有规规矩矩地完成学艺期。四人中造成轰动最
大的是别名利特里的曼努埃尔·巴依斯。他十分勇猛，反应力超
强，可是他斗牛时也表现得很笨，勇而无谋。他这个小男孩肤色
黝黑，弓形腿，黑色头发，脸跟兔子似的。他看着公牛走向自己
时两眼不停地眨着，患有视神经抽搐的毛病。可在一年时间中，
他的勇猛、好运和反应力代替了知识。他真的已经被挑到几百次
了，并且通常是身子紧贴牛角，公牛竟然无法用力，除了严重被
捅伤的那一次之外，其余每一次都是好运帮了他大忙。我们都说
他是 camne de toro（意思是公牛面前的一坨肉），他接受命名晋
升为正式剑杀手以后和从前毫无二致，因为他尽管勇猛，可十分
紧张，因此勇猛也持续不了很长时间。因为他技术上的缺点，公
牛绝对会捅死他，所以在被公牛杀死之前，钱赚得越多越好，一
九二六年二月初，他在马拉加这一年的第一次斗牛时，遭受了一

次致命重伤。那时他已经干了整整一个赛季的剑杀手了。如果伤口没感染机体坏疽的话，或许他的腿能早一步截掉进而保住他的性命，他也许就不会因这一创伤而死。斗牛士们说："我如果非受伤不可的话，那就要在马德里。"他们要是巴伦西亚人，那就会说在巴伦西亚，因为特别庄重的斗牛只在马德里和巴伦西亚两地才有，所以也只有这两个地方才会产生大多数的牛角创伤，因此这两地才有两名最杰出的外科手术专家。一个外科手术专家根本没空由一地赶往另一地去治疗外科，进行清洗打开的伤口这一最重要环节，以避免伤口因为牛角创伤的多样性特征可能导致的感染。我曾经看到过大腿处的一个还没一块银圆大的伤口，但打开伤口往里面一检查，竟然发现了五个不同的创伤。这是由于牛角把人挑起来又转了几圈所致的，有时是因牛角顶端开裂所致。而这些内部创伤必须打开伤口再进行清洗，同时要切开肌肉进行全面清洗，方便伤口在最短时间内愈合，并且要尽量减少肌肉失去可动性的可能。斗牛场的外科医生有两个目标：一个是救人，这是普通外科的目标；另一个目标是尽快让斗牛士回到斗牛场，为他继续执行斗牛合同提供便捷。牛角创伤专家收取高额费用靠的就是让斗牛士很快重返斗牛场的能力。这个外科十分特别，可是这种最简单的外科形式，也就是处理通常出现于膝盖和腹股沟，或膝盖与踝关节之间的普通伤口，这些部位正是公牛放低的牛角捅刺的地方，要是大腿动脉划破了的话要马上结扎，随后一般是用手指或探针寻找、打开并清洗牛角创伤可能会导致的各种不同的划伤，同时给病人注射作为强心针剂的樟脑溶液并注射生理盐水补充营养液，等等。无论如何，在马拉加，利特里的腿感染了。虽然医生给他麻醉时答应他只是清洗一下伤口，可结果做了截肢手术。他醒来之后发现那条腿被截掉了，他感到彻底绝望，都想死了。我非常喜欢他，真希望他不是截肢而是就此死去了，因为无论怎么说，在他接受正式剑杀手的任命时，他已经注定会死了，只要他的好运用完了，他绝对会被公牛杀死的。

这样的好运苏里托一直就没交过。因为他没有上完学艺期，所以他学到的红披风和穆莱塔的技术也极少。他主要会的穆莱塔技术就是引导公牛从穆莱塔底下冲过去的招式，和学起来很容易的转体引诱式。而他的出色剑术和纯正剑法，跟利特里一个赛季里令人毛发竖起的一连串招式和尼诺原先的杰出赛季一比就相形见绌了。在利特里死后，苏里托在两个赛季中表现优秀，当他没能再接再厉提高运用红披风和穆莱塔的水平，还没等到有机会真正变成斗牛场上的统治者，他的技术就已经陈旧过时了。因为他一直把剑瞄准两块肩胛骨之间的空当顶端，并且左肩在前，切入公牛时位置太高，放低穆莱塔完全摆脱公牛会很困难，所以公牛让他吃了很多苦头，特别是牛角的扁平部分猛烈地顶他的胸口，差不多每次公牛都在他刺杀时顶撞他胸口，他随即被掀翻在地。之后他因为有内伤，嘴唇受伤的部位还长出了个东西，因此他差点就来不及参加一个赛季的比赛了。一九二七年，他斗牛时身体非常差，看上去令人很不好受。他心里清楚，没准错过一个赛季一名斗牛士就会被淘汰掉了，那样的话他一年就只能斗两三场了，连谋生都成问题了，所以苏里托参与了整个赛季的比赛。原本他的脸是健康的棕色，现在已经变得像暴晒的帆布一样苍白了。他一直急促地喘着气，看上去令人很难受。可是他仍然跟平时一样直线进攻，跟平时一样靠近公牛，运用的仍是相同的传统技术，运气依旧很差。公牛掀翻了他，或用牛角扁平部位顶撞了他，斗牛士都表示这种顶撞会导致内出血，因此这种顶撞和创伤同样有害。他在此时会因虚弱而昏倒，他被抬进医务室，医生让他苏醒过来，随后又像个刚刚痊愈的病人再去杀另一头公牛。因为他采用这种杀牛方式，他几乎每次杀牛都会被公牛掀翻一次。

他斗牛二十一次，其中晕倒的占十二次，可他把所有四十二头公牛都杀了。但是，仅仅这么做也不够，他始终不能出色地运用红披风和穆莱塔，导致了他在处于如此境地时连招式都没法看了，而这么多观众并非是想来看他晕倒的。圣塞巴斯蒂安报上曾经刊登过一篇编辑部的文章，批评了这种情况。他曾经在圣塞巴斯蒂安如鱼得水，由于外国人和有地位的人看到他晕倒都感觉非常难受，之后就不再和他签约。所以，他尽管在那个赛季里展现出了最强大的勇气，并且表现得很卖力，可是，他并未因此得到什么回报。他斗完那个赛季就结了婚，他们都说那女人想在他临死之前嫁给他。他的身体在结婚后反而好起来了，也胖了很多。他爱自己的妻子，斗牛时再也不能径直冲向公牛了，而且只参加了十四场斗牛。他第二年只在西班牙和南美斗了七次牛。他在这年又像原来那样径直冲向公牛了，但是在西班牙他一整年才签到两个合同，如此都没法养家糊口了。确实，那年他是很狼狈地晕倒的，可是他只知道一种杀牛要杀得十分完美的方式。如果杀牛时牛角或牛鼻子撞到了他，而且把他撞晕过去，那也算他不走运。他一旦清醒过来，总会重返赛场继续斗牛的。这种情形观众都不想看。之前的情形非常快地重现了。我也不想看这种情形，但是我也真的很敬佩他。一个人完蛋得更快就是因为太要面子，而不是非常具备其他那些优秀品质，苏里托要是稍稍倒霉些那就会在一个赛季里彻底报销了。

他的父亲老苏里托培养一个儿子长大成人，当上了一名剑杀手，教他知荣辱，斗牛技术和传统斗法，而那孩子虽然技术精湛，为人正直，可仍然一无所获。他又教另一个儿子做长矛手，这个孩子技术高超，十分勇猛，是个优秀的骑手，他原本能够变成西班牙最棒的长矛手，但是被一个条件拖了后腿：他体重太轻，冲刺公牛没有力度。不管他用多大力气拿长矛刺公牛，就是没法刺出血来。所以，尽管他的能力和技术与任何一位在世的长矛手都相同，可也仅仅能斗小牛或有缺陷的公牛，每斗一头的报酬仅仅是五十到一百个比塞塔，而他的体重如果再加五十磅的话，他就能够继承他父亲的杰出传统了。另外老苏里托还有个做长矛手的儿子，但我没看到过他。可是他们跟我说，他的体重还是太轻。他们这一家人运气可真差。

第三名公牛杀手是来自毕尔巴鄂的小伙子马丁·阿格罗，他的模样看上去跟斗牛士很不搭边，反而更像一名身材高、体格强健的职业棒球运动员，像个三垒手或是游击手。他的嘴唇丰厚，长得很像尼克·阿尔特洛克那种德裔美国人的模样。虽然他的红披风技术还行，有时非常漂亮，也懂斗牛，并非愚昧，但他并非运用红披风或穆莱塔的高手。虽然他运用穆莱塔非常缺乏艺术想象力，但是他还是能够很好地运用穆莱塔技术的。人们都肯定他展示红披风时是一个有能力又能靠近公牛的表演者，可在运用穆莱塔时却是个合格但枯燥的表演者。他持剑时是一个沉稳而迅速的杀手。照片上他的刺剑动作总会非常漂亮，因为照片不能显示时间，可是你现场观看他刺杀的时候，他像闪电一样切入公牛牛角攻击范围，即便他杀得比苏里托更安全，挥剑动作绝对精彩，并且十有八九能把剑一次全刺进去只剩剑柄。可是苏里托刺一回就比阿格罗刺很多回有趣得多，因为苏里托是十分缓慢、十分笔直地切入公牛牛角直接范围的，并且刺的时间一览无遗，肯定不会让公牛觉得意外。阿格罗像个屠夫一样去刺杀，可苏里托就像赐福祈祷时的牧师那样去刺杀。

阿格罗胆量十足，十分麻利，他是一九二五年、一九二六年和一九二七年的重要剑杀手之一。他在一九二六年斗了五十五场牛，在一九二七年斗了五十二场牛，公牛牛角差不多一次都没碰到过他。他在一九二八年两次被严重刺伤，第二次的伤是因为第一次刺伤后并未找回状态就去斗牛了,他原本非常棒的身体和体格被这两次伤毁了。其中一条腿上的神经因严重损伤导致萎缩,神经萎缩又加剧引发了右脚脚趾的坏疽,所以在一九三一年做了切除手术。我最后一回听到他的情况是,因为切掉了脚趾,人们都觉得他不可能再斗牛了。他的两个弟弟在他隐退斗牛场后接了班,一样的面貌,都是见习斗牛士,都具有运动员的体格,而且已经能看出都有相同的用剑本领。

毕尔巴鄂别名福尔图纳的迭戈·马斯奎兰,也是个屠夫式的刺杀公牛的能手。福尔图纳头发卷曲,手腕粗壮,体态强壮,模样非常高傲,娶了个富有的老婆,斗多少场牛取决于自己的钱够不够花。他的勇猛丝毫不逊于公牛,但是欠缺些才智。他的运气是斗牛士里最好的。他只会用一个方式斗公牛,他斗牛时不管公牛会做一连串怎样的动作进行回应,权当它们都特别的顽固,拿着穆莱塔就冲公牛挥去,让公牛猛地转身站定。要是恰巧碰上一头顽固的公牛,这么干收效还是不错的,可是要是碰到需要做一连串全套招式的那就不管用了。他有一回挑逗公牛时,看到它的两条前腿站在一线上,他就收起穆莱塔,侧身持剑站好,扭过头对朋友们说:"看看用这招是不是能杀死它!"说完就笔直地冲向公牛,刺得既有力量又很到位。如果他的确交了好运,剑甚至能割断脊髓,公牛就像被雷击倒在地一样。如果他倒霉的话,他就会汗流浃背,卷发就卷曲得更厉害了。他此时就会冲观众做手势表示公牛是怎样的配合不周。他会让观众来证明他本人可并没有失误。次日他在露天第二区自己的固定座上坐着,他是为数不多的几位习惯在自己固定座位上坐着看斗牛的斗牛士之一,当其他斗牛士将对付一头真正顽固的公牛时,他就会跟我们众人说:"这头牛很容易对付。斗这头牛他应该用点招式出来。"但是福尔图纳真的很勇敢,既勇又笨。他斗牛时肯定不会紧张。我听他跟一个长矛手说过："喂，喂，快点儿。我都闲得没事干了。快把人闷坏了。赶紧的。"他就跟穿越时空到来的人一样，和其他不能承受检验的大师比起来，显得很不一样，但你要是整个赛季都跟他坐在一块儿，你会被他闷坏的，比他自己在场上时感受到的更闷。

马诺洛·马丁内斯来自巴伦西亚城的花园区，他体形瘦小，眼睛圆圆的，脸有些变形，带着微笑，看着好像是在跑道上很活泼的人，就好像你童年时在弹子房里认识的人中最不好对付的一个。于是很多评论家都不承认他是个杰出的公牛杀手，他神志清醒得很，决不会以身犯险，所以法国一份非常不错的刊物《斗牛报》的编辑也批他毫无可看之处。他当时在法国南部斗牛，在那里观众不会关注斗牛士的剑是怎么插到公牛身上的，是用何种花招插进去的，一旦剑刺进公牛体内，他们普遍都会报以欢呼。马丁内斯和福尔图纳一样勇猛，并且他始终不会令人感觉特别闷。他喜爱刺杀，可不会像比利亚尔塔那样高傲自负；如果效果非常不错，他就会十分开心，看着是为他自己开心，又像是为你开心。公牛曾经严重捅伤过他，在巴伦西亚有一年，我亲眼看到过公牛捅了他，那是一次非常严重的创伤。他运用红披风与穆莱塔技术并不是很扎实，可是如果公牛径直而快速冲刺的话，马丁内斯就能够尽量贴近它。那天他遇到一头习惯向右刺的公牛，从表面上他看似并没有注意这个习惯。公牛在他正做红披风招式时蹭到了他，随后马丁内斯又从同一侧穿过公牛，公牛没有给他留回旋的余地，他被公牛牛角挑到了，就被狠狠地摔了出去。因为牛角是擦过了他的皮肤，并没有钩进去，进而撕烂了裤子，所以他也没受什么伤。只是他摔下来时头着地了，摔昏了过去。他做第二轮红披风招式时把公牛一直朝斗牛场中间引去，他独自一人又紧靠公牛右边舞开红披风。不用说，公牛又把他挑飞了。由于公牛曾用牛角向右偏挑到了人，所以它这个习惯更严重了，这次牛角捅到了他，牛角随即把马丁内斯挑飞起来，抛上去，他摔到地上动弹不得，等公牛被其他赶到场中间的斗牛士引开时，他已经再次被牛角挑过了。马诺洛站起来看到自己腹股沟涌出血来，他明白自己的股动脉被挑断了，于是一边双手按着伤处以防大量出血，一边跑向医务室。他明白双手手指缝流出的血可是关乎性命的事，等别人来抬他可就晚了。他们想抬他，可他摇了摇头。塞拉大夫从通道里飞跑过来，马丁内斯冲他喊："帕科先生，我被捅了个大洞！"塞拉大夫伸出大拇指按住了他的主动脉，两人一同跑进了医务室。他的大腿差点被牛角刺穿。他失血太多，身子特别虚弱，元气大伤，人人都说他要死了，并且有一回他身上已然找不到脉搏了，他们宣布他已经死了。他的肌肉严重损伤，人人都认为即便他能活也不可能再斗牛了，可是，因为他的良好体格，再加上帕科·塞拉医生的妙手回春，所以，他七月三十一日受的伤，十月十八日就已经痊愈并去墨西哥斗牛了。马丁内斯多次遭受严重的牛角创伤，但在杀牛时却很少受伤；那些伤往往是他想靠近公牛而公牛又拒绝他接近的时候导致的，是因为他还不能掌握运用红披风与穆莱塔的基本技术导致的，还因为他想要在让公牛经过人的时候完全合拢双脚。但是，这些牛角创伤好像反倒让他陡增了勇气。他是固定于一个地方的斗牛士，我在巴伦西亚之外的地方，从没见到过他真正精彩的表演。可是在一九二七年的一个集市，当时的主角是胡安·贝尔蒙特和马西亚尔·拉兰达，马丁内斯甚至都没签过斗牛合同，在贝尔蒙特和马西亚尔都受伤之后，他替补登场并斗了三场，都十分精彩。每个红披风和穆莱塔招式都离公牛特别近，危险性也不小，并且都是冒着危险去干，你根本不相信公牛不能杀掉他。随后他在将要刺杀公牛的时候，紧贴公牛侧身站着，神情高傲，踮起脚尖轻轻向后一仰，之后牢牢站好，左膝稍弯，右脚用力，然后把剑刺向公牛，把牛刺死，没有哪个斗牛士的刺杀能超越他。一九三一年他在马德里被捅伤得很严重，参加巴伦西亚的赛事时还没有痊愈。斗牛评论家们都说他这回可死定了，可是他用自己存活下来的事实证明他们从起初就错了。所以我认为，他的神经和肌肉只要可以受意志支配，他就又会和以前一样，直到公牛杀死他为止。技术不到位，又缺乏制伏一头顽固公牛的能力，尽管精神无畏，还是难免死掉。他有着一种几乎是幽默的勇敢。比利亚尔塔的勇敢是高傲自负的，福尔图纳的勇敢是愚笨的，苏里托的勇敢是难以猜测的，而马丁内斯的勇敢是虚张声势的。

据我所知，路易斯·弗雷格没有什么好技术，除了能用剑以外，他的那种勇敢是最怪异的勇敢。这种勇敢好像大海，没法破坏，但是他的勇敢没有盐分，要有的话也是他自己血液中的盐，尽管人的血液也含盐分，可是尝着是甜的，还令人恶心。我还记得大家四次说道路易斯·弗雷格要完蛋了，那时候要是他真死了，我现在就更能放开手脚写出他的性格来了。他这个墨西哥印第安人如今身体已变得粗壮了。他有点鹰钩鼻，一个眼角上翘，一口好牙，头发乌黑，是仅有的脑袋上还留一根辫子的剑杀手，但他说话柔声细气，手段温和。在一九一○年内华达州里诺城举行了约翰逊和杰佛里斯的拳击赛①之后，在墨西哥他一直是名正式剑杀手，而且自那场拳击赛结束后的那年至今一直是。他成为一名正式剑杀手至今的二十一年中，他身上留下了公牛造成的七十二处牛角重创的伤痕。任何斗牛士都不会像他一样遭受公牛这么凶猛的攻击。他为治伤曾经分五次全身擦满了油，每当那时大家都觉得他肯定会死了。他的双腿布满了疤痕，就跟栎树弯曲和

---

① 这场拳击赛在一九一○年七月四日举行。

长木瘤的老枝干似的。疤痕还留在了胸部和肚子上，他原本早就会因那些伤丢掉性命的。他笨拙的双脚和无法运用红披风和穆莱塔调动公牛是导致大部分这种伤的原因所在。他杀牛时缓慢、沉稳、直接，确实是杀牛高手。杀牛的时候，与其他被牛角捅伤的场合相比，他很少受伤，那仅有的几次伤也并非他的杀牛技术有缺陷，而是因为他把剑刺入公牛后，从两角之间和公牛一侧抽身时双脚速度偏慢所致。那些恐怖的牛角创伤和他耗光全部钱财躺在医院的日子，根本没影响他的勇气。可是他的勇敢是怪异的。这种勇敢不具感染力，激发不了你的情绪。你佩服自己看到的这种勇敢，也明白这人是勇敢的，可是不知为何，这勇气好像是种果子酱，而非一种葡萄酒；又或者是把盐和灰放进嘴里的味道。如果能够闻到品质的气味，那我认为勇敢的气味是一种烟熏皮革散发出来的气味，是一条冰冻路面散发出来的气味，是大风撕扯浪尖时带来的大海的气味，可是路易斯·弗雷格的勇气不是那种气味。他的勇气是凝聚的、沉重的，勇气下面还有薄薄两层不好闻的、湿乎乎的东西。待他去世后，我会跟你讲讲有关他的一个很怪异的故事。

上次他在巴塞罗那斗牛时被捅了一个特大的口子，伤口全是脓。他神志模糊，奄奄一息，大家都认为他死定了。他却说："我看到死了。我看得非常清晰。啊，啊，那模样真是太丑了。"他清清楚楚看到了死神，可是死神并未找他。现今他水平已经下降了，正在做最后一系列的临别表演。说他要完了已经说了二十年了，但死神从未把他带走。

从上面介绍的是五名公牛杀手各自的情况可以研究一下杰出的公牛杀手的情况并综合起来总结一下：一名优秀的公牛杀手必须同时具备气节、勇气、强健的身体、高超的风格、杰出的左手和非常好的运气。然后，他还须跟传媒界保持紧密联系并拥有很多斗牛合同。本书最后附的术语释义汇编中详细解释了有关剑刺部位、效果和各种不同的刺杀手法。

自豪感是西班牙人都有的一个相同性格特征；要是他们还有另一个相同的性格特征，那就是有普通常识；还有第三个，那就是不切实际，他们不介意杀掉牛，这正来自他们的自豪感所致，他们还会认为献出这份礼物正好证明了自己的价值。他们对死是很感兴趣的，因他们在活着时对谈到死也不介意，也不总是奢求着这世上不存在死亡，只是临死之前才发现了死。他们具备这些常识，掌握了死亡的普通常识，就像卡斯蒂利亚的平原和高山的坚硬与干燥，而这种坚硬和干燥离卡斯蒂利亚越远越不显著。最佳状态是它能和完全不切实际相融合。它到了南方变得十分独特，到了沿海附近则形成不遵常规和地中海型的风格。勇猛精神的传统在北方，在纳瓦拉和阿拉贡更是源远流长甚至变成了一种浪漫，对于大西洋附近地区，就像全部有冰冷海水沿岸的国家那样，生活是非常实在的，人们也就没空懂得什么常理了。死亡，对那些在大西洋冰冷海水中捕鱼的人来说，随时可能到来，是频繁出现的，被当作工伤事故而尽量避免；所以，他们不会把注意力放在死亡上，对他们来说，死亡也毫无吸引力。

一个热爱斗牛的国家需要拥有的：一个是必须饲养公牛，另一个是人必须对死亡有兴趣。英国人和法国人生活就是为了活着。法国人特别尊重死者，但是他们最重要的东西却是平日物质上的享乐、家庭、安全、地位和财富。英国人的生活也是为当世，所以死不是要思索、考虑、提及、探寻或冒险的事，除非为国家利益而死，除非是为了开心，除非是为了吸引人的奖赏，要不然死就是种需要尽量避免的令人不快的话题，或者顶多从道德角度涉及，但决不会研究它。他们说决不议论伤亡，我还曾听他们非常形象地说过伤亡。英国人是为了娱乐而杀，法国人是为了一只罐子而杀，这也是个不错的罐子，是世界上最漂亮的罐子，非常值得为它去杀。可是对于英国人和法国人来说，如果杀既不是为娱乐又不是为了漂亮的罐子，那这种杀好像就显得残酷了。就像所有通常的叙述一样，事情并不像我描写的那样简单，可是我并没提到例外情况，而只是努力在阐释一个原则。

在现今西班牙的加利西亚和大多数卡泰罗尼亚地区，斗牛是不合时宜的。因为那些省份的人都不饲养公牛。加利西亚海边附近贫困地区的人们或移居国外，或出海，死亡是需要每天小心避免的危险，而并非探寻和思考的神秘的事，那里的人们都很实际也很狡猾，通常既愚蠢又贪婪，他们最喜欢的消遣是合唱歌曲。卡泰罗尼亚属于西班牙，可那里的人却并非西班牙人，尽管巴塞罗那斗牛风行，可是卡泰罗尼亚的斗牛是变了味道的，因为观众去看斗牛就像去杂技场看热闹似的，他们差不多和法国南部尼姆、贝济埃、阿尔等地的观众一样愚昧。卡泰罗尼亚人的土地是富饶的，至少大多数地区是富饶的。他们有任劳任怨的农民，有精干的商人，有机敏的销售员；他们都是西班牙商业性选择的产物。国家越富有，农民越淳朴。他们已经把淳朴的农民和简洁的语言同高度发达的商业阶级有机结合了，他们和在加利西亚的情况相同，这里的生活太充实了，既不必对常识怀有最多的感情，也不必对死过多地去感觉。

卡斯蒂利亚农民的那种淳朴，并不像卡泰罗尼亚人或加利西亚人那样总掺杂些狡猾。他们生活的地区气候糟糕，跟所有农牧地区相同，可是那是个十分有益健康的地区。他们吃喝不愁，有老婆有孩子，或者尽管拥有这些，可并不舒坦，也没什么资本，并且这些所有物也不是他们的目的，这些仅仅是生活的一部分罢了，生活也是比死亡更需注重的东西。某位有英国血统的人①写过："生命乃现实；生命亦认真；生命的目标并非是坟茔。"那他们会在哪里安葬他呢？现实和诚挚又会变成什么呢？卡斯蒂利亚人特别实际，所以他们中间不会出现写下这种诗句的诗人。他们明白死是无法避免的事实，这是无论谁都能肯定的一件事，唯一能保证的事，它超越了所有现代的舒适感，你明白了它就不会想让每个美国家庭都有一个浴盆，或者你有了浴盆就不想要收音机了。他们思考了很多有关死的事，他们要是有信仰，也会认为生命是比死更加短暂的信仰。他们具备这种感情后就能十分理智地关注死亡，所以，他们要是稍稍花些钱买张斗牛赛门票，就能够在下午看到死亡，看到免于死亡，看到拒绝死亡，看到想要死亡的场景了，那他们就花钱去斗牛场，即便是因为我在本书里努力解释的某些理由，他们常常会被欺骗了感情，对斗牛技术感到失望，可偏偏还要一次次地去斗牛场。

大部分名气大的斗牛士都来自安达卢西亚，那里饲养的公牛是最棒的，并且因为气候温暖，再加上那里的人不仅有摩尔人的血统，还有卡斯蒂利亚不具备的优雅和好逸恶劳，尽管他们的摩尔人血统中混进了驱逐摩尔人然后占领那愉悦的土地的卡斯蒂利亚人的血统。那些真正优秀的斗牛士之中，卡耶塔诺·桑斯和弗拉斯奎罗都来自马德里及其附近地区（尽管弗拉斯奎罗是在南方出生的），还有名气稍逊的斗牛士维森特·帕斯托，还有现在名头最响的马西亚尔·拉兰达。因为安达卢西亚的土地纠纷，那里举办的斗牛比赛在持续缩减，也越来越难看到一流的剑杀手了。一九三一年，排名前十的剑杀手里，仅仅有卡冈乔和比温尼达两

①　美国炉边诗人之一、哈佛大学教授朗费罗（H. W. Longfellow, 1807—1882），《海华沙之歌》《伊凡吉林》等是他的代表诗作。作者在此引用朗费罗的常被人引用、可并非好诗的《生命的赞美诗》中的一段："生命乃现实！生命亦认真！生命的目标并非是坟茔；你本是泥尘，终又归泥尘，人们的话题亦无说魂灵。"

个是来自安达卢西亚的。尽管马诺洛·比温尼达来自安达卢西亚家庭，可他是在南美出生并成长起来的，尽管他的兄弟都在西班牙出生，可也都不是在国内成长起来的。奇奎洛代表着塞维利亚，尼诺代表着龙达，他俩都已成历史了，塞维利亚的希塔尼利奥也被牛杀死了。

马西亚尔·拉兰达和仍将继续斗牛的安东尼奥·马尔克斯，还有多明戈·奥尔特加是来自马德里周边地区。而比利亚尔塔来自萨拉戈萨，巴雷拉、马诺洛·马丁内斯和恩里克·托雷斯一块儿，都是来自巴伦西亚。弗里克斯·罗德里克斯在桑坦德出生，在巴伦西亚长大。阿米里塔·奇科、索罗桑诺还有埃尔维托·加尔西亚都是墨西哥人，或是来自马德里附近，或是来自北部，或是来自巴伦西亚。在何塞利托和马艾拉死后，最终贝尔蒙特也从斗牛场隐退，至此，现代斗牛中安达卢西亚的统治时期也宣告终结了。西班牙现在的斗牛中心是马德里及其周边地区，因为那里产生大量斗牛士，对斗牛本身也充满了最大的热情。巴伦西亚居于次席。现今，不容置疑的是，马西亚尔·拉兰达是技术最高超、最睿智的斗牛士。要是论勇猛和技术素质，本领最高超的年轻斗牛士是在墨西哥产生的。从前的斗牛中心一度是塞维利亚和科尔多瓦，现今塞维利亚的斗牛局势已被削弱无疑，而马德里的斗牛势头则日益崛起，一九三一年的整个春季和夏初之时，恰逢政治动乱时期，财政状况又有些糟糕，仅仅保存了一些日常消遣，可是每周依旧会有两场斗牛，有时还有三场，并且每场都是座无虚席。

据我对西班牙人民在共和国体制下对斗牛显示出的热情判断，虽然现今掌控着共和国的有欧洲思想观念的政治家们渴望废除斗牛，因为斗牛被废除掉，他们在欧盟，在外国使馆和宫廷见到他们的欧洲同事们时就不会因感觉格格不入而在理智上觉得尴尬，可是马德里的斗牛依旧会一直流行下去。现今几个政府资助的报纸都在展开一场激烈的反斗牛运动，可是因为有太多人指望着跟斗牛相联系的各行各业生存，例如公牛的饲养、运送、斗牛、放牧和屠宰，所以我确信无论那些报纸认为自己多么强大，政府都不可能废止斗牛。

一份详尽的课题报告正在制定中，是有关如何确实和潜在利用好之前用于斗牛用公牛的饲养、放牧的全部土地。在安达卢西亚实施的土地调整方法中，一部分最大的牧场肯定要改作耕地，可是因为西班牙是一个农业和畜牧业共有国家，很多畜牧业用地用来种地是不合适的，并且也绝对不会把饲养的牲畜浪费掉，而且无论是斗牛场还是屠宰场杀掉的牲畜，都会被宰杀和卖掉，所以，现在南部很多用于饲养斗牛用的公牛畜牧业用地，必定会留存下来。在这个为使农业工人有工作而在一九三一年禁止使用所有收割机和播种机的国家，政府是不会急急忙忙推行开辟新农田计划的。开发科尔梅纳尔和萨拉曼卡地区附近用于培育公牛的牧地是没任何问题的。我估计安达卢西亚的公牛饲养用地面积将会缩减一部分，一些大牧场也会变成农田，可是我觉得在现政府的统治下，斗牛业的变动不会特别大。尽管现政府的很多官员会因废除斗牛而自豪，毋庸置疑，他们也会全力以赴地去实现这一目标，直接朝公牛下手是实现这一目标的最快速有效的手段。因为斗牛士即便毫无支持也能成长，就像具备天赋的杂技演员，赛马骑手，甚至作家那样，并且他们都不是不能代替的，可是，斗牛所用的公牛就跟赛马需要的马类似，都是几辈人精心培养的结晶，当你把那种公牛送去屠宰场时，那它也就灭绝了。

第二十章

普拉多艺术馆就像美国一个大学里高大的宿舍，在马德里夏天清新的早晨，草地上早就被洒水器洒上了水，覆盖着土的白色山丘远眺着加拉邦彻尔。坐火车在八月旅行的那些时光，当时放下面对阳光的那侧的全部窗帘，风把帘幕吹了起来，风吹拂过坚实的泥土打谷场，麦壳纷飞打在汽车上，还有麦香和石头做的风车，你离开阿尔萨苏亚翠绿的乡间后各种景色会印在脑海中。穿过平原就会到远处的布尔戈斯，随后还可以进屋尝尝千酪，记得火车上有一个男孩让人们尝尝他拎着的一瓶瓶装在编织物里的葡萄酒，这个第一次到马德里去的男孩兴致勃勃地倒着酒，人们都喝醉了，包括那两个宪警队员。而我弄丢了车票，那位宪警随即带着我们出了小门，因为我们弄丢了票，他们像押着犯人似的把我们带出去，但是送我们进出租车时他敬了礼。还需要写哈德莉①。她用块手绢把一个又硬又干的，牛毛都磨掉的公牛牛耳包起来，但是现在割掉牛耳的那个人也变成了秃头，头顶仅剩几缕长长的头发趴着，他原先可是个浪荡公子。他确实是。这些是我要写进这本书的内容，还包括一些东西。

书中还得写清你在那时走出群山，进入巴伦西亚，途中的各种风景，那时已到黄昏时刻，你坐在火车上手里帮一位女士抓着一只雄鸡，那是她要送给姐姐的。还有阿尔西拉斯的那个木材搭建的斗牛场，死马就被他们拖出去遗弃在荒野中，你行走时也不

---

① 哈德莉：海明威的第一任妻子，两人在 1927 年春离婚。

得不踩着死马过去；马德里大街上午夜后的喧闹，和六月集市里的彻夜喧嚣，周日一路从斗牛场走回家，或是坐出租车和拉斐尔一起回家。Que tal? Malo，hombre，malo.① 或者肩膀抬得很高，或者与罗伯托一道，一直都是谦谦君子、非常绅士的好朋友堂·罗伯托和堂·埃内斯托。拉斐尔在赞同共和成为一件自豪的事情之前曾居住的房子，里面挂着希塔尼利奥杀死的公牛牛头，大油罐，一直存有礼品和美味佳肴。这些都是极好的素材。

那些焦火药味，树木绿叶之间出现的鞭炮的烟、闪光和噼啪声在脑海中回响，细品过的很凉很凉的杏仁茶，还有太阳下刚被冲刷过的马路，西瓜、啤酒壶表面的一粒粒冷凝的水滴，令人回味。一群鹳或站立在巴柯·德·阿维拉的房顶上，或在天上盘旋。还有红土壤的斗牛场。夜幕的画像，人们跳着舞和着笛子与鼓声的节拍。这本书是包罗万象的，其中有拉加蒂托勉强的原本是发自肺腑的笑容，还包括那些毫无成果的剑杀手在沿着通向帕尔多大道的流动的曼萨纳雷斯河中跟那些便宜的妓女一起游泳。路易斯说过，叫乞丐没得选择。在小溪旁的草地里打球，在那里看很绅士的侯爵牵着斗拳狗从汽车里出来。在那里我们吃自己做的肉菜饭，我们天黑时伴随从身旁快速驶过的汽车走着回家。在清凉的夜晚，灯光穿透绿叶丛，露水覆盖了尘土。博比利亚的苹果汁，从坎普斯特拉的圣地亚哥去庞特维德拉的马路，在路边的松林与黑莓间急速拐弯。阿尔加贝诺是他们之中最无耻的卖伪劣品的小贩。在金塔纳家的房里，马艾拉曾和神甫换装玩儿，那年大家喝得都不少，可乱来的一个都没有。肯定是有这么一年，但可只有这些还差得很远。

傍晚在塔姆卜拉河的桥上站着，把蚱蜢丢到河里喂鲑鳟鱼。

---

① 西班牙语，整句译为：怎么样？非常差，老兄，非常差劲。

弗里克斯·梅里诺到老阿奎拉斗牛场时黝黑的脸特别庄重。勇敢、愚笨、外斜视的佩德罗·蒙特斯不在家里换上斗牛服，因为自从他的兄弟马里亚诺在特图安被公牛杀死后，他答应过妈妈再也不斗牛了。还有利特里，他看到公牛冲向他时，紧张得两眼跟只小兔子似的一直眨，他的弓形腿弯得很大，可非常勇猛。那三人都死于斗牛。并且对宫殿附近下面的街道上太阳照不到那边的啤酒店，坐着的利特里和他爸爸绝口不提，那里如今已经变成一间雪铁龙汽车展销大厅。对人们举着火把，抬着已经死了的佩德罗·加雷尼奥穿过一条条街道，最终把他抬进教堂，赤裸身体放在祭坛上也绝口不提。这所有事在我的书中全部再现。

本书中对别名阿尔迪诺的弗朗西斯科·戈梅斯只字未提，他过去在俄亥俄州一家钢铁厂工作，之后回老家做了一名剑杀手，可他现在伤痕累累，除弗雷格以外，谁都没有他的伤疤多，他的眼睛错位了，以至一滴眼泪流下来时会流到鼻子上。还未讲到加维拉，他受的伤和埃尔·埃斯帕特罗相同，和公牛一同死掉了。书中也没写萨拉戈萨，夜里站在桥上望着埃布罗河，和第二天的跳伞者，还有拉菲尔的雪茄。也没涉及古典的红色奢华剧院里举办的霍塔舞大赛和一对对美妙的男女舞伴。也没描写他们在巴塞罗那把纳伊德苏克雷干掉了，丝毫都没提到。也没写诺瓦拉。也没写那个烂城市莱昂。也没写肌肉撕裂时躺在帕伦西亚街道上朝阳的那边的旅馆里，那酷热的天气，你没去过那里根本体会不到什么叫热。也没提到里克纳和马德里之间的那条尘土比轮毂还厚的马路；也没写阿拉贡的气温即使是树荫下还是会达到一百二十华氏度，并且汽车在既没积水垢又没毛病的情况下，在平地上只开十五英里，散热器里的水就都煮光了。

现今的潘普洛纳改变了。他们现在已经在所有平地上建起了崭新的公寓房，一直盖到了高原边缘，因此现在你已经看不到群山了。他们把古老的加雅雷大楼拆了，把广场破坏了，铺了一条直达斗牛场的宽阔大路，而在从前，奇奎洛的叔叔喝多了后一直坐在楼上的餐厅内，望着在广场上跳舞的人群。还有那马艾拉和阿尔弗雷多·戴维在库兹咖啡馆里打架的集市最后一夜，包括擦皮鞋的人和往来穿梭的好姑娘们。现在奇奎洛独自一人待在房间里，他斗牛队的队员们或坐在小餐馆里或在城里转着。我曾经把这些写成了一个故事，名字叫《缺乏热情》，但是写得并不是非常好，虽然写它时他们正冲火车丢死猫，火车车轮随后发出了"咔嚓咔嚓"的声音，而奇奎洛独自坐在车厢内。独自一人应付得了。那也绝对公平了。

书里要是写到西班牙，那就该提到那个身高八英尺六英寸的高瘦的小伙子，他在跟他们进城之前是做补牙广告的。那天夜里还在举行着牲口集市，那些妓女不愿意和那个矮子发生关系，他的身材没什么缺陷，只是两条腿仅有六英寸长，他说："我和其他男人一样都是男子汉。"妓女说："不对，麻烦的是你不是男子汉。"西班牙的矮子和跛子特别多，一个个都在集市里转悠，你都不敢相信自己的眼睛。

在西班牙时，我们一早吃完饭就会去奥伊斯的伊拉蒂河游泳。清澈河水的水温随你向下深入水中不断变化着，先是凉，接着是透心的凉，最后是冷，除此之外，毒辣的太阳下，河岸边的林木投下片片荫凉，微风拂过之处把河对岸和山脚坡地上成熟的麦子的香气带了过来。一座古堡坐落于河谷远端，那里的两块大石之间流淌着河水；我们先脱光了躺在矮草地上晒太阳，之后又在树荫下躺着。奥伊斯的葡萄酒不太好，因此我们自备了酒，而且那儿的火腿也不怎么样，因此我们第二次来时就从金塔纳家自备了午饭。金塔纳是西班牙最棒的斗牛爱好者，最忠诚的朋友，有个很棒的经常客房爆满的旅馆。Que tal, Juanito? Quetal, hombre，que tal？①

要是这就是西班牙，那为何不写写头顶树荫骑着马的士兵从另一条溪流的浅处蹚水而过，为何不写写从机枪训练学校拉出来的他们走过白色黏土操场，远远望去他们十分渺小。从金塔纳家窗口还能远眺那片群山。或者周日一大早起来时空荡荡的街道，远处传来喊声和随后的枪声。要是你在这里待上很长时间，也四处逛了，那就能多次遇到这种事情。

要是你骑着马，并且你有不错的记忆力，你还能骑着马进入伊拉蒂河沿岸的茂林深处，那儿的树林就跟小孩子童话书里画出来的似的。他们把这些树木砍掉。他们把圆木扔进河里让它顺流而下，他们还捕鱼，在加里西亚他们或用炸药或用药物捕鱼，作用都差不多。因此总结起来，这里和家乡非常像，区别仅仅是这里的高处草原上产黄荆豆，并且降雨不多。海上的云穿过群山飘来，可是当刮起南风时，纳瓦拉附近就是一片金灿灿的小麦了，但是这里的小麦没有种在平原上，而是种在高低错落的山坡上，上面被一条条小路分隔开。麦地和小路两边种着树，还散落着许许多多的村庄，钟声偶然响起，村中还有回力球球场，弥漫着羊粪味儿，广场上站着很多马匹。

如果你写太阳下的蜡烛的黄色火焰；而守卫圣主的士兵才涂油的钢刺刀和黄色漆皮武装带上映衬着阳光；或是写那些两人一队的士兵到德瓦山的矮桥树中搜救落入陷阱的人（从圆屋咖啡馆出发的路程特别远，在一间透风的屋子里被带着教会的慰问执行国家命令而绞死，曾经被宣告无罪并看押直到布尔戈斯军区司令把法院的判罚撤掉）。还要写仍是在这个城市②，罗耀拉③的两条

---

① 西班牙语，整句译为：怎么样，胡安尼托？怎么样？老兄，怎么样？

② 指的是西班牙北部城市潘普洛纳，一五二一年五月二十日，罗耀拉在保卫纳瓦拉、抵抗法国军队入侵的战斗中被炮弹炸伤了双腿。

③ 罗耀拉（Loyola，1491—1556），是西班牙天主教耶稣会的创始人。

腿都被炸伤了，这令他陷入了思考，那年遭人背叛的人中最勇敢的一个跳下了阳台，头冲下摔在院子中石铺的路上，因为他已经发誓，他们不会杀掉他（他的妈妈曾竭力劝他承诺别自杀，因为她最担心的是他的灵魂，可当他们押着他边祈祷边走时，被绑住双手的他却干净麻利地跳了下去）。如果我可以写写他，写一个主教。写写坎迪多·梯巴斯和托龙，写写天空飞速飘移的云把麦田和谨慎地踏着舞步的小矮马笼罩进来，还有橄榄油的味儿，皮革制品的感觉，鞋底用绳子扎成的鞋，扭成麻花状的大蒜，土罐子，扛在肩头带着的马鞍袋、酒囊，天然枝条做的千草耙子（耙子就是树枝）。一大早的气息。寒冷夜晚和漫长酷暑的群山，树和树荫始终存在，假如是这样，你就能找到一些那瓦尔王国①那个时代的感觉了。可是本书中不会有这些。

理应还包括阿斯托加、路戈、奥伦斯、索里亚、塔拉戈纳和加拉塔尤德。众多高岭上的板栗树，翠绿田野和河流，红色的尘土，干枯河道边的小荫凉，还有白色的干泥土山。在海边悬崖上那座古城的棕榈树下清爽地散着步，感受微风徐徐的凉快的夜晚。夜晚有蚊子添乱，可是早晨有清水和白沙。还有在肃穆的黄昏中坐在米洛家。葡萄林一望无际，被篱笆和小道截开。还有铁路，布满鹅卵石的海岸，高高的纸莎草。在一间黑暗的屋子中，摆放了一只只陶罐，一只只紧挨着堆放，足有十二英尺高，里面盛着不同年份酿制的葡萄酒。房屋顶上有一座塔楼，晚上爬上去远眺葡萄林、村庄和群山，并倾听着，能感受到这夜是怎样的安静。在一座粮仓前面，有个农妇手抓着一只已被割断喉咙的鸭子，她轻轻地抚摸着鸭子，一个小姑娘端着个杯子在她身边接鸭血，用来做肉汤。鸭子看上去非常无辜，她们放下它后（杯子里

① 那瓦尔王国是中世纪时期，法国西南部与西班牙北部地区的一个封建王国。

装满了血），它还摇摇晃晃地跑了两次，明白自己已经死了。随后我们填满了它的肚子并把它烤熟吃掉了。还有不少其他菜，当年的，前年的，四年前那个重要年份的和我忘记是哪年的葡萄酒。我们边吃菜边喝酒，那个靠发条工作的捕蝇器的几只长臂一圈圈地转着。大家都说法语。但我们全部人反而更精通西班牙语。

Montroig，发音为蒙特罗伊奇，是西班牙的众多城市之一，也有雨中的圣地亚哥大街。你途经山区的林地回家时，能够在山间的平地发现这座城镇。在通向格劳的铺着光滑石板的路上，全部的马车上都堆得特高，轮子向前滚动着，能够闻到新锯木板的香气，它们都得赶去达诺雅用木材临时搭建一个斗牛场。斗牛大师，巴伦西亚排第二的奇基托有张女孩的脸，fino muy fino，pero frio①，因为他动眼部手术时针缝错了，导致眼皮外翻，所以他也就没法再表现得傲慢自大了。还有那个男孩，他切入公牛牛角攻击范围内时刺杀失误，第二次还是没刺中。如果你晚上醒着去看夜间斗牛，你会感觉到那是很好玩的。

马德里的那位搞笑的斗牛士曾被罗达利托揍了两次，他用刀刺进罗达利托的肚子是因为他觉得自己又要挨揍了。阿格罗和他所有家人都在饭厅吃饭。他们这家人年龄不同，可都长得一样。他不像是个剑杀手，反而像是个棒球游击手，或橄榄球四分卫。卡冈乔在自己房里用手抓饭吃，因为他不会用叉子，他学不会用叉子，因此他有钱后根本不去外面人多的地方吃饭。奥尔特加和最漂亮的埃斯帕那小姐订婚了，谁说话是最机智的呢？《北方杂志》的德佩尔迪西奥斯最机智。是我读过的最机智的。

进入锡尼的房里的人，有请求他在斗牛期间给些活儿干的，

----

① 西班牙语，整句译为：长得十分秀气，可是态度冷淡。

有跟他借钱的，有索要一件旧衬衣的，有要一身衣服的。全部斗牛士去某个地方吃饭的时候都会被人们认出来，都有正统的礼节，都比较倒霉。穆莱塔叠好堆着。红披风都叠得很平整。剑插在刻着花的皮剑套里。东西全在大衣橱里放着。最下面的抽屉里放着穆莱塔木棍，衣架上挂着用布裹起来保护好金饰的斗牛服。我的瓦瓶里装着威士忌。墨西迪斯端着杯子走过来。她说他一整夜都在发烧，一个小时前刚刚出去。随后，他进来了。你感觉如何？非常好。她说你发烧了。但我现在感觉挺不错的。医生，您说我怎么样了呢？为什么不在这儿吃？她能做些菜，再做一盘沙拉。墨西迪斯，喂，墨西迪斯。

要有丰富的经历，要去城里逛逛，去咖啡馆里坐坐，在那儿你能听到些新闻，比如谁欠谁钱，谁从谁身上骗走了什么，为什么他跟他说他能亲亲他的什么人，谁跟谁生了孩子，谁在谁之前和之后和谁结婚了，这得用多长时间，还有医生说了些什么。因为公牛耽搁了谁那么高兴，直到斗牛那天公牛才送到，它肯定腿脚发软了，刚刚使两招，"嘭"，斗牛就结束了，他说，然后雨就下起来了，他得到的就是斗牛延迟一个星期。谁不想和谁斗，何时，为什么，是她吗，当然是她了，你不会笨到不知道就是她吧？肯定是她，就是这样，没别的可能，她狼吞虎咽地把活生生的他们都吞了，你在咖啡馆里能听到全部这些有价值的新闻。那些在咖啡馆里的男儿们从来没说错过；他们每个人在咖啡馆里都很勇敢。在咖啡馆里堆的全是碗碟，喝了多少酒就用铅笔在摆着过季虾仁的大理石桌面上记个数，大家都觉得非常合适，因为任何成功都不会如此稳妥，咖啡馆到了晚上八点如果有人能付款，那是每个人的成功。

这是我十分喜爱的国家，想要表达的是：有些事改变得太多了，就再也不想回到潘普洛纳了。我发觉《自由报》正变得越来越像《时报》了。因为共和光荣，在《自由报》上是已经不能再随意刊登通知小偷的启事了。潘普洛纳肯定也是发生变化了，我们对这些有一些察觉的。我发觉你要是和平时一样喝上一杯，这味道跟原来也没什么不同。我明白有些事改变了，可我不关心。对我来说全都改变了。爱变就全变吧。还没等到变完的时候我们大家早就都死了，如果我们都死了后，不再有洪水了，北方的夏天仍会下雨，老鹰仍要在圣地亚哥大教堂上建窝。以前我们在背着光的砾石路上训练红披风的庄园里，喷泉会不会喷水都无关紧要了。夜幕降临时，我们再也不能骑着马从托莱多赶回家，和封达多一起冲洗掉身上的尘土，在那年七月马德里的夜晚曾发生事情的那个星期一去不复返了。我们大家都目送着所有这些消失了，我们仍将再次目送所有这些消失。关键的事是要坚持，做完你的工作，去看，去听，去学习，去了解。当你懂得了某些东西时马上写下来。而不是在懂了之前。更不是在懂了太久太久以后。如果你可以做到使那些想拯救世界的人充分看清这个世界并全面了解它。那无论你写下哪些部分，只要写的是真实的，它就能够代表所有。工作是需要我们做的，我们要学着把它记录下来。不。对一本书来说还是不够，还是要提到一些东西。还是要提到一些现实的东西。

海明威